MEINE LANGEN NÄCHTE

Ilva Fabiani

MEINE LANGEN NÄCHTE

Aus dem Italienischen von Birgit Ulmer

ROMAN

STEIDL

R[abbi] Elieser sagte: Tue Buße einen Tag vor deinem Tode. Die Schüler sprachen zu R. Elieser: Weiß denn der Mensch, an welchem Tage er sterben wird? Dieser erwiderte: Um so mehr muß er heute Buße tun, vielleicht stirbt er morgen; es ergibt sich also, daß er alle seine Tage in Buße verbringt.

Die Erzählungen des Talmuds

Meine Nächte sind lang,

denn ich arbeite.

Der Nachtdienst entlässt dich an der Schwelle zur Dämmerung mit dicken Füßen und dunklen Augenringen. Dann fällt, wie immer in den frühen Morgenstunden, ein rosafarbenes Licht in die Krankensäle, Greta löst mich ab und ich wanke in mein Zimmer im dritten Stock, eine ausgebrannte Kerze. Meine Nächte sind jedoch noch aus einem anderen Grund lang. Wenn du fürchtest, entdeckt zu werden, steht die Zeit still. Die Angst breitet sich auf der ganzen Haut aus wie eine Krankheit und juckt, sie lässt deine Schritte zögerlich werden, lässt dich überall in der Dunkelheit Spitzel sehen, lässt dich zittern vor den Wachen am Eingang.

Ich hieß Anna Alrutz, Dienstnummer 271207, was zugleich mein Geburtsdatum ist. So hieß ich und so heiße ich wohl noch immer, in dieser Art Halbschatten ohne Raum und Zeit. Ich bin eine braune Schwester, eine der neuen, speziell ausgebildeten Krankenschwestern, die sich die Nationalsozialisten ausgedacht haben. Eine dieser Schwestern, die berauscht waren von dem, was sie über das lebenswerte Leben eines gesunden Kindes und das lebensunwerte eines Krüppels gelesen und gehört haben. Die Patientinnen kannten mich. Ich war nicht weiß gekleidet wie die anderen und sie wussten, warum. Meine Schwesterntracht war eine Uniform aus braunem Leinen mit einer schneeweißen Schürze, die ich jeden

Tag wusch, und einer mit einem Band verzierten Haube, die ich nun nicht mehr trage. Ich verdiente hundertzwanzig Reichsmark im Monat, die anderen Schwestern gerade mal vierzig. Wenn ich etwas in die Akten der Patientinnen notierte, machte ich nie Rechtschreibfehler. Mein Vater hatte es mir ermöglicht, ein Mädchengymnasium zu besuchen und Medizin zu studieren. Und nach knapp drei Jahren hatte ich alles über Bord geworfen und mich den braunen Schwestern angeschlossen. Als ich die Uniform zum ersten Mal anlegte, kamen mir die Tränen. Endlich hatte ich einen Lebenszweck gefunden, die Treue zum Führer und zur neuen Nation, die mit meiner Hilfe erblühen sollte. Die Entscheidung war nach einem Jahr Traurigkeit gefallen. Die Krankheit meiner Schwester Hedwin, die Auseinandersetzungen mit Papa, die Schwierigkeiten im Studium. Die braune Uniform war wie eine Mönchskutte – sie stand für die Verpflichtung und das Recht, mich der neuen Aufgabe vollständig hinzugeben.

Ich war noch keine dreißig Jahre alt, als ich starb, in einer Dezembernacht. Graupel fiel aus bleiernen Wolken in den Schneematsch am Boden. Und wenn ich mich jetzt, nach all diesen Jahren, umschaue, erkenne ich die Klinik, in der ich gearbeitet habe, kaum noch wieder. Ich sehe die Wöchnerinnen nicht mehr, weiß nicht, wo die Wickelkinder sind oder die anderen Schwestern: Greta, Wilhelmine, Frida … die Ärzte, der Hausmeister Moritz. Wo sind sie, wo verstecken sie sich? Nichts ist mehr wie zuvor. Im Hörsaal stand ein Sektionstisch aus weißem Marmor, den ich jeden Morgen gründlich schrubbte. Wo wurde der wohl hingebracht? In dem Gebäude neben der Klinik, wo sich der Raum für die Sterilisationen befand, sind jetzt viele kleine Büros, in denen die Angestellten der Universität von früh bis spät arbeiten. Die Sauerkirsche im Hof hat man herausgerissen. Sie, die auch während des Krieges unverdrossen jeden Mai blühte. Alles hat sich verändert, und auch ich habe mich verändert. Einmal habe ich in diesem seltsamen Halbschatten meines Daseins versucht, nach meinen Beinen und Füßen zu sehen. Doch ich existiere nicht mehr, damit muss ich mich abfinden. Habe kein Gewicht mehr und keinen Körper. Meine sterblichen Überreste wurden im Grab der Familie Alrutz auf dem reformierten Friedhof von Braunschweig beigesetzt, neben meinem Großvater Anton und seiner Frau Lise. Etwas weiter hinten liegt meine Schwester Hedwin. Ich aber bin ein Lufthauch in einem Zwischenraum. Kann mir jemand sagen, warum ich mich hier verfangen habe? Zur Strafe, als Herausforderung, ist es ein Spiel? Vielleicht ist es die Rache jenes Gottes, den ich im Leben so gekonnt ignoriert habe?

Manchmal packt mich ein eiskalter Wind und wirft mich mit Gewalt zurück. Situationen und Personen tauchen in willkürlicher Abfolge aus der Vergangenheit auf, oft ohne logischen Zusammenhang. Ich sehe die Szenen dutzende Male, und dutzende Male nehme ich immer wieder dieselben Einzelheiten wahr – wozu dient diese seltsame Übung?

Ich weiß bis heute nicht, ob meine so tugendhafte wie vergebliche Auflehnung gegen den Irrsinn des Führers wirklich als Verdienst gelten kann. Hätte ich Frida und Thierry nicht kennengelernt, zwei Leichtsinnige, zwei Tatmenschen, dann hätte ich vielleicht weitere zehn, zwanzig Jahre sterilisiert, registriert und archiviert. Ja, im Vergleich zu ihnen war ich eine ziemlich lausige Verschwörerin. Eine, die jede Nacht vor Angst zitterte. Auch in der Nacht, in der ich umkam.

Am 6. Dezember 1935. Nikolaus.

Ich war noch keine dreißig Jahre alt. Schneematsch, Graupel und die Kälte, die einem in die Knochen kroch.

EINS

Frida wirkte aufgeregt, als wir uns bei meiner Ankunft in Göttingen kennenlernten.

Auf dem Bahnhofsvorplatz stand ein Wagen für mich bereit. Sie hatte sich daneben aufgebaut, die Arme eng an den Körper gelegt, fast in Hab-Acht-Stellung. Am Steuer saß Moritz, der Hausmeister. »Der Herr Doktor erwartet Sie schon«, verkündete sie und schenkte mir das strahlende Lächeln eines kleinen Mädchens, das gleich ein Geschenk auspacken darf. Sie war so mager, dass ihre Knochen herausstanden, und die weiße Schwesterntracht war um ihren Körper gewickelt wie ein Verband um eine Verletzung. Im Rückspiegel musterte sie verstohlen meine Uniform und wählte jedes Wort, das sie sagte, mit Bedacht. Sie erzählte mir, dass dies die modernste Frauenklinik in ganz Deutschland sei und dass es in den letzten Jahren kaum noch zu Todesfällen während der Geburt gekommen sei. Sie teilte mir auch mit, dass ich ein Zimmer ganz für mich allein haben würde. Ich nickte nur, stellte keine Fragen.

Die Szene meiner Ankunft in Göttingen habe ich dutzende Male wieder erlebt. Jedes Mal rieche ich das herbe Rasierwasser von Moritz, das den ganzen Wagen erfüllt. Jedes Mal sitze ich neben der jungen Frau, die ich damals war, und beobachte sie. Die hellen Augen und die Haarsträhne, die dann und wann unter der Haube hervordrängte. Ich möchte sie berühren, ihr über den Kopf streichen. Sie stärken und auf das vorbereiten, was sie in den folgenden zweieinhalb Jahren bis zu ihrem – meinem – Tod erleben würde. »Eine echte Arierin!«, sagte die Meinhardt immer, wenn sie mir den Kragen der Uniform richtete. Moritz biegt nach links in den Kirchweg ein, und ich lege die Hand, die ich nicht mehr habe, auf Fridas hagere Schulter. Sie dreht sich zum Fenster und kurbelt es hoch. Ich bin nur noch ein eisiger Lufthauch, nichts weiter.

Die ganze Fahrt über dachte ich an den Moment, in dem ich Professor Hartmann wiedersehen würde, meinen Mentor, mein Vorbild. Seinetwegen hatte ich mich entschlossen, nach Göttingen zurückzukehren, obwohl mein Studium genau dort kläglich gescheitert war. »Fein, ich freue mich, dass sich unsere Wege erneut kreuzen«, würde er später zu mir sagen, »Sie waren eine ausgezeichnete Studentin und werden eine genauso ausgezeichnete Krankenschwester sein, da bin ich sicher. Man wird Ihnen mit Respekt begegnen, aber sie werden anfangs doppelt so viel leisten müssen. Sie werden die Hebammen instruieren und sich um die neue Aufgabenzuweisung kümmern. Frau Meinhardt hat sehr gut von Ihnen gesprochen. Das Land braucht genau solche Frauen wie Sie!« Er würde sich erheben und mir die Hand schütteln. »Große Veränderungen sind im Gange«, würde er dann zögerlich hinzufügen. Die Hand schon auf der Türklinke, würde er schließlich flüstern: »Es ist schwierig vorherzusagen, wie die Dinge sich in den kommenden Monaten entwickeln. Ich hätte da ein paar Pläne für die Klinik ... aber ich will mich nicht lange auslassen, wir werden noch Gelegenheit haben, darüber zu sprechen.«

Die Pläne. Der Inhalt des Rundschreibens über das »Gesetz zur Verhütung erbkranken Nachwuchses« vom 14. Juli 1933 wurde mir an einem schwülen Spätsommernachmittag halbamtlich mitgeteilt. Es war ein Freitag, und als ich nach dem Abendbrot in mein Zimmer kam, fand ich dort eine kurze Nachricht von Hartmann vor, der mich noch am selben Abend zu sich in die kleine, an die Klinik grenzende Villa bestellte. Das war ungewöhnlich, vielleicht etwas Dringendes. Mit dem Zettel in der Tasche lief ich durch den verglasten Gang, der das Wohnhaus mit der Klinik verband, und drückte schüchtern den Klingelknopf. Hartmann selbst öffnete mir im Hausanzug die Tür und gab mir die Hand. Auf dem Tisch lag eine Kopie des Rundschreibens mit unzähligen Unterstreichungen. Er erläuterte mir, dass wir eine Vorgehensweise entwickeln, mit den Krankenschwestern sprechen und, falls nötig, diejenigen entlassen müssten, die sich nicht führen ließen. Gelder seien ausreichend vorhanden. Wir würden den Kreißsaal und das Auditorium maximum vergrößern. »Und auch den Raum für die Sterilisationen – ganz normale Eingriffe, wie Sie wissen.« Kein Schild, kein Hinweis, saubere Arbeit. »Hier, lesen Sie, verstehen Sie, was Gütt meint? Die Sterilisation ist eine Tat der Nächstenliebe. Und der Vorsorge für die kommenden Generationen. Um den Volkskörper von Kranken und Asozialen zu reinigen.« Der Führer habe große Pläne für Deutschland, sagte er.

Wieder passiert es, schau. Ich werde vom Wind erfasst und nach oben gezogen, über die Kastanienallee hinauf Richtung Wolken, hin zu einem matten, trüben Licht. Nicht ich entscheide, wann der Vorhang sich schließt, und auch nicht, wann er sich öffnet. Inzwischen überlasse ich mich den Übungen widerstandslos. Der Wind, der mich aufwirbelt, mich fortreißt und in die Bruchteile des vergangenen Lebens fallen lässt, ist stärker und mächtiger als ich kleiner Lufthauch. Ihm standhalten zu wollen, wäre ein aussichtloses Unterfangen.

Ohne Vorwarnung falle ich hinunter. Ich finde mich an einem warmen Ort wieder, in einer Wiege unter einem Berg aus Decken. Ich höre die Melodie der Spieluhr, alles ist verschwommen, bis über mir ein engelsgleiches

Gesicht auftaucht. Es ist meine Mutter, meine gerade zwanzigjährige Mutter, die sich vergewissert, dass ihre Erstgeborene wirklich so gesund ist, wie die Ärzte sagen. Die Krankheit, die auf ihrer Lunge liegt, hat sich nicht vererbt: Ich wirke kerngesund und lächle sie voller Liebe an. Sie schaut mich an, und ich möchte jetzt schon so schön sein wie sie, ihre großen dunklen Augen und ihre strahlend helle Haut haben. Mama! Aus ihrem Kragen lugt ein Anhänger hervor, ein kleines Herz aus Bernstein, in das, wie ich später erkennen werde, die Initialen von ihr und meinem Vater eingraviert sind: E für Elisabeth und J für Johann. Blitzschnell greife ich nach dem Anhänger, umklammere ihn mit der rechten Hand und ziehe ihn mit der ganzen Kraft meines kleinen Körpers zu mir. Meiner! Die Kette reißt, und vor Freude jauchzend stecke ich meine Hand mit dem Bernsteinherz in den Mund. Meine Mutter schafft es gerade so, es aus meinen Fingern zu lösen. Sie nimmt mich auf den Arm. »Wolltest du mein Herz verspeisen?«, fragt sie und geht mit mir ans Fenster. »Aber mein Herz gehört dir doch schon! Es gehört dir ganz und gar, meine kleine Königin!« Ich höre Schritte, nehme das Rasierwasser meines Vaters wahr. Meine Mutter dreht sich um, und ich sehe ihn. Es ist Sonntagmorgen, die Sonne flutet das Zimmer und es duftet nach Blumen. Ich bin vielleicht sechs oder sieben Monate alt, und mir gehört zwar nicht das winzige Herz aus Bernstein, aber die fürsorgliche Liebe meiner Eltern. Ich bin eine kleine, aber unumstrittene Königin. Ich drücke mich an meine Mutter, und sie küsst mir die kleinen räuberischen Hände.

Einige Zeit später sehe ich das Kinderfräulein Gentiane, das vorsichtig die Tür öffnet und mich zu sich winkt. »Die Mama ist zurück, Anna«, sagt sie, »sei schön leise, schauen wir mal, wie's ihr geht.« Ich springe auf und bin mit einem Satz im Flur. Als sie die Haustür hinter sich geschlossen haben, war meine Mutter aufgebläht wie ein

Hefekloß, jetzt liegt sie blass und eingefallen auf dem Sofa, neben sich eine weiße Wiege. Eine neue Puppe, denke ich und gehe zu dem kleinen Möbel. Aber die Puppe bewegt sich, zieht die Nase kraus, greift nach dem Deckchen und strampelt. Es ist Hedwin, meine Schwester, es ist der Juli des Jahres 1910 und ich begreife, dass es ab sofort zwei Königinnen geben wird, eine gesunde und eine kranke, eine stark, die andere schwach. Mama schaut zu mir, deutet ein Lächeln an und schon weiß ich, dass ich sie verloren habe. Hedwin wird ihre Gedanken beherrschen, die kranke, die blasse und magere Hedwin. Ich werde schon allein zurechtkommen. Das Kinderfräulein bringt mich hinaus.

Ein paar Jahre später waren wir vollzählig. Willis Geburt durchkreuzte unsere Pläne nicht. Mitte Juni waren wir schon in Salzgitter, dem Kurort im Harzvorland, wo wir immer die Sommerferien verbrachten. Mein Vater notierte für den 12. Mai 1912: »Geburt von Wilhelm Anton, 4030 Gramm, Lunge und Herz kräftig, (allzu) regelmäßiger Appetit.« Willi kam mit einem unstillbaren Hunger zur Welt, ihn anzulegen war kräftezehrend, er trank und trank. Die Milch meiner Mutter reichte nicht aus, und wir mussten im Ort eine Amme suchen. Willi wuchs heran und verschlang dabei zwei Frauen: Meine Mutter wurde immerfort ohnmächtig und die junge Amme magerte zusehends ab. Um ihr den Fußweg zu ersparen, bestellte mein Vater immer eine Kutsche. Der Apotheker Sievers kam persönlich vorbei, um den Wöchnerinnen ein Stärkungsmittel zu bringen. Er setzte die Brille auf und las vor, was auf dem Etikett stand: Schafgarbe, Hagedorn, rote Beeren und Spitzwegerichblätter. Eines Tages, als ich gerade mit Hedwin auf der Veranda spielte, hörte ich Sievers' Wagen heranfahren. Neben dem Apotheker stieg ein jüngerer Mann in einem weißen Hemd aus, dessen blonder Haarschopf in der Sonne leuchtete. Er fragte nach dem Gesundheitszustand meiner Mutter und überbrachte mit leiser, näselnder Stimme Grüße von seiner Frau. Ich hatte ihn schon einmal in unserem Haus gesehen, aber an jenem Tag kam er zu mir und strich mir über die Haare: »Das muss die Anna sein, nicht wahr? Wie groß du geworden bist … Du bist eine richtige Prinzessin geworden.« Er erschien mir wie ein einzigartiges Geschöpf, anders als alle anderen, ein weißer Vogel, vielleicht ein Schwan. Mein Vater sah mich an und sagte: »Anna, so antworte dem Herrn Pastor doch.« »Ich heiße Anna, bin vier Jahre alt und wohne nur im Sommer hier«, sagte ich und machte dabei einen Knicks, wie man es mir beigebracht hatte. Heinrich, so hieß er, lächelte mich an. »Hallo, kleine Anna, ich bin Heinrich Rudinski, der Pastor, und wohne das ganze Jahr über hier«, gab er unter dem Gelächter der Erwachsenen zurück. Er gefiel mir, der Schwan, er war schön und beinahe durchsichtig.

Ein unerreichbares Geschöpf.

Als der Wind mich wieder hochhebt und wegträgt, frage ich mich, ob ein Kind die Welt nicht besser durchschaut als ein erwachsener Mensch.

ZWEI

In den Augen der anderen war Salzgitter alles andere als ein irdisches Paradies. Aber meiner Familie gefiel es. Von Braunschweig aus brauchte man nur eine Stunde mit dem Zug, und es gab dort, meinem Vater zufolge, das beste Heilwasser weit und breit. Die Kranken des Hauses, Hedwin und meine Mutter, stärkten ihre Lungen mit täglichen Inhalationen, damit sie den Winter in Braunschweig besser überstanden. Die Luft war rein und duftete nach frischem Nadelholz, das Städtchen war so überschaubar wie beschaulich. Hier, in diesem kleinen ländlichen Ort, der uns immer wie ein Dorf erschien, fand meine Familie die Ruhe und Vertrautheit, die sie zu Hause nie vermisst hatte. Mein Vater hasste alles Mondäne. Er war der Ansicht, dass es sich nicht lohne, halb Deutschland zu durchqueren, um den Sommer in einem modischen Kurort zu verbringen, sich pompöse Konzerte anzuhören und womöglich minderwertiges Wasser zu trinken. Außerdem würde er dort gezwungen sein, mit den Arztkollegen und ihren unerträglich steifen Familien zu verkehren. Nein, besser man versteckte sich und pflegte einen gesunden Müßiggang ohne gesellschaftliche Verpflichtungen. Meine Eltern hatten das Haus einer verwitweten Bäuerin gekauft, Frau Priesnitz. Sie blieb darin wohnen und war im Sommer unsere Haushälterin, eine fleißige, wortkarge Frau, die vorzüglich kochte. Meine Mutter hatte in Pastor Rudinski einen Menschen gefunden, der ihre Leidenschaft für das Malen teilte. Zusammen verbrachten sie Stunde um Stunde damit, auf der Veranda Obstkörbe und Blumenvasen zu pinseln. Mein Vater wiederum nahm sich einen Stock, spazierte unbeschwert durch die Wälder und schloss sich den Stammgästen des örtlichen Sole-Bads an, mit denen ihn inzwischen langjährige Freundschaften verbanden. Sie waren unprätentiös und legten kein städtisches Gehabe an den Tag, und das gefiel ihm. Ich trieb mich von morgens bis abends auf den Feldern und in den Wäldern herum und kletterte glückselig auf Bäume. Einen Lieblingsplatz hatte ich, der mir von Beginn an magisch erschienen war, den Plünneckenbrunnen. Fast jeden Tag ging ich dorthin, um frisches Quellwasser zu trinken und die Füße ins Wasser zu tauchen. War Gott für meinen Vater eine veraltete und im Grunde nutzlose Instanz, so bestand meine ganz persönliche Idee vom Göttlichen in einem Brunnen, der nicht weit entfernt vom Greifpark halb verborgen im Wald lag. In meiner Kindheit und einem Großteil meiner Jugend war Gott der Plünneckenbrunnen, die kühle Lichtung, das eiskalte und doch weiche Wasser, das samtige Moos auf den Steinen rund um die Quelle. Dort hatte ich etwas Göttliches getroffen, und wie jede wichtige Begegnung, so teilte auch diese mein Leben in zwei Hälften, in ein Davor und ein Danach. In eines mit und eines ohne. In einen Wald, in dem ich Heinrich fand, und in einen Wald, in dem ich ihn verlieren sollte.

Ich erinnere mich nicht gut an den Weg von Zuhause zum Gymnasium. Ich erinnere mich auch nicht mehr genau an die Straßennamen meiner Heimatstadt Braunschweig. Dort kam ich zur Welt, dort habe ich mit meiner Familie gelebt, doch am lebhaftesten erinnere ich mich an die Sommerferien in Salzgitter. In diesem seltsamen jahreszeitlichen Wechsel der Welten bedeutete Salzgitter Sommer, Ferien und reine Bergluft. Braunschweig dagegen war Winter, Schule, schmutzige Straßen voller Verkehr, ohrenbetäubendes Hupen und schmucklose Häuserfassaden. Ein für ein kleines Mädchen unüberschaubares Netz aus Straßen. Wenn wir ausgingen, klammerte ich mich mit aller Kraft an die Hand des Kinderfräuleins, und wenn wir zurückkamen, ließ ich mich aufs Sofa fallen. Kauerte mich vollkommen erschöpft dort zusammen.

In Braunschweig blieb ich die ganze Zeit im Haus. Ich spielte mit Hedwin und unseren Puppen, versteckte mich hinter den Samtvorhängen und erschreckte den kleinen Willi. Im Arbeitszimmer meines Vaters stöberte ich in den Schubladen herum und nahm die Arzneifläschchen und die weißen Pastillen in die Hand, von denen ich dachte, dass sie jede Krankheit heilen könnten. Papa war Internist, er hatte die Praxis in der Nähe des Schlossplatzes von Großvater Anton übernommen, der sie wiederum von seinem Vater übernommen hatte, dem Leibarzt der Herzöge von Braunschweig. In meiner Familie wurde nicht einmal im Krieg über Geld oder Rationierung gesprochen. Wir waren in der privilegierten Lage, immer ausreichend Nahrungsmittel, Kleidung und Medikamente zu haben. Aber anders als andere gutsituierte Familien waren wir »schlicht«, wie meine Mutter es nannte, das war wichtig, denn wir mussten »niemandem etwas beweisen«. Wir waren als überaus anständige, aber etwas in sich gekehrte Familie bekannt, die ein zurückgezogenes Leben führte und die Ferien an einem gottverlassenen Ort verbrachte, was für die meisten absolut unverständlich war.

In der Schule in Braunschweig hatte ich eine Banknachbarin namens Lotte. Ihre Familie war das genaue Gegenteil von meiner. Jahre zuvor hatte Fritz Messing, Lottes Vater, die brillante Idee gehabt, aus einem familiären Zeitvertreib ein Geschäft zu machen, und eine kleine Marmeladenfabrik gegründet. Im Laufe der Zeit war aus dem Kleinstbetrieb eines der erfolgreichsten Unternehmen der Gegend geworden, mit rund dreißig Mitarbeitern und acht Sorten Marmelade. Der kleingewachsene Herr Messing, der neben meinem Vater wie ein »Marmeladenzwerg« aussah (diese Bezeichnung hatte sich Willi für ihn ausgedacht), war von seiner geschäftlichen Karriere so eingenommen, dass er es versäumt hatte, sich eine

Frau zu suchen, mit der er seinen unverhofften Reichtum teilen konnte, und so war er mit dreißig Jahren immer noch ein fülliger und schüchterner Junggeselle. Eines Tages erlitt seine Telefonistin einen Zusammenbruch, und nur eine Woche später wurde sie durch eine Frau aus Bayern ersetzt, Rosemarie Pfaffenzeller, eine Telegrafistin der Post. Ein Offizier hatte sie und den kleinen Sohn sitzenlassen, und Herr Messing schloss sie sofort ins Herz: die gleiche Größe, die gleiche Statur und, wie Willi ergänzte, der gleiche Oberlippenbart. Das Hochzeitsessen war ein Freudenfest der Marmelade, so erzählte man sich, und ein paar Monate später erblickte ein süßes Mädchen das Licht der Welt, orange wie Mirabellengelee: Charlotte Rosemarie Messing, kurz Lotte.

Lotte war keine richtige Freundin. Sie war eher ein sympathischer Plagegeist. Ihre Bewunderung war erdrückend. Sie suchte, vielleicht von den Eltern dazu angehalten, auf jede erdenkliche Weise meine Nähe. Ich war ihr Vorbild, ein Mädchen mit tadellosen Manieren, das viel las. »Man merkt, dass die Anna aus einer anständigen Familie kommt!«, wiederholte die Mutter unentwegt. All diese Lobhudeleien waren mir peinlich. Ich hielt mich nicht für wohlerzogen. Lotte kannte nicht die Anna, die auf Bäume kletterte und von dort im Unterrock in Waldseen sprang. Sie wusste nicht, dass es meine Lieblingsbeschäftigung war, mich über meinen behäbigen Bruder Willi lustig zu machen und wild mit ihm zu raufen. Für Lotte war ich eine Busenfreundin; sie schenkte mir Bänder, Schleifchen, Federn, Karten und Bonbons, während mein einziges Geschenk an sie darin bestand, ihr bei den Französischaufgaben zu helfen. Nicht ein einziges Mal spielte ich mit dem Gedanken, sie in unser Paradies einzuladen. In den lapidaren Erzählungen über meine Ferien fand der Plünneckenbrunnen keine Erwähnung. Lotte hätte die Magie des Ortes nicht verstanden und sich, wie üblich, nur am Spiegelbild meiner Wahrnehmung ergötzt.

Immer wenn ich sie zusammen mit meiner Mutter oder dem Kinderfräulein besuchen ging, wurde mir bewusst, wie anders meine eigene Familie war. Unsere Wohnung war in gleichem Maße nüchtern, vielleicht auch ein wenig altmodisch und spartanisch, wie die ihre barock überladen und aufdringlich war. Man wurde regelrecht geblendet. Aschenbecher und Nippes überall, Damastkissen, prominent aufgestellte silberne Füllhörner, vergoldete Rahmen, Figürchen, Püppchen, Porträts und verworrene Bilder an den Wänden. Und jedes Zimmer wurde von Kronleuchtern und Kerzen, die von unzähligen Spiegeln reflektiert wurden, für Gäste taghell ausgeleuchtet. »Unser Wohnzimmer wird uns wie eine dunkle, kalte Höhle vorkommen«, meinte Papa eines Tages, als er mich nach einem über Französischaufgaben verbrachten Nachmittag abholte und sich auf dem Heimweg die Augen reiben musste.

Zwischen Marmelade und funkelnden Leuchtern zu lernen, fiel mir nicht leicht. Zu vielfältig waren die Ablenkungen für eine wie mich, die die Hausaufgaben normalerweise in Papas schmuckloser Bibliothek zwischen all den unverständlichen Medizin- und Chemiewälzern erledigte. Ich wartete auf den Sommer wie eine Gefangene auf ihre Freilassung. Während wir, wenn das Schuljahr zu Ende war, den Elf-Uhr-fünfzig-Zug nach Salzgitter nahmen, fuhr Familie Messing mit dem Auto nach Norderney, auf die gefragteste der ostfriesischen Inseln. Lotte schrieb mir lange, mit kleinen Herzchen und Engelchen verzierte Briefe, und ich antwortete mit einer Schwarzweißpostkarte vom Rosengarten des Kurhauses: »Reine Luft, frisches und kräftigendes Quellwasser, Hedwin und ich würden am liebsten gar nicht mehr nach Hause fahren. Ich hoffe, Dir geht es gut, danke für die Briefe, die ich immer gern lese. Deine Anna.«

Als wir eines Nachmittags wieder einmal über den Büchern saßen, zeigte mir Lotte die gerahmten Fotos von ihrer Familie. Auf einem war ein junger Mann in Uniform abgebildet, groß und gutaussehend.

»Das ist mein Bruder Hadrian«, erklärte sie und sah mich aufmerksam an, »eigentlich mein Halbbruder ... wir sehen uns ja auch nicht besonders ähnlich«, fügte sie etwas verlegen hinzu. »Er war auf einem Internat, und jetzt ist er in Berlin stationiert ... er kommt nur selten her, aber wenn er kommt, hat er immer was zu erzählen!« Ich nahm das Foto in die Hand und hielt es mir nah vor die Augen, um Hadrians Gesicht unter dem Helm besser erkennen zu können. Er war wirklich ein sehr gutaussehender junger Mann, aber etwas an ihm beunruhigte mich. Seine Augen waren so hell, dass sie fast weiß wirkten. Zwei schmale Schlitze, der Blick leer.

Meine richtige Freundin war eine andere. Die Freundschaft mit meiner wahren, einzigen und großartigen Freundin begann, wie alles Schöne in meinem Leben, im Sommer. Es war ein schwüler Nachmittag, ich war neun Jahre alt, und sie sprang einfach dreist in *meinen* geheimen kleinen See.

Etwa zehn Minuten vom Plünneckenbrunnen entfernt gab es einen hinter Buchen und Binsen halb verborgenen Weiher. Der ansteigende Weg machte mir ganz ordentlich zu schaffen, aber ich wusste, die Entschädigung dafür würde herrlich sein. Ich wollte mitten in der goldenen Stille der einsamen Natur ins Wasser tauchen. Es hieß, der schlammige Grund berge ein Geheimnis: die Leichen jener französischen Soldaten, die Ende des 18. Jahrhunderts die Stadt in Brand gesetzt hatten und betrunken und in Feierlaune dort ertrunken waren, fast ohne es zu merken. Der Ort war verborgen und eröffnete sich unvermutet. Ich war dort noch nie jemandem begegnet, weder tot noch lebendig. Ich kletterte auf einen ziemlich hohen Ast und wollte mich gerade ins Wasser stürzen, als eine Stimme hinter mir sagte: »Pass auf, der See ist voller Ungeheuer!« Ich wandte mich um. Auf dem Ast eines anderen Baumes saß ein Mädchen.

»Unsinn!«, gab ich zurück und sprang ins Wasser. Einen Augenblick später sprang auch sie hinein.

»Siehst du, hier ist gar keiner«, sagte ich.

»Das kannst du doch gar nicht wissen. Warst du denn schon mal unten auf dem Grund?«, gab sie zurück und hielt sich zappelnd über Wasser.

»Nein, will ich auch gar nicht. Mir reicht es, an der Oberfläche zu schwimmen. Deshalb komm ich her.«

»Das Meer ist schöner«, meinte sie und blickte über meinen Kopf hinweg in die Ferne.

»Das hab ich noch nie gesehen.«

»Du hast noch nie das Meer gesehen? Aber woher kommst du denn?«

Es stimmte. Wegen der Inhalationen von Hedwin und Mama und wegen der verbissenen Haltung von Papa waren wir noch nie woanders gewesen. Ein wenig verlegen machte ich ein paar Schwimmzüge.

»Ich bin Helene. Ich komme aus Kiel, aber vier Wochen im Jahr wohne ich hier bei meiner Großmutter.« Eine schlichte Vorstellung mitten in einem verlassenen kleinen Weiher.

»Ich bin Anna«, sagte ich. Wir mochten uns von der ersten Minute an.

Ach, Helene! Meine Helene. Jetzt war ich kein allein durch die Wälder streunendes Kätzchen mehr, nun hatte ich eine Gefährtin für meine Abenteuer. Wenn wir um die Wette liefen, kamen wir gleichzeitig ins Ziel. Wenn ich Brombeeren von den Sträuchern pflückte, waren die saftigsten für sie. Zusammen erkundeten wir die Wälder, blieben bis zum Abend dort und schwatzten ununterbrochen. Ich war sicher, dass ich sie vor jedem Drachen beschützen würde, und Helene wusste, wie man Zauber löste. Sie war selbstständig, klug, liebenswürdig. Wenn sie sich wehtat, weinte sie nicht, sondern bat einfach um Hilfe. Eines Tages fanden wir Stacheldraht im Wald, und Helene riss sich die Hand daran auf. Von meinem Vater wusste ich, dass eine bestimmte Pflanze mit weißen Blüten und mit Blättern wie Eselsohren Blutungen stillte. Ich fand eine, pflückte eine Handvoll Blätter und zerrupfte sie in grobe Stücke. Dann schmierte ich den Blättermatsch auf die Wunde, und sie hörte augenblicklich auf zu bluten. »Du wirst mal Arzt wie dein Vater«, prophezeite Helene.

Wenn Helene und ich uns trafen, blieb die Zeit stehen, damit sie uns zusehen konnte. »Wenn ich ein Mann wäre, würd' ich dich heiraten«, sagte ich einmal zu ihr, als wir ausgestreckt auf der Wiese lagen, um unsere Kleider zu trocknen. Helene drehte sich um. »Dafür müsstest du aber bei meinem Papa um meine Hand anhalten, und das wär' tatsächlich schwierig. Ich hab' ihn schon seit Jahren nicht mehr gesehen. Er reist fröhlich durch die Welt ... und deshalb hat meine Mutter auch damit angefangen. Im Juli schickt sie mich, wie du weißt, jedes Jahr hierher und nach einem Monat holt sie mich wieder ab. Im September fährt sie dann immer nach Italien, an den Gardasee, und bleibt dort den ganzen Winter über. Deshalb bin ich immer mit dem Kinderfräulein und den Hausangestellten allein. Wenn du mich heiratest, musst du immer bei mir bleiben, verstanden?«

»Na klar, ich würd' dich niemals alleine lassen, Helene.«

Der Lufthauch, der ich bin, wird zu einem Wirbel und schraubt sich wütend in den Himmel.

1919 schenkte uns Salzgitter einen riesigen Spielplatz, den sogenannten Greifpark. Auf dem Gelände, unter dem man Jahre zuvor vergeblich nach Kalisalzvorkommen gegraben hatte, hatte ein Wohltäter aus der Gegend, Reinhard Martin Stoot, der von den Einwohnern nur Onkel Stoot genannt wurde, einen ganz besonderen Park errichten lassen. Entlang der stillgelegten Gleise, auf denen einst die Bergwerksloren mit dem Aushub gefahren waren, hatte er Birken pflanzen lassen, sodass eine Allee entstanden war, die mitten durch den Park führte und Jung und Alt zu herrlichen Spaziergängen einlud. Die Überreste des Kaliwerks und der Behausungen, die aus Steinen, Schutt,

Lumpen, Ziegeln und Holz bestanden, hatte er genutzt und aus dem ungewöhnlichen Material Figuren und Bauwerke gestaltet, die über den Park verteilt aufgestellt wurden. Es gab ein Modell des Sieben-Raben-Schlosses, die Figuren von Hänsel und Gretel, ein kleines Dornröschenschloss und schließlich unsere beiden Lieblingsfiguren Rotkäppchen und der Wolf, die einander am Anfang der Birkenallee gegenübersaßen. Onkel Stoot hatte Arbeitslose, junge Männer und Jugendliche aus dem Ort zusammengetrommelt und ihnen nur einen einzigen Auftrag erteilt: Der Krieg ist vorbei, baut einen Märchengarten, weit weg vom Elend dieser Welt. Der Park war bald weithin bekannt und außerordentlich beliebt. Ich erinnere mich an Reisegesellschaften aus Berlin oder Hamburg, die nur in Salzgitter Halt machten, um ihn zu besuchen. Am Eingang des Parks gemahnte eine gewaltige Figur mit einer Keule in der Hand, der Wilde Mann, die Besucher an frühere Entwicklungsstufen der Menschheit. Uns jagte der Wilde Mann keine Angst ein, wir mochten ihn und hatten den Eindruck, er würde über uns wachen. Wer hätte uns an diesem verzauberten Ort, der aus dem Nichts auf den weitläufigen Hügeln oberhalb der Kuranlagen entstanden war, je Böses tun können? Als die Arbeiten abgeschlossen waren, wurde der Geräteschuppen nicht abgerissen, sondern zu einer Gastwirtschaft umgebaut, mit Sitzbänken draußen. Dort war es schön schattig und angenehm kühl, denn der Hügel war üppig bewachsen, und so dauerte es nicht lange, bis sich Familien dort zum Mittagessen oder zu Kaffee und Kuchen trafen. Auch meine Familie ging nun zum sonntäglichen Mittagessen in den Greifpark statt in den Ratskeller. Nach dem Essen saßen meine Mutter und Helenes Großmutter dann mit einer Decke über den Knien im Schatten, lasen Hedwin eine Geschichte vor, bis meine kleine Schwester in Mamas Arm einschlief wie ein Welpe zwischen den Pfoten der Mutter. Und wenn Helenes unvermeidliche Frage, ob wir zum Rotkäppchen durften, bejaht wurde, stürmten wir glücklich davon.

»Nicht auf die Figuren klettern«, rief die Großmutter jedes Mal, »ihr wisst, dass das verboten ist!« Aber wir kletterten dennoch hinauf. Ich rittlings auf den Wolf, Helene in die Arme Rotkäppchens. »Hallo Wolf«, fing sie an, »ich weiß, dass du gar nicht so böse bist, wie du aussiehst.«

Und ich gab mit finsterer Stimme zurück: »Wart nur ab, ich fress dich gleich, meine Kleine …«

Wenn die Großen kamen, mussten wir in Windeseile herunterklettern. Manchmal aber konnten wir oben bleiben und kleine Szenen aufführen.

»He, Rotkäppchen, wem bringst du denn diesen Korb voller Leckereien?«, fragte ich.

»Meiner Großmutter«, gab Helene kichernd zurück.

»Wenn du willst, kann ich ihn tragen und dich begleiten.«

»Das ist nicht nötig, lieber Wolf, ich komme schon allein zurecht.«

»Na dann statte ich deiner Großmutter einfach so einen Besuch ab, ich lauf voraus und warte dort auf dich.«

»Lauf nur, lieber Wolf, und pass auf, dass die Großmutter dich nicht frisst!«, antwortete Helene, weil sie an ihre echte Großmutter dachte, eine Frau, die einen Wolf durchaus das Fürchten lehren konnte.

Es machte uns Spaß, die Märchen abzuwandeln. Warum musste Rotkäppchen denn immer vom bösen Wolf betrogen werden? Der Wolf im Greifpark war ein herrliches Tier mit großen sanften Augen, der dem Rotkäppchen für alle Ewigkeit gegenübersaß. In sicherer Entfernung voneinander und beide mit Stacheldraht umzäunt: Was konnte schon passieren? In unserer Version des Märchens war es der Großmutter gelungen, den Wolf zu zähmen, sodass er nun als fügsames Hündchen zu ihren Füßen vor dem Schaukelstuhl hockte. Im Greifpark gab es keine wirklich bösen Figuren. In dem Gemisch aus Schutt, Lumpen und Zement hatte sich alles Gewalttätige aufgelöst.

Ich sehe das Gasthaus von oben, Helene und ich laufen zu unseren Figuren. Und in diesem Moment drückt mich der Wind plötzlich nach unten.

Es war der erste Sonntag im Juli. Helene und ich spielten gerade eine unserer kleinen Szenen, als der Strohhut meines Vaters in der Ferne auftauchte und immer näher kam. Au weia! Ich schlug Alarm: Runter! Los, schnell! An den kantigen Pfoten des Wolfs riss ich mir den Ellbogen auf, blieb dann am Stacheldraht hängen und fiel hinunter. Ich rollte mich ab und landete direkt vor den Füßen meines Vaters. »Anna! Hast du dir wehgetan? Komm, steh auf. Warum bist du denn nur auf die Figur geklettert?« Als er mir aufhelfen wollte, bemerkte ich, dass er nicht allein war: Pastor Rudinski und Willi waren bei ihm. Wie peinlich. Ich lag im Dreck, Helene war erschrocken und beschämt und mein Vater blickte mich streng an.

»Das geschieht dir ganz recht!«, sagte Willi. »Du bringst dich doch immer in Schwierigkeiten!«

Ich sprang auf und stürmte auf ihn los. Der Pastor ging blitzschnell dazwischen und hielt meinen Arm auf halber Höhe fest. Und weil ich weiter wild um mich schlug, schlang er meine eigenen Arme um mich und zog mich zu sich heran. So fand ich mich unvermittelt Körper an Körper mit Heinrich Rudinski. In der Zwischenzeit hatte mein Vater Willi ermahnt. »Gebt Ruhe, Kinder, nicht zanken!« Der erste Körperkontakt mit Heinrich war eine Art Kampf; ich gegen ihn. Ich war dreizehn Jahre alt, als er meiner Wut auf halber Höhe Einhalt gebot: Noch heute erinnere ich mich genau an den Duft seiner von einem leichten Schweißfilm bedeckten Haut und an seinen Schwanenhals, weiß und zerbrechlich.

Ich werde weggeweht, nach oben gezogen. Ich schwebe über dem Greifpark, während das Mädchen, das ich einst gewesen bin, von Rudinski festgehalten wird. Ich sehe uns beide von oben, in diesem ersten ungelenken

Aufeinandertreffen. Verbittert stelle ich fest, dass Heinrichs Umarmung das Höchste war, was ich in dieser Welt ersehnen durfte.

DREI

Jedem, der wie ich im Jahr 1907 geboren wurde, hätte das Jahrhundert normalerweise die Ehre zuteilwerden lassen, gleich zwei verheerende Kriege mitzuerleben. Vor dem ersten wurde ich durch eine Art kindliche Unbeschwertheit bewahrt. Ich war sechs Jahre alt, und wir waren gerade im Kurort. Die Bauern kamen vom Feld, die Getreideernte wurde abgebrochen. Generalmobilmachung, tönte es in den Straßen, und ich wusste nicht, was das bedeutet. Deutschland trat in den Krieg ein, und alle waren siegesgewiss. Als Hitler Polen überfiel und der zweite begann, wäre ich zweiunddreißig Jahre alt geworden, doch da war ich bereits Futter für die Würmer.

Nach dem Ersten Weltkrieg gab es in Braunschweig jeden Tag Streiks. Mein Vater klagte, dass es so nicht weitergehen könne und es früher oder später zu einem Putsch kommen würde. Er verschlang die »Braunschweiger Allgemeine Zeitung«, und wenn er die ausgelesen hatte, lieh er sich vom Portier unseres Hauses den »Volksfreund«. Lotte nahm Anstoß daran, als ich es ihr erzählte: Sie behauptete, der »Volksfreund« sei die Kommunistenzeitung, es sei nicht gut, dass ein Arzt wie mein Vater sich durch ein derartiges Blatt den Ruf ruiniere. Ihr Bruder Hadrian lese den »Stahlhelm«. Für Frauen seien hingegen eher Illustrierte geeignet, meinte sie, Politik sei für uns zu kompliziert. »Und außerdem«, fügte sie besserwisserisch hinzu, »verlässt ein Mann seine Braut sofort, wenn sie sich zu sehr für Politik interessiert.«

Beim Abendessen besprachen meine Eltern oft das Tagesgeschehen – allerdings ohne jemals laut zu werden oder sich zu ereifern –, und sie versuchten auch, es uns zu erklären. Sie vertraten gemäßigte Ansichten, meinen Vater machten die Armut und die Ignoranz traurig, denen er als Arzt jeden Tag begegnete. Er erzählte uns von Witwen, die die Arzneimittel für ihre Kinder nicht bezahlen konnten. Von Neugeborenen, die aus Not an wohlhabende Familien »verkauft« wurden. Er berichtete von winzigen Wohnungen, in denen dreizehn, vierzehn Kinder lebten, zusammen mit den Eltern und den Großeltern. Schmutz, Krankheiten und Arbeitslosigkeit waren für ihn weitverbreitete Übel, die die Stadt nicht länger ignorieren durfte. Für Hedwin, Willi und mich waren das Erzählungen aus einer sehr weit entfernten Welt. Bei uns hatte jedes Kind ein eigenes Zimmer voller Spielzeug und Kleidung, im Nordflügel gab es sogar eine Bibliothek, im Wohnzimmer standen Hedwins Flügel und hochwertige Möbel aus Nussbaumholz. »Nicht alle Kinder dieser Welt haben das Glück, in eine Familie wie die unsere hineingeboren zu werden«, erklärte mein Vater zwischen zwei Löffeln Suppe. Willi lauschte diesen Berichten mit offenem Mund und machte ab und zu konkrete Lösungsvorschläge, etwa andere Kinder in seinem Zimmer unterzubringen, sie sich im Badezimmer waschen zu lassen, ihnen neue Kleider zu schenken. Aber wenn meine Mutter ihn dann neckte und daran erinnerte, dass er auch seine Süßigkeiten mit ihnen würde teilen müssen, bekam Willis Großmut schlagartig einen Dämpfer.

»Lotte sagt, die Juden sind schuld an diesem ganzen Durcheinander!«, warf ich eines Abends beim Essen ein. Die Miene meiner Mutter verfinsterte sich, und mein Vater legte den Löffel beiseite. Er wischte sich den Mund mit der Serviette ab, und ich bereute meine Worte bereits. Ich hatte etwas Törichtes gesagt. »Das ist Unfug, Anna, vollkommener Unsinn. Deine Mutter und ich, wir hatten – und haben immer noch – einige jüdische Freunde.

Ich kann dir versichern, dass es sich durchweg um überaus anständige Menschen handelt. Herr Messing ... was erzählt er Lotte da nur ...« Am nächsten Tag in der Schule behauptete auch der Deutschlehrer, dass die Juden und die Sozialisten an der Niederlage Deutschlands schuld seien. Aber ich glaubte meinem Vater, wie hätte es auch anders sein können? Er hatte auf jede Frage immer eine kluge Antwort, warum also zweifeln? Soll Herr Messing doch zum Teufel gehen mit seinen Theorien, sagte ich mir, Papa hat recht.

»Papa«, fragte Willi eines Abends, »ist Kuba Jude? Woran erkennt man denn Juden?«

»Daran, dass sie samstags zum Gottesdienst gehen«, ging meine Mutter dazwischen, »und dass sie kein Schweinefleisch essen. Na ja, sie haben auch noch andere, kompliziertere Regeln, aber im Aussehen unterscheiden sie sich nicht von allen anderen.«

»Das ist alles?«, fragte Willi bass erstaunt. »Und der Marmeladenzwerg hasst sie nur, weil sie keine Wurst essen?«

»Kuba ist Jude, Willi, aber wäre dir das jemals aufgefallen, wenn wir es dir nicht gerade eben gesagt hätten?«, gab mein Vater zurück.

»Ich wusste es doch schon. Thomas und Hendrik haben ihn letztes Jahr hinter dem Gasthaus im Greifpark mit einem Spaten verprügelt. Und sie haben ›Judennase, Judennase‹ gerufen.«

»Wie bitte? Und du hast nicht eingegriffen?«, fragte meine Mutter irritiert.

»Nein, ich hatte Angst, dass sie mich dann auch verprügeln«, antwortete Willi mit gesenktem Blick.

Kuba, Jakob Goldfinger, war ein Junge, der zusammen mit seinem Vater und weiteren drei Brüdern in einer Holzbaracke am Rand von Salzgitter lebte. Sie waren Saisonarbeiter, zogen von Ort zu Ort, immer dorthin, wo es ein paar Groschen zu verdienen gab. Sie kamen aus Łódź, waren aber Deutsche. Kuba war ohne Mutter aufgewachsen, sie war bei seiner Geburt gestorben. Willi und Kuba waren gleich alt und ein seltsames Gespann. Wie Helene und ich zogen sie an den langen Sommernachmittagen ziellos herum, aber im Gegensatz zu uns hatten sie auch künstlerische Ambitionen. Kuba hatte irgendwo eine kleine Geige aufgetrieben und Willi erzählte gern Witze, trällerte Parodien von bekannten Liedern, machte kleine Kunststücke wie ein Gaukler. Willi wog dreimal so viel wie Kuba und schon das erregte Heiterkeit: so leichtfüßig der eine war, so schwerfällig und langsam war der andere. Kuba lernte schnell und vergaß noch schneller. Für Willi war der Anfang immer zäh, aber das Ziel erreichte er als Erster. Die beiden stellten in den Nachbarorten spontane kleine Aufführungen auf die Beine und bekamen so immer ein Säckchen Münzen zusammen. Sie wurden sogar eingeladen, beim Dorffest auf dem Klesmerplatz aufzutreten: Es war ein Riesenerfolg! Selbst meine Mutter, die Willis Freude am Applaus nicht gern sah, war begeistert. »Manche werden mit einer künstlerischen Begabung geboren, manche mit einer mathematischen«, sagte sie zu Rudinski, während sie Beifall klatschte, »mein Sohn wurde als Sonnenschein geboren, man muss ihn einfach gernhaben!«

Einmal, als Kuba Willi bei uns zu Hause abholen wollte, geriet er in die Fänge von Frau Priesnitz und wurde in die Badewanne gesteckt. »Dieser Junge hat bestimmt Läuse, Frau Alrutz«, rief sie meiner Mutter zu, »da sind sicher zwei Stück Seife nötig, um die Hautfarbe erkennen zu können!« An diesem Abend war Kuba, gewaschen, wohlriechend und frisch frisiert wie ein Pudel, unser Essensgast. Willis Kleider waren ihm zu weit, standen ihm aber gut zu Gesicht. Er war ein hübscher Junge, das sah man an Hedwins Blick, und er hatte genauso dunkle Augen wie Mama. Manchmal führten die beiden kurze Unterhaltungen auf Polnisch. Trotz der ärmlichen Familienverhältnisse war Kuba gut erzogen. Nie erhob er die Stimme, er war zurückhaltend, aber aufgeweckt. An jenem Abend probierte er zum ersten Mal in seinem Leben Schokolade. Sein Gesichtsausdruck besagte, dass er nie wieder etwas anderes essen wollte.

In dem Sommer wurde Kuba von unserer Familie praktisch adoptiert. Meine Mutter brachte ihm Lesen und Schreiben bei (ein Kinderspiel, sagte sie, das ist ein Wunderkind), Frau Priesnitz passte einen von Willis Anzügen, der diesem sowieso längst zu eng geworden war, für ihn an und mein Vater mischte ein Stärkungsmittel, das er morgens und abends einnehmen sollte. Innerhalb eines Sommers wurde aus Kuba zur Freude meiner ganzen Familie ein Kind wie jedes andere. Als wir abreisten, kam der Junge mit einem Strauß Margeriten für Hedwin zum Bahnhof. Ich sah, wie die Augen meiner Mutter sich mit Tränen füllten.

»Sie haben Kuba hinter dem Gasthaus verprügelt, und wir haben davon rein gar nichts mitbekommen? Wann ist das denn passiert?«, fragte meine Mutter bestürzt.

Willi schwieg, Hedwin war den Tränen nahe. Mit einem Ausdruck im Gesicht, den ich noch nie bei ihm gesehen hatte, warf mein Vater die Serviette auf den Tisch und stand auf. Er rief beim Fernsprechamt an und ließ sich mit Pastor Rudinski verbinden. Er erläuterte ihm, was er soeben erfahren hatte, und bat ihn, sich darum zu kümmern. Kuba sei wie jeden Winter verschwunden, erklärte Rudinski. Er werde im nächsten Sommer zusammen mit dem Rest seiner Familie zur Obsternte wiederkommen. Rudinski sagte meinem Vater auch, er solle sich nicht zu viele Sorgen machen, die Goldfingers seien wie Ratten – ein Vergleich, der meinem Vater gar nicht gefiel –, gewohnt, jede Situation zu überleben. Das würden sie auch dieses Mal tun.

Rudinski. Pastor Heinrich Rudinski. Ich weiß nicht, wie oft ich seinen Namen neben meinem erträumt habe. Von all den Menschen, denen ich im Laufe meines Lebens begegnet bin, ist er der rätselhafteste. Der Duft von frischgebackenem Kuchen, heißem Malzkaffee, meine Mutter, die alle auf die Veranda ruft: »Bitte, wir können anfangen, alles ist bereit!« Zuerst geht Hedwin hinaus und sucht sich schüchtern ihren Platz am Tisch. Nach ihr Kuba, dann Willi, Frau Priesnitz mit den Servietten in der Hand und schließlich mein Vater. Aber da ist noch jemand. Ich sehe Heinrichs Hände mit einer leichten und anmutigen Bewegung den Vorhang zur Seite schieben, um hindurchtreten zu können, genau wie er bei unseren Sommerspaziergängen die Brennnesseln zur Seite geschoben hat. Ich erkenne seine helle Haut und die Sommersprossen auf dem Handrücken. Es waren die Hände eines Jugendlichen, nicht die eines Mannes. Sieh an, vielleicht hat es auch Vorteile, wenn man nur ein Lufthauch ist. Ich kann ihn beobachten, so lange ich will, ohne mich verstecken oder schämen zu müssen. Ich schaue ihm so direkt in die Augen, wie ich es zu Lebzeiten nie gewagt habe, und nehme den kleinen grauen Fleck auf der linken Iris wahr. Mit den Fingern zeichne ich sanft die Linie der Lippen nach und die kleinen Schnitte von der Rasur auf dem Hals.

Er war das Licht, das ich zu Lebzeiten atmete, der Glanz meiner Jugend.

VIER

Der heutige Hausmeister dieser Universität ist ein Nichtsnutz.

Moritz war seinerzeit ein dickbäuchiger Alleskönner, der immer etwas zu tun hatte. Er tauschte Glühbirnen, staubte die Fenstersimse ab, brachte die Geräte an den richtigen Platz – man brauchte sich seine Hilfe nur herbeizuwünschen und schon tauchte er wie von Zauberhand auf. Der riesige Kerl von heute hingegen denkt nur ans Rauchen, glotzt den Studentinnen auf den Hintern und blättert in billigen Heftchen mit halbnackten Frauen auf dem Titelblatt. Die Zeiten haben sich geändert. Wäre ich noch eine braune Schwester, würde ich mit Hartmann sprechen und ihn hochkant hinauswerfen lassen. Aber Hartmann ist nicht mehr da, und ich im Grunde auch nicht. Mir bleibt nur das Vergnügen, mich ihm an seinen langen faulen Nachmittagen zu nähern und ihm einen eisigen Hauch auf die Stirn zu legen.

Zu meiner Zeit befanden sich im Keller der Klinik das Medikamentenlager, die Geräte sowie die Archive. Und die winzige Wohnung von Moritz. Heute beherbergt das Gebäude der Universitätsklinik andere Institute als die Medizin, aber der Keller ist beinahe gleich geblieben. Allerdings ist das Lager, das dieser Hausmeister hier führt, eine Katastrophe. Kabel, durchgebrannte Glühbirnen, Schreibtische, Schränke, Sessel, Aktenordner, Hefte, eingestaubte Register, Herrgott, was für ein Durcheinander! Und in diesem ganzen Haufen alter Sachen habe ich kürzlich meine mit Füller auf eine große Schachtel notierte Dienstnummer entdeckt. Was fiel da zwischen allerlei Krimskrams aus der Vergangenheit nur alles heraus: der kleine Kamm, das elfenbeinfarbene perlenbesetzte Täschchen – ein Geschenk meiner Mutter –, ein paar verrostete Haarklammern und die dicken Wollstrümpfe für den Winter. Ganz unten das Bild des Greifen, das ich am Fußende des Bettes aufgehängt hatte. Der Rahmen ist zerkratzt und an manchen Stellen gerissen. Hier ist Heinrichs Geschenk zu meinem achtzehnten Geburtstag also gelandet. Im staubigen Lager eines nichtsnutzigen Hausmeisters.

Eines Nachmittags kam Lotte für die Französischaufgaben zu mir nach Hause. Pünktlich um fünf Uhr tranken wir wie immer eine Tasse Tee mit Hedwin, Willi und dem Kinderfräulein. Nachdem Gentiane den Tee eingeschenkt hatte, erhob sich Lotte und verkündete in dramatischem Tonfall, ich sei die wichtigste Person in ihrem Leben und sie würde einfach alles für mich tun! Willi hob den Blick von seinem Kuchen und sagte, so ernst es einem Witzbold wie ihm möglich war: »Dann such einen Ehemann für sie, damit sie sich endlich wegschert!« Alle lachten, ich knurrte ihn an und Lotte antwortete: »Das wird nicht schwer sein, schau nur, wie schön deine Schwester ist! Bald schon werden die Bewunderer Schlange stehen!« Willi schien nicht überzeugt und aß zum Trost weiter. Um halb sieben klingelte es. Der Fahrer, pünktlich. Während ich Lotte in den Mantel half, hörte ich das Kinderfräulein in einem seltsam koketten Tonfall sprechen. Wir gingen zur Tür. Dort stand ein junger Mann in Uniform, groß und sehr aufrecht, unsere Blicke trafen sich.

»Sie müssen das Fräulein Alrutz sein, die *werte* Freundin meiner Schwester …«, sagte er und durchbohrte mich mit seinem Blick. Es kostete mich einige Überwindung, zu antworten. Es war Hadrian, gerade aus Berlin zurück.

»Wollen Sie nicht eine Tasse Tee mit uns trinken, Herr Messing? Er ist noch warm!«, flötete Gentiane. Wieder sahen wir uns an, und angesichts der plötzlichen Heiterkeit des sechzigjährigen Kinderfräuleins musste ich grinsen. Auch er lächelte, und wenn der Wolf lächelt, hat die Beute eine Verschnaufpause.

Jetzt würde ich zu ihm sagen: Hau ab. Raus. Raus mit dir und deiner Uniform. Mit dir und deinen Freunden. Haut alle miteinander ab und lasst uns in Frieden. Aber *jetzt* ist es zu spät. Hadrian lehnte Gentianes Einladung höflich ab, wie einer, der weiß, dass er im großen Stil wiederkehren wird, ohne auf viel Widerstand zu stoßen. Er hatte ein Revier ausgemacht, das es zu erobern galt. Er war ein Wolf, der einen anderen Wolf erkannt hatte, mit dem er bis aufs Blut kämpfen würde.

»Gern, aber wir werden zum Abendessen erwartet. Ich bin mir sicher, es wird sich eine andere Gelegenheit ergeben. Bist du fertig, Lotte, können wir?«

Ich spürte, dass mein Hals so rot geworden war wie die Rote-Bete-Suppe an diesem Abend. »Was für ein schöner junger Mann, dieser Hadrian!«, schwärmte Gentiane. Mir brach kalter Schweiß aus. »Findest du nicht auch, Anna? Wie alt wird er wohl sein, fünfundzwanzig, sechsundzwanzig ... er hat ein geradezu aristokratisches Auftreten, würde ich sagen, oder?«

»Ja, er sieht aus wie die auf den Fotografien, die bei Feilner ausgestellt sind«, fügte Hedwin hinzu.

»Vielleicht sollten wir ihn fragen, was er mit seinem Leben anfangen will, mit diesem aristokratischen Auftreten ...«, meinte mein Vater skeptisch.

»Ich mag ihn nicht«, platzte Willi heraus und wir drehten uns alle zu ihm um, damit er uns erklärte, warum. Mein Bruder löffelte ungestört weiter seine Suppe. Die Klingel! Gentiane ging zur Tür und kam mit einem verzierten Billett ins Wohnzimmer zurück, Messings luden uns für den kommenden Sonntag zum Mittagessen ein. Es war offensichtlich: Lotte und ihre Mutter waren in

Aktion getreten. Es musste eine Gelegenheit geschaffen werden, ihre Familie enger an unsere zu binden.

Eine Bronchitis zwang meine Mutter und Hedwin an jenem Sonntag ins Bett. Willi, Papa und ich blieben zwar verschont, aber aus dem Mittagessen wurde nichts. Hadrian fuhr zu meiner großen Erleichterung wieder ab. Die Verabredung wurde aufgeschoben.

Hadrians Blick hatte mir einen neuen Horizont eröffnet. Es war nicht der Blick, mit dem mich Willi neckte, nicht der liebevolle und ernste Blick meines Vaters und auch nicht der gutmütige meines Geschichtslehrers. Es war ein Blick, der mich verwirrte. Eines Abends ließ ich nach dem Bad das Handtuch heruntergleiten und betrachtete zum ersten Mal eingehend meinen Körper. War ich so schön, wie Lotte pries? Meine Haut war hell und rosig, ein unreifer Pfirsich. Ich hatte dünnes, glattes blondes Haar, fast immer zu zwei Zöpfen geflochten. Helle Brustwarzen, sich gerade ausformende Brüste. Beim ersten Sonnenstrahl war die Haut von Sommersprossen übersät. Ich war recht groß im Vergleich zu den Mädchen in meiner Klasse, jedoch kein Strich in der Landschaft. Ich hatte breite Schultern wie eine Schwimmerin und war muskulös. Ich dachte an Hedwins gebeugte, schmale Schultern, an ihre Blässe, an die bläulich schimmernden Venen auf den dünnen Armen und an ihr entwaffnendes Lächeln, wenn sie Kuba sah. Meinem Bruder schließlich ähnelte ich noch weniger. Willi wuchs heran, ohne Muskeln zu bekommen, er hatte einen prächtigen Bauch voller Kekse und ein rundes, gemütliches Gesicht mit einem Muttermal mitten auf der linken Wange. Die perfekten Bögen seiner Augenbrauen sahen aus wie fein säuberlich aufgemalt. Mit seinem Ausdruck eines wohlgenährten Katers hätte mein Bruder die Sympathie von Steinen gewinnen können. Der einzige Schluss, zu dem ich an jenem Abend im Bad gelangte, war, dass ich mich weder so schön fand wie meine Mutter noch so unansehnlich wie die von

Lotte. Ich war ein beliebiges blondes Mädchen aus Braunschweig. Nein, Hadrians Blick war ein Versehen gewesen.

Die Nachkriegsjahre waren die intensivste Zeit meines Lebens. Zumindest im Sommer. Die Freundschaft mit Helene war zu einem innigen Band geworden: Im Winter pflegten wir unsere Seelenverwandtschaft anhand von endlos langen Briefen voller Fantastereien, im Sommer holte ich sie mit klopfendem Herzen am Bahnhof von Salzgitter ab. Die lange Zugfahrt aus Kiel griff ihren Teint an, doch jedes Mal stieg Helene schöner aus dem Zug. Wir wurden größer, und die Veränderung des eigenen Körpers im Spiegel der jeweils anderen zu erkennen, machte uns verlegen. »Wenn ich du wäre, Anna, würde ich zum Militär gehen. Die zahlen gut und es ist eine sichere Anstellung. Mit diesen Schultern jagst du auch einem Mann Angst ein!«, sagte Helenes Großmutter eines Tages zu mir, während sie auf der Veranda ihre Zeitungen sortierte.

»Und du, meine Liebe, was willst du eigentlich aus deinem Leben machen?«, richtete sie das Wort dann an Helene. »Du bist ganz gut in der Schule, hast du schon mal daran gedacht, zu studieren?«

»Ich weiß noch nicht, Großmutter, mal sehen ... Vielleicht heirate ich und bekomme einen Haufen Kinder, sodass du eine Menge Urenkel hast, die sich um dich kümmern!«

»Ich brauche niemanden!«, schimpfte die Großmutter.

Jeden Sommer sah man am Bahnhof Salzgitter Dutzende »Sommerfamilien«, die sich mit großem Hallo inmitten von Gepäckstücken und wild umherwuselnden Kindern wiedertrafen. Wir wurden stets von Pastor Rudinski und einem seiner Kinder begrüßt, manchmal auch vom Apotheker Sievers und seiner Frau. Ich erinnere mich noch sehr gut an den Sommer 1922. Mein Vater stieg als Erster aus, war zunächst Hedwin und meiner Mutter behilflich und wandte sich dann Rudinski zu, um ihm die Hand zu schütteln. Danach hob er Willi, der sich auch beim Aus-dem-Zug-Springen nicht besonders geschickt anstellte, herunter und stellte ihn vorsichtig auf dem Bahnsteig ab. Als ich an der Reihe war, war es jedoch nicht Papa, der mir die Hand reichte, sondern der Pastor. Ich ergriff seine Hand, wir schauten uns kurz in die Augen und für einen Moment nahm ich einen Blick wahr, der dem Hadrians ähnelte.

Zu der Zeit war Heinrich siebenundzwanzig Jahre alt, etwas älter als Hadrian, und ich gerade vierzehn. Er war mit einer Frau verheiratet, die selten am Dorfleben teilnahm und die auch meine Familie kaum kannte: Cornelia, geborene Schrott. Bei allen nur Nelly Schrott. Einmal war ich mit Helene spazieren und sah sie im Garten ihres Hauses sitzen, ihren roten Schopf über ein Blatt gebeugt, eifrig schreibend. Im Dorf hieß es, sie sei ein bisschen verrückt oder krank oder beides. Sie litt unter häufigen epileptischen Anfällen und verbrachte daher viel Zeit im Haus. Nicht einmal die Gottesdienste ihres Mannes besuchte sie, was in dem kleinen Kurort eine ganze Flut von Vorwürfen nach sich zog. Schließlich musste die Ehefrau eines Pastors ganz bestimmte Eigenschaften besitzen: Stärke, Zurückhaltung, Sittsamkeit. Nelly mangelte es an allen dreien. Die Enttäuschung der Dorfbewohner war groß und fand nur dadurch einen Ausgleich, dass es mit ihr immerhin jemanden gab, über den es im eintönigen Dorfalltag zu lästern lohnte. Man wusste nur sehr wenig über sie. Als Tochter einer notleidenden Arbeiterfamilie von der Ruhr war sie auf der Suche nach Glück mit sechzehn Jahren in Berlin gelandet. Dort schuftete sie Tag und Nacht in einem Lokal an der Friedrichstraße, trank viel und pflegte, so wurde gemunkelt, überaus schlechten Umgang. Dann hatte sie begonnen, sich für Politik zu interessieren und sich aus Begeisterung über Rosa Luxemburgs Reden dem Spartakusbund angeschlossen. Im Zusammenhang mit der einen oder anderen Demonstration war sie mehrfach festgenommen und geschlagen worden und schließlich in einer Nervenklinik gelandet. Dort hatte sie Heinrich kennengelernt und nach einiger Zeit dem »sündigen« Leben entsagt. Sofort waren Kinder auf die Welt gekommen: Der Umzug nach Salzgitter sollte einen Neubeginn für das junge Paar bedeuten. Fern von Berlin schien Nelly jedoch dahinzuwelken.

Bis zu diesem Tag hatte ich kein besonderes Interesse an Nelly gehabt. Aber das änderte sich schnell. Meine Familie lud sie eines Sonntags zum Kaffeetrinken auf der Veranda ein. Als die schmächtige Gestalt mit den verstrubbelten Haaren, die nur nachlässig im Nacken zusammengebunden waren, über die Schwelle unseres Hauses trat, war es, als sähe ich sie zum ersten Mal. Eine Frau aus der Stadt mit zweifelhafter Vergangenheit. Ich beobachtete sie bei Tisch, versuchte aber, es unauffällig zu tun. Ich musterte ihre eingerissenen Fingernägel und den mit Tinte verschmierten Mittelfinger, die zittrige Hand, mit der sie die Tasse nahm, den abwesenden Blick. Die Kinder, drei Jungen, waren ein Spiegel der Nachlässigkeit, mit der Nelly den Haushalt und vielleicht ihr ganzes Leben führte: ungekämmt, mit Grasflecken auf den Hemden und offenen Schuhbändern. Gierig verschlangen sie den Kuchen von Frau Priesnitz, und Nelly kümmerte sich überhaupt nicht um sie. Es hieß, Heinrich mache die Wäsche, bügle und stopfe die Strümpfe, während Nelly unterdessen im Garten wirre Briefe an ihre Genossen in Berlin verfasse. Die wenigen Male, wenn sie sprach, reihte Nelly Fehler an Fehler. Sie verwechselte Dativ und Akkusativ, benutzte blumige Ausdrücke – meine Mutter würde später sagen »eine Sprache wie im Wirtshaus *Schall und Rauch*« –, sie las offenbar wenig und flüchtig. Ich fand ihre sonderbaren Reden bedauernswert, und die Vorstellung, auch nur einen ihrer von Fehlern strotzenden Briefe lesen zu müssen, ließ mich erschauern. Meine Mutter gab sich redlich Mühe, um den Nachmittag noch zu retten, während Frau Priesnitz hinter der Gardine stand und uns nachdenklich beobachtete. Irgendwann schien Nelly auch mich wahrzunehmen. Sie blickte mir starr in die Augen und sagte: »Und du, Anna, hast du schon gelernt, einen Kuchen zu backen?« Ich, Kuchen backen? Ich, die ich wie ein Äffchen kopfüber von den Bäumen baumelte, sollte lernen, Kuchen zu backen?

»Nein … Anna … wie soll ich sagen, sie hat sich noch nicht mit solchen Haushaltsaufgaben befasst …«, antwortete meine Mutter für mich, »aber ich habe vor, ihr diesen Winter ein paar Dinge beizubringen … jetzt, wo das heiratsfähige Alter näher rückt, ist es an der Zeit, aus der Herumtreiber-Montur zu schlüpfen, nicht wahr, Anna?« Herumtreiber, dafür hielt meine Mutter mich also? Ich schlug die Augen nieder, war am Boden zerstört. Als ich den Blick wieder hob, sah ich mir gegenüber nur Rudinskis Augen, die meine ganze Verzweiflung sanft umfingen.

»Insbesondere jetzt«, fuhr meine Mutter fort und zwinkerte mir zu, »da die ersten Verehrer vor der Tür stehen …« Ich versank in immer tiefere Verzweiflung. Erneut blickte ich zu Rudinski, und nur zwei Wörter kamen mir in den Sinn: »Rette mich.«

Der kleine Kuba mit seiner Geige war es, der uns schließlich alle rettete. Willi sprang auf und bat meine Mutter mit unwiderstehlichem Augenaufschlag: »Darf ich mit Kuba gehen, Mama?« Ach, wie könnte man da Nein sagen … Willi verschwand ungewohnt flott. »Ich glaub, wir hauen ab, wa?«, fragte Nelly ihre Söhne.

»Ich begleite meine Frau nach Hause«, sagte Heinrich rasch, erleichtert und enttäuscht zugleich. »Wenn es Ihnen nicht zu spät ist, Herr Doktor, könnte ich für einen Nachmittagsspaziergang wiederkommen.«

»Beeilen Sie sich nur nicht zu sehr, Rudinski, es ist sehr heiß … eigentlich gar keine schlechte Idee, heute erst ein wenig später loszugehen. Würden Sie uns die Ehre erweisen, uns zu begleiten, Frau Rudinski?«

»Ich denk nicht im Traum dran!«, rief sie und lachte frech. »Der Wald interessiert mich nicht die Bohne!« Der

Wald interessiert mich nicht die Bohne? *Der heilige deutsche Wald?* Wie konnte das sein, fragte ich mich bestürzt, während ich Frau Priesnitz dabei half, den Tisch abzuräumen.

»Was für eine sonderbare Frau«, presste sie zwischen den Lippen hervor, und aus ihrem Tonfall konnte man das Gerede des ganzen Dorfes heraushören.

»Warum kommen Sie nicht mit uns zum Spaziergang, Fräulein Alrutz?«, fragte mich Rudinski, als er zurückkam, hochrot im Gesicht wegen der großen Hitze. Ohne lange nachzudenken, stimmte ich zu. So tauchte ich in die Welt der gemeinsamen Wanderungen von meinem Vater und Pastor Rudinski ein und verstand, dass die Spaziergänge nur ein Vorwand waren. Eine tiefe Freundschaft verband die beiden, eine unerschütterliche gegenseitige Wertschätzung. Ab und zu sagten sie sich ordentlich die Meinung, doch das fügte ihrer Verbundenheit keinen Schaden zu, sondern stärkte sie nur noch mehr. Sie unterschieden sich in vielem voneinander: Wenn Rudinski die Bibel mitnahm, rümpfte mein Vater die Nase, und wenn mein Vater ein Loblied auf die wohltätige Wirkung irgendeines medizinischen Heilkrauts anstimmte, so hörte Heinrich zwar brav zu, warf dabei aber flehentliche Blicke über die sommerliche Landschaft. Sie sprachen über alles und verstrickten sich in politische, religiöse, philosophische Diskussionen oder auch in Klatsch und Tratsch. Ungeachtet der gelegentlichen Meinungsverschiedenheiten waren sie verwandte Seelen und ein Spaziergang mit ihnen war daher eher eine intellektuelle als eine körperliche Herausforderung.

Das war es, was ich über sie dachte und was ich von ihnen wusste.

An jenem Sonntag klagte mein Vater nach nicht einmal einem Kilometer über Schmerzen im linken Knie. Als dickköpfiger Arzt wollte er nicht umkehren, sondern sich auf einer Bank im Schatten ein wenig ausruhen. Er streckte das Bein aus und befühlte sein Knie. »Tut mir leid, heute bin ich nicht in Form. Vielleicht liegt es auch an der drückenden Hitze. Ich warte hier im Schatten auf euch. Bis zum Plünneckenbrunnen sind es vielleicht noch zwanzig Minuten. Ihr erfrischt euch und dann kommt ihr zurück und nehmt mich wieder mit, wie wäre das?«

»Ich bestehe darauf, Herr Doktor, wir können problemlos umkehren und Sie nach Hause bringen. Ich hole einen Arzt, wenn Sie wollen.«

»Ich bin hier der Arzt, Rudinski, lassen Sie mal«, gab er zurück und tupfte sich den Schweiß von der Stirn. »Wir sehen uns in einer Stunde.«

Und so fand ich mich plötzlich mitten in einem Buchen- und Fichtenwald allein an der Seite eines jungen Mannes wieder, dem mein Vater offenbar blind vertraute, sonst hätte er ihm wohl kaum seine älteste Tochter überlassen, dachte ich. Die ersten Schritte, die wir in Richtung Quelle weitergingen, brachten wir schweigend hinter uns. Bis Rudinski schließlich ein Thema fand: »Ich freue mich sehr, dass Sie mit dem Fräulein von Criegern Freundschaft geschlossen haben. Ich habe den Eindruck, dass dieses Mädchen ein wenig allein ist, nicht wahr?«

»Ihre Eltern sind immer unterwegs wegen der Arbeit … oder zum Vergnügen, Herr Pastor«, antwortete ich.

»Ich verstehe«, sagte er, und ein Schatten legte sich über sein Gesicht, »aber ich denke, dass in unserer Gesellschaft insbesondere die Mutter bestimmte Pflichten hat, etwa, wie soll ich sagen, den eigenen Kindern Aufmerksamkeit zu schenken.«

Wollte er mir damit sagen, dass Helene unglücklich und vernachlässigt war? Meine Helene? Ich reagierte verärgert. »Alle Mütter?«

»Ja, sicher doch.«

»Auch Ihre Frau?«, fragte ich. Er erschrak. Ich hatte ihn verletzt, und zwar ganz bewusst. Leise gab er zurück: »Ja sicher, auch sie.« Wir gingen weiter. Jetzt war die Stille so drückend wie die feuchte Luft um uns herum. Ich bedauerte, so reagiert zu haben. Aber Rudinski war sanftmütig und blieb bei seiner wohlwollenden Art. »Wissen Sie was, Fräulein Alrutz, es ist eigentlich gar nicht verkehrt, wenn man auf dem Weg zum Plünneckenbrunnen schweigt. Kennen Sie die Geschichte vom weißen Band?« Ich kannte sie nicht, aber Legenden weckten stets meine Neugier. »Es heißt, die heidnische Bevölkerung dieser Gegend habe genau an diesen Ort, auf diesen Hügel Wallfahrten gemacht. Sie führten mit dem Wasser der Quelle religiöse Riten durch, schrieben ihm heilbringende Eigenschaften zu. Es eignete sich angeblich insbesondere gut zur Behandlung von in der Schlacht erlittenen Wunden und von Vergiftungen. Die Priester tranken es, um die Verbindung zum Göttlichen zu stärken. Sie waren davon überzeugt, dass das Heilwasser einen in einen Zustand der Gnade versetzen könne – den Ihr Vater wohl als Sinnestäuschung bezeichnen würde – und so ein Kontakt mit dem … Transzendenten entstehen würde.«

»Interessant«, erwiderte ich.

»Aber lassen Sie mich zu Ende erzählen: Man musste einige Vorschriften beachten. Man musste den ganzen Weg in vollkommener Stille absolvieren, kein Gebet, kein einziges Wort. Und wenn man oben angekommen war, dann musste man ein weißes Band an einen der Sträucher rund um die Quelle binden. Auf diesem Band konnte der Bittsteller seine Wünsche notieren: Gesundheit, ein langes Leben, Fruchtbarkeit. Erst danach war es erlaubt, das Quellwasser zu trinken, und zwar möglichst mit den eigenen Händen geschöpft.« In diesem Moment verstand ich, warum mein Vater Rudinski so gern hatte. Dieser Mann war in der Lage, ein ganzes Universum aus Wörtern zu formen. Durch seine Erzählung erschuf er im altbekannten Wald eine zweite Welt. Ich konnte sie sehen, diese Welt, als gäbe es sie wirklich. Ich konnte mir alles vorstellen. Um uns herum sahen wir ganze Prozessionen von Kriegern und edlen Damen, weisen Priestern und Kindern – im *deutschen Wald* verbargen sich zahllose Legenden und ebenso viele heilbringende Quellen, aus denen man die Fülle des Lebens schöpfen konnte. Ich spürte, wie sich eine tiefe Ruhe in mir ausbreitete. Im Licht des Spätnachmittags wirkten die Bäume wie Wachposten, die die Straße des Heils hüteten. Die Blätter glänzten in der Sonne, streckten sich uns entgegen wie vergoldete Hände, das Universum zeigte sich den Wanderern in all seiner herben Schönheit. Neben uns gingen Ritter, Knappen, eine Vielzahl Pilger, im festen Glauben daran, dass das Wasser jeglichen Schmerz lindern würde. Als wir bei der Quelle ankamen, zog ich Schuhe und Strümpfe aus. Mit Helene machte ich es auch immer so, was war schon dabei? Ich tauchte die Füße in die Rinne vor dem Brunnen, und das kalte Wasser auf meiner erhitzten Haut ließ mich erschaudern.

»Was machen Sie denn da, Fräulein Alrutz? Ich bin kein Arzt, aber es könnte doch schädlich sein ... der Temperaturunterschied, die Hitze ... ich bitte Sie, kommen Sie wieder heraus.«

Es war unser magisches Ritual: Bis zur Hälfte der Wade ins Quellwasser eintauchen, es auf der Haut spüren und die Eiseskälte aushalten! Eine Mutprobe, bevor wir uns anderen Vorhaben zuwandten. Vielleicht war genau das ja auch das Heilmittel für alle Übel, das frische Quellwasser und sonst nichts. Rudinski schaute sich um, aber an diesem drückenden Tag war außer uns niemand zu sehen. Ich suchte nach seiner Hand, um herauszusteigen, und er reichte sie mir höflich. Als wir auf der Bank neben dem Brunnen saßen, nahm ich den Duft seiner Haut wahr. Ein Hauch von Moschus und Puder, er duftete nach Sanftmut und Fügsamkeit.

»Darf ich Sie etwas fragen, Herr Pastor?«, fragte ich zögerlich.

»Fragen Sie nur.«

»Warum haben Sie sich dazu entschlossen, Pastor zu werden? War es ... Berufung? Gab es eine Art, wie soll ich sagen, Bestimmung?«

Er lächelte, dachte einen Moment lang nach und sagte dann: »Als Sie meine Bilder gesehen haben, haben Sie wohl gedacht: Wie gut, dass der Pastor Rudinski kein Maler geworden ist!« Auch ich lächelte, obwohl ich seine Bilder eigentlich besser fand als die meiner Mutter. Luftiger und leuchtender. »Vor vielen Jahren habe ich an der Akademie der Künste in Berlin studiert. Aber, ich wiederhole, ich hatte nicht genug Talent. Deshalb habe ich Pinsel und Farben weggelegt und mich der Philosophie und der Theologie gewidmet. Das Vikariat in Berlin war hart, aber hier in Salzgitter führen wir ein ruhiges Leben. Manchmal sogar zu ruhig! Im Sommer mit den Kurgästen lässt es sich gut aushalten, aber wenn sie wieder abreisen, fällt das Städtchen in den Winterschlaf, und der Winter so nahe am Harz ist lang und trübe. Nein, ich glaube nicht, dass es eine plötzliche Berufung war ... Sagen wir, dass der Herr nicht durch seinen lauten Ruf in mein Leben getreten ist, sondern mich vielmehr täglich mit einem Flüstern begleitet.«

Mein Vater war auf der Bank eingeschlummert. Wie sein Kopf da so herabhing, kam er mir plötzlich gealtert vor. Ganz leise setzten Rudinski und ich uns neben ihn. Es dauerte eine ganze Weile, bis er wach wurde, von wegen Ruhe, er schnarchte sogar ... Ich sah, wie Rudinski etwas in seiner Bibel suchte. Kaum hatte mein Vater die Augen geöffnet, begann er vorzulesen: »Genesis, 28,16. Als nun Jakob von seinem Schlaf aufwachte, sprach er: ›Fürwahr, der Herr ist an dieser Stätte und ich wusste es nicht!‹«

»Legen Sie bloß dieses Buch weg, Rudinski«, sagte mein Vater mit noch schlaftrunkener Stimme.

Als ich an jenem Abend auf der Veranda saß, kam Papa zu mir. Er erklärte, dass es für Frauen heutzutage doch viel mehr Möglichkeiten gebe. Ich könne studieren und mir mit dem Heiraten Zeit lassen. Es sei meine Entscheidung, sagte er. Dass Hedwin sich von Mama lösen und woanders studieren würde, sei unvorstellbar; bei Willis Noten könne man höchstens mit einem Angestelltenberuf rechnen. Also sei ich die Einzige, die die Familientradition im medizinischen Bereich weiterführen könne. Dazu sei ich selbstverständlich nicht verpflichtet, aber falls ich mich entschließen würde, das Zusatzjahr für die Zulassung zum Studium zu machen, würde er sich sofort informieren. Er hatte in Göttingen studiert, und von einer Studienkollegin – die inzwischen Kinderärztin in Hamburg war – kannte er ein Mädchenwohnheim mit gutem Ruf. Er würde dort ein Zimmer für mich mieten. »Die Welt verändert sich, Anna! Auch Doktor Graf hat seine Tochter an die Universität geschickt, Ingrid, erinnerst du dich, wir haben sie einmal auf dem Weihnachtsmarkt getroffen – wir werden zwar deine Mutter überzeugen müssen, aber der Rest geht dann von allein! Auch Rudinski hat mir gesagt, dass das Studium etwas für dich wäre.«

Die Ferien verflogen im Handumdrehen. Als Sievers uns mit dem Auto zum Bahnhof brachte, schüttete es wie aus Kübeln. Helene war bereits am Tag zuvor abgereist und ich hatte mich mit Tränen in den Augen von ihr verabschiedet. Jedes Mal war es ein Riss, der schmerzte, als wäre er eine wirkliche Wunde. Der Sommer neigte sich dem Ende zu. Mich erwarteten Braunschweig, Lotte, die Schule und nicht zuletzt Hadrian. Auf der Rückfahrt war ich schlecht gelaunt und müde. Ich überraschte mich dabei, wie ich an Rudinski dachte. Ich hätte ihn vor der Abfahrt gern noch einmal gesehen. Ich stellte fest, dass ich mich nach jener Intimität sehnte, die während des Spaziergangs im Wald zwischen uns entstanden war. Ich wollte mit ihm sprechen, ihm meine Zweifel anvertrauen, ihn um Rat fragen. In dem Jahr war er nicht zum Bahnhof gekommen, weil er in einem Nachbardorf eine Beerdigung abhalten musste. Zwei Tage später in Braunschweig klingelte der Portier, als ich gerade meine Sommergarderobe wegräumte. Es waren Briefe eingetroffen, und einer davon war für mich. Ich dachte an Helene, wenngleich es mir seltsam vorkam, dass sie schon so schnell schrieb. Sofort erkannte ich die vollkommen unleserliche Handschrift von Rudinski. Ich verbarg den Brief in der Tasche und ging in mein Zimmer, um ihn zu lesen. Leise schloss ich mich ein, drehte den Schlüssel sogar zweimal im Schloss wie Willi, wenn er Ingwerkekse stibitzt hatte.

Liebes Fräulein Alrutz,

ich erlaube mir, Ihnen ein paar Zeilen zu schreiben, da Sie mir in letzter Zeit ein wenig beunruhigt zu sein schienen. Die verschiedenen Obliegenheiten des Alltags und, um ehrlich zu sein, auch ein gewisser sozialer Anstand haben mich dann aber daran gehindert, Sie nach den Gründen zu fragen. Ich hoffe, es waren nur vorüberziehende Wolken, wie die eines Sommergewitters, das die Luft gereinigt und frisch zurücklässt. Leben Sie Ihr Leben mit Freude. Sie gehen dem Leben ja erst entgegen, öffnen Sie die Arme und empfangen Sie es voller Hoffnung. Wenn jemand Sie beleidigt, Sie verletzt, denken Sie immer ans Vergeben. Vergebung ist der Schlüssel zu allem. Wer vergibt, geht ins himmlische Licht, die anderen bleiben in der Dunkelheit zurück. Vergeben Sie und schreiten Sie voran, Sie werden sehen, dass sich der Gott, der Ihnen jetzt noch schwer verständlich erscheint, auf Ihrem Weg immer wieder zeigen wird. Es steht geschrieben (Jesaja 33,24): »Und kein Bewohner wird sagen: ›Ich bin schwach‹; denn das Volk, das darin wohnt, wird Vergebung der Sünde haben.« Richten Sie Ihrer Familie meine Ehrerbietung aus, ich grüße Sie hochachtungsvoll und bereits in der frohen Erwartung, Sie im kommenden Sommer wiederzusehen.

Heinrich Hans Rudinski

FÜNF

Im Winter 1922/23 trug ich auf der letzten Seite meines Mathematikhefts die Tage ein, die mich noch von Salzgitter trennten. Mit jedem Strich auf der Liste kam ich Heinrich näher. Ehrlich gesagt dachte ich nicht die ganze Zeit an ihn. Aber häufig war ich im Unterricht abgelenkt, weil mir ein Fetzen unserer Unterhaltung an jenem Nachmittag im Wald in den Sinn kam. Ich horchte jenen vierzig Minuten immer und immer wieder hinterher, als gäbe es jedes Mal neue Nuancen. Vierzig Minuten, die für einen ganzen Winter reichen mussten.

In der Zwischenzeit stiegen die Arbeitslosenzahlen weiter, die politische Situation wurde immer vertrackter und angespannter. Mein Vater machte sich für die Republik stark, er sagte, Reformen bräuchten Zeit, um zu reifen, alle müssten Geduld haben und die Zähne zusammenbeißen, denn im Grunde seien fähige Persönlichkeiten an der Regierung. Es sei nun an der Zeit, sich vom Mythos der Kaiserzeit loszusagen. Meine Mutter widersprach ihm bei Tisch vorsichtig: »Deutschland braucht einen politischen Vater, einen, der unangenehme Entscheidungen trifft, statt all diesem Gerede im Parlament. Wer sollte besser für die Heimat einstehen als ein Kaiser?«

Hadrian verbrachte diesen Winter in Braunschweig. Es gab Probleme mit seinem Wehrverband, dem Stahlhelm. Es war unklar, ob er der Reichswehr eingegliedert werden oder ein mehr oder weniger unabhängiger paramilitärischer Verband bleiben würde. Das Problem seien die Bestimmungen des Versailler Vertrags, sagte Lotte.

»Frankreich und England demütigen Deutschland dadurch, dass es nur eine bestimmte Anzahl an Soldaten haben darf. Sie fürchten unsere militärische Stärke, sie fürchten unsere Größe!«, flüsterte sie mir leise zu, als verrate sie ein Geheimnis. Eines Tages nahm sie mich in der Schule zur Seite: »Willst du morgen mitkommen?« Ich schaute sie an, aber ihr Ausdruck war unergründlich.

»Wohin denn?«, fragte ich.

»Wir müssen den Jungs helfen, den Freunden von meinem Bruder. Sie halten in der Nähe der technischen Hochschule eine Versammlung ab, kommst du mit?«

»Was meinst du denn mit helfen, Lotte?«

»Na ja, wir müssen Handzettel von der Druckerei zur Basis bringen. Und dann können wir auch noch ein bisschen bleiben und ihnen zuhören, vielleicht ein paar Brote schmieren, helfen halt.« Da noch so viele Striche bis zum Sommeranfang fehlten, entschloss ich mich, hinzugehen. Wir dachten uns ein paar nachmittägliche Zusatzstunden in der Schule aus – was gar nicht sonderlich unwahrscheinlich war –, und in einem günstigen Moment stahlen wir uns ohne groß nachzudenken davon.

Die Druckerei befand sich in einem düsteren Keller, in dem man kaum atmen konnte. Ein Mann mit einem mächtigen weißen Schnauzbart gab uns ein paar Pakete, die wir in vier Weidenkörbchen verstauten, zwei für jede. Obendrauf Brotlaibe und Tüten mit Käse, Fleisch- und Hartwurst. Es war Januar, Kohle war knapp und die Kälte kroch einem unter die Haut, in die Zähne, die Haarwurzeln. Mir machten extreme Temperaturen nichts aus und daher ging ich mit gesenktem Kopf zügig vorweg. Lotte folgte mir keuchend und blieb andauernd stehen, weil ihr die Körbe zu schwer waren. Sie hatte sich die Haare gewaschen, mit der Brennschere Locken gedreht und sie mit Veilchenessenz besprüht. Ich wusste, warum. Ich drehte mich um und sah sie atemlos und rot im Gesicht dort stehen, die Lockenpracht ganz durcheinander, die Stirn schweißnass. Sie tat mir leid. Bevor wir hineingingen, brachte ich ihre Haare in Ordnung und wischte ihr mit dem Ärmel des Mantels die Stirn trocken. »So ist es besser. Franz wird sich freuen, dich zu sehen, du wirst sehen.« Zur Röte der Anstrengung trat nun noch die Röte der Verlegenheit.

In dem Keller, in dem sich die Herren vom Stahlhelm versammelten, stank es nach Bier und Zigarren, aber zumindest war es einigermaßen warm. Dem Hausmeister mussten wir ein ganz einfaches Losungswort sagen: Bismarck. Er brachte uns mindestens zwei Stockwerke nach unten. Auf der Schwelle zu einem großen Kellerraum nahm uns eine Frau um die dreißig in Empfang, die sich als Fräulein Heller vorstellte und uns anwies, die Körbe auf einen Tisch zu stellen. Der Raum war von Fackeln erleuchtet und erinnerte mit seiner hohen, weiß gestrichenen Decke an eine Kirche. Stuhlreihen, eine zusammengezimmerte Bühne, darauf ein Stehpult. Die sogenannte Küche wiederum war in Wahrheit ein schmaler Gang, der nur von einer nackten Glühbirne beleuchtet wurde. An der Wand nichts als eine einfache Holzplatte mit einer Spülschüssel sowie ein Regal mit Tellern und Gläsern. Ich war neu und fand alles aufregend. Eine heimliche Versammlung, um die vierzig junge Männer in Uniform, ein Kellerraum, der wie eine Krypta aussah. Während wir Butterbrote schmierten und auf Holzbrettchen legten, spürte ich, wie die Anspannung wuchs. Es war das Warten auf den Anführer, den Priester, der diese eigenartige Messe feiern sollte. Als er kam, sprangen diejenigen auf, die schon gesessen hatten, die anderen suchten sich schnell einen Platz. Hadrian, der den Mann begleitet hatte, sagte ein paar einführende Worte und überließ ihm dann die Bühne. Der Anführer war ein Mann von mittlerer Statur, in Uniform, mit einer sonoren Stimme, die mich an einen alternden Heldentenor erinnerte. Da wir mit den Broten inzwischen fertig waren, machte ich Lotte ein Zeichen, dass ich mich in die letzte Reihe setzen würde. Fräulein Heller packte mich am Ärmel und raunte mir zu: »Bist du blöde? Wir müssen hier in der Küche bleiben. Die Sitzplätze sind nur für die Herren.«

»Wir stehen?«, fragte ich.

»Ja sicher, wir stehen! Was glaubst du denn, Mädchen? Wolltest du dich etwa unter die Kameraden setzen?« Verärgert lehnte ich mich gegen die Wand. Lotte war noch erschöpfter als ich. Trotzdem wagte sie es nicht, etwas zu sagen. Ihr Franz saß ganz vorne und hatte sie nicht eines Blickes gewürdigt. Der Veilchenduft hatte sich im Zigarrenrauch längst verflüchtigt.

Jetzt bin ich wieder hier, doch dieses Mal als Windhauch. Ich wehe sanft durch den Raum, bis ich auf der Bühne bin. Von hier sieht die Szenerie anders aus: Ein Publikum aus ernsten jungen Männern, die sich in ihren Uniformen kerzengerade halten, mit glattrasierten Wangen und mit Gliedern, die ein paar Jahre später auf dem Schlachtfeld zermalmt werden. Ich betrachte sie und habe angesichts dessen, was passieren wird, Mitleid mit ihnen. Ich möchte ihnen zurufen: Geht nach Hause und lasst die Rettung des Vaterlands sausen. Begeht Fahnenflucht. Legt diese Uniform ab, tragt Zivilkleidung und vor allem, tretet hinaus in die Welt. Lebt intensiv, noch ist es nicht zu spät. Dann schweift mein Blick weiter: Ich sehe Lotte an der Wand lehnen, vor Erschöpfung kann sie sich kaum noch aufrecht halten. Ihre Beine geben nach, sie möchte sich gern hinsetzen, denn sie ist sehr müde. Und ich, mit meinen fünfzehn Jahren, den Zöpfen und den Männerschultern, stehe neben ihr, atme unwillig die verbrauchte Luft und verliere langsam die Geduld. Ich möchte mich selbst auffordern, wieder hinauf auf die Straße zu gehen und dann im kalten Wind nach Hause zu laufen, keine Sorge, es wäre meine Rettung gewesen, und dann kämen der Sommer und das Licht und Heinrich und die Wälder des Kurorts. Aber ich blieb dort, an die Wand gelehnt, wie zur Buße.

»Was braucht Deutschland jetzt? Eine Partei, die das Land an seine angestammte Größe erinnert! Eine Partei, die es dazu anspornt, sich wieder aufzurichten und einen der vorderen Ränge in Europa einzufordern! Was ist aus uns geworden? Eine Nation, die sich an Frankreich und England verkaufen muss wie eine Hure, um zu überleben! Ein einziges Wort genügt, um unseren Zorn zu nähren: Versailles! Wir waren im Begriff, den Krieg zu gewinnen, Kameraden, vom Feind gefürchtet, und dann? Was ist dann passiert? Warum wurden wir überwältigt? Wer hat diese Kapitulation, diese Schande für unsere Nation, unterschrieben? Brauchen wir eine sozialdemokratische Partei, die mit dem Feind gemeinsame Sache macht? Nein! Brauchen wir eine Hauptstadt wie Berlin, voller Zigeuner, Juden und Asozialer, in der Frauen und Männer in nichtswürdiger Vermischung den Ruin einer Nation feiern? Nein! Wir brauchen eine Bewegung, Kameraden, die dem deutschen Volke den Glauben wiedergibt! Trotz der Halsabschneider, die an der Grenze lauern! Wir brauchen neue Horizonte, neue Hoffnungen: Was sollen wir eines Tages unseren Kindern erzählen? Dass sie immer noch die Kriegsschulden ihrer Großväter abbezahlen müssen? Nein, Kameraden, wir brauchen eine Partei …«

»… die die Frauen nicht stehen lässt!«

Fräulein Heller packte mich am Arm und zog mich zu sich. Mein Ausruf war in eine Redepause gefallen. Das Publikum hatte sich umgedreht, und ich wäre am liebsten im Erdboden versunken. Stille. Ich hörte sie tuscheln, der Redner versuchte auszumachen, wer gesprochen hatte, die Verlegenheit war groß. Ich sah Hadrian, der mich von seinem Platz in der ersten Reihe aus streng musterte. Dann stand er auf und kam unter den erstaunten Blicken seiner Kameraden auf uns zu. Es wirkte wie ein Triumphmarsch. Mit etwas Abstand blieb er vor mir stehen, schlug die Hacken zusammen und streckte mir die Hand hin: Es gab keinen Ausweg, denn ich war bereits Teil dieser kleinen Darbietung, und so reichte ich ihm ebenfalls die Hand.

Sehr bedächtig küsste er sie. »Folgen Sie mir, verehrtes Fräulein«, sagte er und überließ mir vor den Augen von vierzig anderen Männern seinen Platz. Es wurde gegrinst und applaudiert, ein paar bemerkten, dass es noch zwei Frauen gab, die hinten standen, und boten ihre Stühle an. Lotte eroberte einen in der Nähe von Franz und Fräulein Heller setzte sich mit gesenktem Blick in die letzte Reihe. Der Anführer hob wieder an: »Frauen wie diese braucht die Nation: stark, opferbereit, physisch und moralisch, immer an der Seite des Kriegers, allzeit bereit, einer höheren Sache zu dienen!« Butterbrote zu schmieren, denke ich jetzt, wo ich ein Hauch geworden bin.

Der Platz in der ersten Reihe verschaffte mir eine Stunde erhitzte Rede mit Hadrians Blicken auf mir. Er stand nun an der Seite und betrachtete mich ab und zu aus dem Augenwinkel, beäugte die Hände in meinem Schoß, die hochwertigen braunen Wollstrümpfe und die sauberen Halbstiefel. Ich wusste, dass ich seinem Ideal entsprach: groß, blond, ordentliches Erscheinungsbild und ganz sicher keine Gans aus gutem Hause. Nachdem er geendet hatte, wollte der Redner meine Bekanntschaft machen und einen Trinkspruch auf uns Frauen ausbringen – als hätte er uns gerade zum ersten Mal wahrgenommen. Hadrian stellte mich seinen Freunden vor: »Die Tochter von Herrn Doktor Alrutz«, sagte er. »Fräulein Alrutz, darf ich Ihnen Gert Buchmann vorstellen? Das ist der Kamerad Franz von Ebersbein aus Bad Harzburg.« Und dann viele weitere. Ich nahm wahr, wie meine Begleiterin unter Gekicher und Augengezwinker plauderte. Irgendwann stellte ich fest, dass es schon spät war, und gab Lotte zu verstehen, dass ich jetzt meinen Mantel holen und gehen würde. Es war mindestens eine halbe Stunde Fußweg bis zu mir nach Hause. Hadrian verstand mein Zeichen sofort, nahm Franz beim Arm und rief seiner Halbschwester zu: »Lotte, es wäre uns eine große Ehre, dich und deine Freundin nach Hause zu bringen. Ich denke, ihr werdet diesen weiten Weg wohl nicht alleine machen wollen.« Lotte riss die Augen auf, Franz würde sie nach Hause bringen: ein Traum für sie. »Unsere Motorräder stehen im Hof, in fünf Minuten sind wir da.«

Auf dem Motorrad nach Hause? Wenn Papa das gesehen hätte! Hadrian erklärte mir, wie ich sitzen sollte, stieg rittlings auf und wies mich an, mich gut an ihm festzuhalten, um nicht das Gleichgewicht zu verlieren. Als er losfuhr, stellte ich fest, dass er mit seiner Ermahnung recht hatte, und klammerte mich an ihm fest, während der eisige Wind mir den Schnee ins Gesicht peitschte. Ich ließ mich in einer Seitengasse absetzen, um durch den Dienstboteneingang ins Haus zu gehen. Hadrian verabschiedete sich mit einem – dieses Mal hastigen – Handkuss und fragte mich, ob wir uns wiedersehen würden. Als ich ihm zulächelte, taten mir die vor Kälte erstarrten Gesichtsmuskeln weh. Ich rannte die Treppe hinauf und rechnete damit, bestraft zu werden. Das Kinderfräulein schnupperte an meiner Kleidung. »Du nimmst wohl besser ein Bad, bevor du zum Abendessen kommst. Ich wusste gar nicht, dass in der Kleinen Burg nachmittags geraucht wird.«

Lotte erzählte mir, dass Hadrian meinen Einwurf gelobt habe. Noch nie hatte eine Frau bei ihren Versammlungen den Mund aufgemacht. Wenn Frauen anwesend waren, sprachen sie nicht, waren als stille Mägde zwischen Wurstscheiben und Käse in die Küche verbannt. Lotte platzte förmlich vor Begeisterung. »Und wie war's mit Franz?«, fragte ich sie und zwinkerte ihr zu. »Oh mein Gott, er sieht so gut aus! Der schönste Junge, den ich je gesehen habe. Was würde ich dafür geben, ihn wiederzusehen! Aber morgen fährt er nach München. Ein Auftrag. Sie werden Adolf Hickler kennenlernen.«

»Hitler, Lotte, sein Name ist Adolf Hitler.«

Ich schwebe des Nachts über der Stadt und sehe zwei junge Mädchen auf Motorrädern, die sich dem Leben hingeben, den Männern, den Freuden ihres Alters, indem sie die Augen verschließen vor dem Dunkel, das sie umgibt. Hätte uns jemand gesagt, was für ein Abgrund sich vor uns auftat, wir hätten es nicht wissen wollen. In dieser Nacht, die Nase in Hadrians Ledermantel gedrückt und auf dem hinteren Sitz das Gleichgewicht haltend, was hätte ich da von den kommenden Jahren schon ahnen können?

Ich dachte in dieser Nacht jedoch gar nicht an Hadrian, vielmehr überkam mich eine unbändige Sehnsucht nach Sommer, nach Helene und nach Heinrich. Hätte ich diesem Drang nachgeben sollen, der wollte, dass ich meine Aufmerksamkeit auf andere Dinge richtete? Ich spürte, dass ich eine Welt kennengelernt hatte, die zugleich unbekannt, faszinierend, aber auch gefährlich war. Nicht so sehr, weil ich von meinem Vater schon gehört hatte, dass beim Stahlhelm Gewalttäter und Taugenichtse aller Art aktiv waren. Sondern vielmehr weil die Vorstellung der physischen Kraft, die sie verkörperten, eine unkontrollierbare Anziehungskraft auf mich ausübte. Sie symbolisierten Stärke und Disziplin. Muskulöse männliche Körper in einer Uniform, die sie alle gleichmachte und in eine Richtung lenkte. Ich ertappte mich dabei, wie ich Hadrian musterte, die Linie seines Hinterkopfs, die im Uniformkragen verschwand, und ich versuchte mir die geschwungene Linie der Schultern vorzustellen, die helle Haut unter der Jacke. Was war nur mit mir los? War ich verrückt geworden? Sollten das etwa angemessene Gedanken für eine junge Frau sein? Alles um mich her zerbarst in tausend Stücke.

An einem Abend im März fand eine weitere Versammlung statt. Nachdem ich hundert Scheiben Schwarzbrot mit Butter beschmiert hatte, wischte ich mir die Hände an einem Lappen sauber und setzte mich in eine der vorderen Reihen, als wäre es das Normalste der Welt. Ich schlug die Beine übereinander und lehnte mich zurück, bemühte mich dabei aber dennoch um eine sittsame Haltung. Ein paar Kameraden warfen mir kritische Blicke zu, andere grüßten mich höflich. Hadrian setzte sich neben mich, und ab diesem Moment hatte niemand mehr etwas auszusetzen. Lotte, Fräulein Heller und zwei weitere junge Mädchen, ein neues Aufgebot, blieben neben der Küche stehen, zu ängstlich, um das Experiment zu wiederholen. Ich stellte fest, dass man mir umso respektvoller begegnete, je strenger mein Blick war. Keine Gefühle zeigen, direkt in die Augen schauen, eine aufrechte Haltung, ein kräftiger Händedruck, das Lächeln nur angedeutet. Das waren die Lektionen dieser Abendschule, die ich ab Januar 1923 absolvierte. Mit dem gleichen Eifer wie die Schulstunden am Morgen.

Hadrian stellte zusammen mit ein paar anderen Stühle auf die Bühne. Das Thema des Abends war der Bericht über das Treffen mit Hitler in München. Hadrian sagte, Hitler sei dazu auserwählt, Deutschland zu retten. Er erzählte von dessen unglaublicher Ausstrahlung, er sei der Führer, auf den sie alle warteten. Gleichzeitig beschrieb er ihn als äußerst umgängliche Person, als einen Mann, der große Pläne und konkrete, erreichbare Ziele habe. Die Kameraden auf dem Podium pflichteten ihm bei: Es eröffne sich ein neuer Weg für das Land und der Augenblick der Wahrheit sei nicht mehr weit.

In der Schule wurde darüber geredet, dass Lotte und ich in Militärkreisen verkehrten. Viele der anderen Mädchen sahen uns daraufhin mit Bewunderung an, manche auch mit Neid, alle jedoch mit Respekt und auch ein wenig mit Angst. Lotte verstand allerdings wirklich überhaupt nichts von Politik, und ich tat mich schwer damit, mir eine Meinung zu bilden. Aus den Fetzen, die ich zu Hause aufgeschnappt hatte, und dem, was ich bei den Versammlungen hörte, bastelte ich mir etwas zusammen. Inzwischen machte mir Hadrian nicht mehr so viel Angst, ich eroberte Terrain und lernte immer mehr junge Männer kennen. Ich erfuhr, dass Strafaktionen gegen kommunistische Studenten und allzu großspurige jüdische Händler organisiert wurden. Franz wurde »Judenhenker« genannt. Er prahlte damit, in Berlin schon Dutzende marxistische Juden zusammengeschlagen zu haben. Sie suchten sich einen, verfolgten ihn ein paar Tage lang und verprügelten ihn schließlich zu zweit oder dritt nach Strich und Faden. Er brüstete sich auch damit, einen in die eiskalte Spree geworfen zu haben: einen gewissen Joshé, einen Landstreicher, der an der Friedrichstraße gebettelt hatte. Lotte lachte wie trunken, ich nicht. Ich dachte an den kleinen Kuba und senkte den Blick.

In der Familie wusste niemand von meinen neuen Freundschaften. Auch Hedwin kannte mein Geheimnis nicht und ich fand es schade, dass ich es ihr nicht erzählen konnte. Ihr Dasein spielte sich zwischen Bett, Klavier, Privatunterricht, Handarbeiten und der ein oder anderen Lektüre mit meiner Mutter ab. Sie ging nie aus, hatte weder die Neugier noch die Kraft dafür. Der allsonntägliche Spaziergang im Viertel strengte sie jedes Mal mehr an, ihre Appetitlosigkeit war inzwischen chronisch. Mit Willi wurde es auch immer schlimmer. Er war mein Bruder, seine Liebenswürdigkeit war unwiderstehlich, aber das Leben, das er führte, befremdete mich. Er las seine lustigen Heftchen, bekam Besuch von Schulkameraden und wuchs, verwöhnt von der Bewunderung des Kinderfräuleins und meiner Mutter, heran. Kakao zum Frühstück, Pudding zum Mittagessen, Marmeladen-Zwieback zum Tee, Grießbrei zum Abendessen, doppelte Portion. Sein ständiger Hunger verursachte mir Übelkeit. Ich sah, wie er sich an seinen Süßigkeiten gütlich tat, und dachte an Krankheiten, an Fettleibigkeit, die ich bei Männern erbärmlich fand. Willi war elf Jahre alt und wog so viel wie ein Sechzehnjähriger. Das Kinderfräulein und ich gingen extra zu Hillecke, um fettreduzierten Zwieback für ihn zu kaufen, und dann beschmierte er ihn mit Butter und Honig, garniert mit Raspelschokolade. Selbst die Kuchen, die uns die Konditorei Kohlmann sonntags brachte, mussten versteckt werden. Am besten auf einem Schrank, denn ja, der Hunger war groß, aber doch nicht so groß, als dass man sich anstrengen würde, um ihn zu stillen.

Und zugleich war Willi der Glücklichste von allen. Wenn ich ihn damals verstanden, mit derselben Klarheit gesehen hätte, die ich heute besitze, hätte ich ihn in Ruhe gelassen, ja hätte sogar versucht, von ihm zu lernen. Wusste Willi mit elf Jahren schon vom Russlandfeldzug? Wusste sein Körper, bevor der Verstand es auch nur erahnen konnte, dass all das Fett ihn in den langen Jahren russischer Gefangenschaft retten würde?

Mein Bruder Willi ist der Einzige aus der Familie, der den Krieg überlebt hat. Und wenn ich jetzt daran denke, möchte ich ihn an mich drücken, wie ich es zu Lebzeiten nie getan habe. Ich hatte nur schroffe Worte für ihn, die er mit Scherzen und Witzeleien abwehrte, seinen einzigen Waffen, denn im Gegensatz zu mir trug er keinerlei Aggressivität in sich. Ich baute Muskeln auf, er Fett. Ich verleibte mir vor Wut strotzende politische Reden ein und er lag auf dem Sofa und verschlang Kekse. Jeder schuf sich die eigene Zukunft, auf seine eigene Weise. »Sag mal, Willi, wie zum Teufel kannst du nur all diese Sachen essen?«

»Um zu vergessen«, gab er mir eines Tages mit todernster Miene zur Antwort.

»Was denn vergessen, du Dummkopf?«

»Dass ich zwei Schwestern habe, die eine sanftmütig und krank, die andere gesund und gemein.«

Sehr verehrter Herr Pastor,

ich muss mich bei Ihnen für die freundlichen Worte bedanken, die Sie mir gleich nach der Abfahrt aus Salzgitter zugesandt haben. Sie hatten recht, ich war durcheinander. Manchmal habe ich das Gefühl, dass sich alles um mich herum zu schnell verändert: Ich denke daran, wie wir mit

Helene im Greifpark gespielt haben, und es kommt mir vor, als ob es gestern gewesen wäre, dabei sind doch seit damals einige Jahre vergangen. Was tut man denn, wenn man nicht mehr spielt? Als Kind wusste ich, was meine täglichen Aufgaben waren: auf Bäume klettern, ins Wasser springen, im Wald Blaubeeren sammeln gehen. Jetzt weiß ich es nicht mehr. Meine Mutter möchte, dass ich eine gute Partie mache, aber Ihnen, als Freund der Familie und Pastor, kann ich es ja sagen, insgeheim führen meine Gedanken in eine andere Richtung. Erwachsen werden ist fürchterlich kompliziert. Im Moment ist nur eines sicher. Nämlich dass bald, in knapp zwei Wochen, die Schule zu Ende sein wird und wir endlich wie in jeden Ferien für den liebgewonnenen Kuraufenthalt nach Salzgitter kommen werden. Die Freude, die ich schon als Kind darüber empfand, ist immer noch dieselbe. Ich hoffe, Sie alsbald wiederzusehen. Ein herzlicher Gruß, auch von meiner Schwester Hedwin.

Ihre
Anna Alrutz

Ich schrieb hastig und steckte den Brief sofort in einen Umschlag. Auf dem Heimweg von der Schule würde ich bei der Post vorbeigehen und ihn wegschicken. Meinen ersten Liebesbrief.

In diesem Jahr regnete es, als wir in Salzgitter ankamen. Nur Sievers war zum Bahnhof gekommen, und ich war schrecklich enttäuscht. Frau Priesnitz sagte, der Pastor sei krank, seine Frau habe Haus und Kinder vor drei Wochen verlassen und nur eine wirre Nachricht hinterlassen. Das ganze Dorf war empört, und ein paar Hausfrauen gingen regelmäßig zu Rudinski, um ihn bei der Hausarbeit zu unterstützen. Meine Mutter schüttelte den Kopf: armer Rudinski. Mein Vater wollte ihn am folgenden Tag besuchen. Ich bat um die Erlaubnis, bei Helene vorbeigehen zu dürfen, bog an der Kreuzung jedoch rechts ab und schlüpfte in den Hof der Rudinskis.

Ich gehe die Stufen hinauf, in der Hand eine kleine Blechdose. Ich habe das Taschengeld einer ganzen Woche dafür ausgegeben, um in Schwarzes Kolonialwarenladen Kakaopulver zu kaufen. Es ist ein Geschenk für Heinrich und ich möchte es ihm persönlich überreichen. Und ihm in die Augen sehen. Es ist das erste Geschenk, das ich für jemanden gekauft habe, und das Herz schlägt mir bis zum Hals. Ich klopfe, die Tür ist nur angelehnt. Im Obergeschoss höre ich die Kinder, aber da sehe ich auch schon Rudinski, der, das Kinn in die Hand gestützt, am Schreibtisch sitzt. Er ist so tief in Gedanken versunken, dass er meine Anwesenheit gar nicht wahrnimmt. Seine Haare sind verstrubbelt, sein Gesicht wirkt müde. Plötzlich dreht er sich zu mir um und bevor der Anstand seine Lippen versiegeln kann, sagt er, was man einem Mädchen in meinem Alter niemals sagen sollte, weil es sich nicht gehört, weil es zu freundschaftlich ist, weil es ein Pastor nie tun sollte.

»Anna«, sagt er.

Dann steht er vom Schreibtisch auf, korrigiert sich rasch. »Fräulein Alrutz.« Verlegen kommt er auf mich zu und fährt fort: »Ich kann Ihnen nicht die Hand geben, weil ich erkältet bin. Es tut mir sehr leid, dass ich nicht zum Bahnhof kommen konnte, um Sie abzuholen.«

Er sagte »Anna«, weil das mein Name war. Weil er, wenn er an mich dachte, an Anna dachte und nicht an das artige, kluge und vielleicht ein wenig seltsame Fräulein Alrutz, die Erstgeborene des Herrn Doktor Alrutz. Indem er das tat, schenkte er mir einen Namen, meinen Namen. Und ich gab ihm im Tausch dafür eine Dose Kakao. »Es ist … der beste von ganz Braunschweig«, brachte ich gerade so heraus. Ich durfte und konnte nicht bleiben. Es war schon sehr übermütig gewesen, zu ihm zu gehen, wo ich doch wusste, dass er allein war; und ein Geschenk für ihn zu kaufen, war geradezu eine Schandtat gewesen. Ich deutete eine Verbeugung an, die völlig fehl am Platze war, und floh die Treppe hinunter. Heinrichs Lächeln hatte in einem einzigen Augenblick die ganze Strenge der winterlichen Schule beim Stahlhelm zunichtegemacht.

»Steh auf, du Faulpelz«, sagte ich und zog Willi am Arm. Mein Bruder lag im Garten, und ich hatte beschlossen, dass es Zeit war, ihn endlich zur Vernunft zu bringen. Ich hatte keine Ablenkung und keinen Zeitvertreib, mir war langweilig und so schnappte ich mir meinen Bruder. »Steh auf, du Dickwanst!«

»Was willst du denn, lass mich in Ruhe«, quengelte er.

»Du musst dich bewegen, Junge, du bist zu faul, früher oder später platzt noch dein Herz.«

»Mama!«, jammerte er und versuchte, mir zu entkommen. Ich gab ihm eine Ohrfeige, und wir fingen an uns zu prügeln, besser gesagt, ich verprügelte ihn nach Strich und Faden. Irgendwann konnte er sich befreien und flüchtete feige unter den Küchentisch, an dem Frau Priesnitz saß und vor sich hin döste. »Also hör mal, Anna, was ist denn in dich gefahren, Mädchen? Lass deinen Bruder in Ruhe!« Ich gab ihm unter dem Tisch einen Tritt und erwischte ihn voll am Rücken. Sein Schmerzensschrei weckte meinen Vater, der wütend in die Küche heruntergerannt kam.

»Anna, was tust du da? Lass ihn in Ruhe!«

»Er ist ein Fettsack, Papa, wenn er so weitermacht, wird er im Krankenhaus enden oder auf der Straße … wo er sich betrinkt, in Berlin …!«

»Aber was redest du da nur? Und was hat überhaupt Berlin damit zu tun?« Er schaute mich streng an. Dann zog er Willi unter dem Tisch hervor, umarmte und tröstete ihn. In der Zwischenzeit war auch meine Mutter heruntergekommen. Ich stand murrend in einer Ecke. »Die Energie, die du dafür aufwendest, deinen Bruder zu malträtieren, solltest du besser für andere Dinge einsetzen. Werd endlich erwachsen, Tochter.«

»Fang du jetzt nicht auch noch an, Lisbeth. Gehen wir wieder nach oben, komm Willi, ich sehe mir mal deinen

Rücken an. Und du, Anna, ab in dein Zimmer! Vor dem Abendessen kommst du noch auf die Veranda, wir müssen reden. Und danach ohne Essen ins Bett, dann kannst du über alles nachdenken.«

»Willi sollte kein Abendessen bekommen, nicht ich«, gelang es mir gerade noch zu antworten, ehe mich ein vernichtender Blick meiner Mutter zum Schweigen brachte.

»Was hast du gegen deinen Bruder?«, fragte mein Vater später.

»Aber Papa, Willi ist zu dick! Er schläft den ganzen Tag, ist dauernd am Essen … Er ist widerwärtig!«

»Denkst du nicht, dass wir, deine Mutter und ich, uns um Willis Erziehung kümmern sollten?«

»Doch, aber wenn Willi so weitermacht, wird er krank, bekommt Zucker, wird herzkrank … noch ein Kranker im Haus, nein danke!«

»Anna, bitte beruhige dich. Willi ist ein Junge, der mehr wiegt als seine Klassenkameraden, aber häufig regelt sich der Appetit mit dem Großwerden von ganz allein. Du wirst schon sehen, in ein paar Jahren wird Willi ein junger Mann in bester Verfassung sein. Ich habe als Kind auch so viel gegessen, hatte immer Hunger. Mit der Zeit hat sich das dann geändert. Als Arzt macht mir eher Appetitlosigkeit Sorgen.«

»Aber, diese ganzen ungesunden Angewohnheiten, Papa … Wenn keine Schule ist, steht Willi erst um elf Uhr auf, er schläft am Nachmittag und nachts, weißt du, was er da macht? Er liest! Er verbringt die Nacht mit lesen! Die Nachttischlampe brennt bis um zwei, um drei … Findest du das normal?«

»Normal? Was heißt denn normal, Anna? Sag mir doch mal, was normal bedeutet?« Ein Lächeln huschte über sein Gesicht.

»Na ja, normal eben, ordentlich, so wie alle anderen, nachts schläft man, tagsüber arbeitet man! Oder etwa nicht?!«

»Aber wir sind im Urlaub, wenn Willi da manchmal spät schlafen geht, was soll dann schon sein? Er hat im Winter keine Probleme, aufzustehen, um zur Schule zu gehen …« Ich sagte nichts. Ich fühlte mich vor den Kopf gestoßen. »Willi ist anders als du, warum willst du aus ihm einen Bruder machen, der er nicht ist und auch nie sein wird?« Sein Tonfall war bestimmt.

»Weil er lernen muss, dass man auf dieser Welt … am Tag arbeiten und nachts schlafen muss!«

»Wer erzählt dir nur so etwas, Anna? Ein Lehrer in der Schule?«

Nein, es war die Schule von Hadrian und den anderen.

»Zieh deine Schuhe an, Anna, die Wanderstiefel.« An jenem Abend kam mein Vater, nachdem sie gegessen hatten, in mein Zimmer. Ich sah ihn verständnislos an. »Ich möchte dir etwas zeigen.« Ich sprang auf, zog schnell die Schuhe an, legte einen Wollschal um die Schultern und los. Was wollte er mir zeigen? Es war dunkel, das Dorf schlief, die Straßen waren menschenleer. Schweigend liefen wir bergauf Richtung Greifpark, immer zügiger. Wir kamen am Brunnen vorbei, dessen Wasser in der nächtlichen Stille leise aus der Quelle plätscherte, und gingen dann weiter in Richtung des kleinen Weihers, in dem Helene und ich früher so oft gebadet hatten. Ich weiß nicht, wie es meinem Vater gelang, sich in der Nacht so gut zurechtzufinden. Immerhin schien der Mond hell, war beinahe voll, und die Augen gewöhnten sich immer besser an die Dunkelheit. Wie seltsam es war, um diese Uhrzeit hier zu sein. Mir wäre es nie in den Sinn gekommen, nachts zum Brunnen zu gehen. Ich hätte natürlich auch nie die Erlaubnis bekommen, aber mir fehlte auch die Neugier. Meine Welt existierte nur am Tag und legte sich zusammen mit mir schlafen. Alles war neu, ein bisschen beunruhigend, ja durchaus, aber kaum dass ich mich Papas sicherer Führung überließ, eröffnete sich mir ein unbekannter Wald von wilder und unbegrenzter Schönheit. Als wir am Weiher ankamen, sagte mein Vater: »Das müsste die Stelle sein laut Rudinski.« Welche Stelle? »Wir müssen einfach nur warten und ganz leise sein. Und hoffen, dass wir Glück haben.«

Und so setzten wir, Papa und ich, uns auf einen Baumstamm. Ich schaute mich um, überließ mich der Stille und der Unmöglichkeit, die Konturen der Dinge deutlich zu erkennen. Nachts im Wald zu sein, ist eine Frage des Vertrauens. Wenn man nichts sehen kann, werden die anderen Sinne geschärft, und jedes kleinste Geräusch wird zu einem wilden Tier, das einen verschlingen will. Ab und zu verbarg sich der Mond hinter den durchscheinenden Wolken. Die Welt wurde noch ein wenig dunkler, um dann wenig später in einem silbernen Licht neu zu erstrahlen, das mir kein Tag je hätte schenken können. Die Stille war gewaltig, unterbrochen nur vom Surren nächtlicher Insekten, einem Flügelrauschen, dem Wind, der auf leisen Sohlen durch die Wipfel der Bäume strich. Ich musste Vertrauen haben. Am Tag hatte ich doch auch keine Angst an diesem Weiher, den ich in- und auswendig kannte, warum sich also jetzt fürchten? Nein, niemals wäre ich jetzt hineingegangen in dieses Wasser, das wie Tinte aussah, aber wenn ich es einfach so betrachten und sehen konnte, wie sich das Mondlicht auf seiner Oberfläche spiegelte, dann zog sich mein Herz vor Wehmut und Freude zusammen. »Ist dir kalt?«, fragte Papa leise.

»Nein, alles gut.«

Ich hatte noch nicht zu Ende gesprochen, da zerriss ein unheimlicher Laut die Stille.

Ein Mal, zwei Mal, als komme er von sehr weit weg. »Er ist da«, sagte mein Vater. Es war ein Waldkauz. Sein Hu Huhu hallte durch den ganzen Wald, er flog über den Weiher und versetzte uns in ein altes Märchen, in dem wir wie kleine Kinder mit offenem Mund staunend vor einem Zauber standen. Wenn die Nacht eine Stimme hätte, so wäre es diese. Eine eindringliche, verführerische, gefährliche Stimme, die uns dazu aufforderte, unsere Rolle im

Universum wieder ins rechte Licht zu rücken. Die Nacht war magisch, wenn ich nur aufhörte, Angst zu haben. »Wir können gehen«, meinte mein Vater und stand auf.

»Zwei Minuten noch, Papa.« Ich sah ihn in der Dunkelheit lächeln.

»Es gibt tagaktive Geschöpfe und nachtaktive. Weißt du, wann ein Kauz losfliegt? Genau dann, wenn wir Menschen gerade die Wahrnehmung der Farben verlieren. Ist das nicht faszinierend? Meinst du, dieser Kauz, den wir im Wald gehört haben, ist weniger ›Vogel‹ als die anderen, weniger perfekt, nur weil er nachts seine Stimme erhebt?«

»Nein«, erwiderte ich, »wenn er ein Nachtvogel ist, macht er ... seine Arbeit. Er folgt seiner Natur.«

»Genau. Er schläft am Tag – denn schließlich muss auch er irgendwann schlafen, der Arme – und geht nachts auf die Jagd, als hätte er eine innere Uhr. Hör mal, Anna: Was wäre, wenn Willi ein kleiner Kauz wäre? Wenn er sich nachts wohler fühlen würde als tagsüber? Verbietet irgendjemand dem Kauz das Rufen, während alle anderen schlafen? Wer hat denn festgelegt, dass man am Tag arbeiten soll und in der Nacht schlafen? Das Leben birgt so manche Überraschung.«

Erneut werde ich vom Wind hochgehoben und weggetragen, weg von dieser weit zurückliegenden Nacht, weg vom Ruf des Waldkauzes. Dass sich mein Leben einige Jahre später fast nur noch nachts abspielen sollte, hätte ich damals nie geahnt. Das Hu Huhu dieser kleinen nachtaktiven Kreatur würde mich in den finsteren Nächten noch lange begleiten, in denen ich verzweifelt versuchte, meine am Tag verlorene Seele zu retten.

Wie fand sich mein Vater nachts nur so gut zurecht?

SECHS

Nelly war wieder nach Hause zurückgekehrt und hatte ihre Abwesenheit mit einem unerwarteten Trauerfall und der Notwendigkeit begründet, sich um die Witwe des verstorbenen Bruders kümmern zu müssen. Das Dorf schien ihr zu verzeihen, als sie am darauffolgenden Sonntag um elf mit dem Ausdruck einer reuigen Sünderin zum Gottesdienst erschien. Ganz in Schwarz und mit einem Haarschnitt, wie er in Berlin in Mode war, hatte sie etwas Unterwürfiges und Kränkliches an sich, sie war dermaßen dünn, dass man meinen konnte, sie würde gleich zerbrechen. Seit einigen Jahren ging auch meine Familie ohne große Überzeugung sonntags zum Gottesdienst. Jeder von uns hatte andere Gründe, aber meine waren wohl die geheimsten. Mein Vater, ein Mann der Wissenschaft und Agnostiker, ging hin, um Rudinskis Predigten zu hören. Er war nicht derselben Meinung, fand sie aber geistreich. Häufig waren die Predigten auf ihren Waldspaziergängen zuvor durchgesprochen worden und enthielten daher einige von Papas Einwänden. Wenn er einen seiner eigenen Sätze von der Kanzel vernahm, lächelte er mit gesenktem Kopf in einem Anflug von Zufriedenheit. Willi saß immer neben Papa und wenn es ans Singen ging, sprang er auf und stimmte voller Hingabe in die Lieder ein. Manchmal war er *zu* hingebungsvoll. Dann stieß Papa ihm mit dem Ellbogen in die Seite. Ich saß ganz still da und konzentrierte mich auf die Losung, die in einen Balken über dem Altar geschnitzt war: »Ich lebe und ihr sollt auch leben.« Mir gefiel der Satz, weil er voller Hoffnung war, ich verstand ihn aber eigentlich nicht. Mein Gesang war schlicht. Ich mochte weder Willis Inbrunst noch Hedwins Gezwitscher. Ich war eine einfache Zuschauerin, die sich ganz anderen Melodien hingab. Ich lauschte Rudinski vom ersten bis zum letzten Wort, beobachtete seine Bewegungen, horchte, wie er die Lieder anstimmte und mit seiner unausgereiften Stimme Bibelstellen las. Ich suchte in seinen Predigten eine Anspielung auf unser Gespräch oder meinen Brief und wünschte mir, jeder Satz wäre ausdrücklich für mich geschrieben. Der Gottesdienst war eine sehr persönliche und sehr menschliche Anbetung: Ich war nicht gekommen, um Gott zu hören, sondern um Heinrich zu sehen.

Wie jeder gute Pastor begab sich Rudinski nach dem Gottesdienst zum Ausgang, um sich persönlich von den Gemeindemitgliedern zu verabschieden. Er hörte sich die Gebrechen der Alten an, sprach den Familien Trost zu, die in Schwierigkeiten waren, und gab allen die Hand. Wir waren immer die Letzten, die die Kirche verließen. Willi räumte die Gesangbücher weg, während Hedwin und Mama ein paar Worte mit Herrn Peterson wechselten, dem betagten Organisten. Mein Vater und ich hatten keine weitere Aufgabe, als Rudinski die Ehre zu erweisen, und so sahen wir uns etwas verlegen an. An jenem Sonntag Ende Juli hatte ich ein wenig von dem Lippenstift aufgelegt, den mir Lotte heimlich geschenkt hatte. Er war nicht auffällig, musste aber doch zu sehen sein. Mit geschminkten Lippen und bei Papa untergehakt, ging ich also zum Ausgang. Rudinski verabschiedete schnell die letzten Gläubigen und kam uns entgegen. »Guten Tag, Herr Doktor Alrutz, auf dass Gott ihren Heimweg begleiten möge.«

»Wir werden den Weg in jedem Fall finden«, gab mein Vater zurück. »Aber darf ich mir eine Anmerkung erlauben? In Ihrer Predigt heute kamen sie mir etwas zu ... kantisch vor: Dieses Konzept des Bösen, das Sie erläutert haben, gleicht dem radikal Bösen von 1792 doch stark. Ist das nicht … zu wenig *theologisch*?« Rudinski lächelte und meinte kurz angebunden: »Wir wollen Ihre Tochter doch nicht mit unseren philosophischen Debatten langweilen … Wie geht es Ihnen, Fräulein Alrutz, alles in Ordnung?«

»Ja, danke, Herr Pastor, sehr gut. Heute Nachmittag kommt Helene. Ich freue mich darauf, sie wiederzusehen.«

»Ah, das Fräulein von Criegern, Ihre beste Freundin! Mit Verlaub … man sieht Ihnen die Freude an!« Dabei schaute er mich einen Moment zu lange an. Beim Mittagessen oben im Greifpark raunte meine Mutter mir nach einem Glas Likör ins Ohr: »Mein Kind, es ist ein bisschen zu früh für Lippenstift. Und auf keinen Fall in der Kirche, wir sind hier auf dem Land.«

Wann beginnt eine Liebesgeschichte?

Ich frage mich das jetzt, wo ich mich durch dieses leere Gebäude bewege. In den Häusern ringsum schlafen alle, aber ich weiß nicht mehr, was das ist, die Augen schließen und ausruhen. Meine Augen sind immer offen und meine Nächte nutzlos. Draußen wiegen sich die mächtigen Bäume des Kirchwegs sanft im Frühlingswind: Vielleicht kennen sie die Antwort, vielleicht auch nicht, denn die Antwort auf die Frage nach dem Beginn einer Liebe kann nichts anderes sein als eine Lüge. Wann nahmen meine Gefühle für ihn ihren Anfang? War es beim ersten Spaziergang zum Plünneckenbrunnen, als Heinrich mir von der Legende über dessen Wasser erzählte? War es, als ich den kleinen Fleck auf seiner linken Iris entdeckte, eine winzige Unregelmäßigkeit, die nur jemandem auffällt, der ganz genau hinsieht, um sich an alles zu erinnern? Die Liebe ist eine Hand, die sich im Magen zu einer Faust ballt, eine Hand, die etwas Warmes und zugleich Schmerzhaftes zusammendrückt. Diese Faust spürte ich im Sommer des Jahres 1923 immer häufiger, aber ich vermag nicht zu sagen, wann es angefangen hat. Ich erinnere mich nur, dass all meine Gedanken bei ihm waren, ganz gleich, ob ich spazieren ging, las oder irgendetwas erledigte. Auf allem, was mich umgab, lag wie ein Schleier sein Gesicht. Manchmal tauchte es von allein auf, manchmal rief ich es mir ins Gedächtnis, um erneut die Faust in meinem Magen zu spüren. Die Welt existierte in Ausschnitten, als würde sich nur in den wenigen Augenblicken, in denen ich meine Gedanken von ihm löste, eine Klammer öffnen und sie freigeben.

Eines Sonntags fragte ich meinen Vater, ob ich ihn bei seinem Spaziergang begleiten dürfe. Ich wusste, dass Rudinski, Sievers und seine Frau ihn um vier Uhr abholen würden. Mein Vater freute sich darüber. Die Luft war klar, nach den Regenfällen der zurückliegenden Tage war die Temperatur gesunken und wir konnten uns einen längeren und anspruchsvolleren Spaziergang erlauben. Es gehe zum Bismarckturm, sagte Sievers und empfahl den Damen, feste Schuhe anzuziehen, denn Pausen seien nicht vorgesehen. Schließlich wollten wir die schöne Aussicht auf das nördlich gelegene Tal genießen, bevor die Sonne unterging. In bester Stimmung gingen wir los. Es war üblich, dass man unterwegs in kleinen Gruppen ging und ab und zu den Weggefährten wechselte. Ich bemerkte, dass ich immer darauf bedacht war, mit Heinrich eine Zweiergruppe zu bilden. Es war ein raffinierter Tanz aus längeren und kürzeren Schritten, alle darauf ausgerichtet, uns immer wieder zusammenzubringen. Wenn wir nah beieinander gingen, beschleunigten wir unbewusst unsere Schritte. Nach und nach entfernten wir uns so von der Gruppe. Was werden die Sievers wohl von uns gedacht haben? Dass Rudinski eine Beichte abnahm, eine pubertäre Verwirrung anhörte? Wir bahnten uns einen Weg durch die Brennnesseln und Dornensträucher, und zugleich bahnten wir uns einen Weg in das Leben des anderen, indem wir die Hemmnisse der gesellschaftlichen Konversation fröhlich missachteten. Wir ergründeten mit aller denkbaren Behutsamkeit, fragten, um uns besser kennenzulernen, und mit jeder Antwort entwarfen wir die Welt des anderen in immer konkreteren Formen. Er fragte mich nach der Schule, nach meinen Lieblingsfächern, nach den Büchern, die ich las, er fragte mich, ob ich vor dem Einschlafen lesen würde (»Also ich lese immer stundenlang«, sagte er, »man könnte sagen, dass ich nur ins Bett gehe, um zu lesen«). Er bat mich, ihm unser Haus in Braunschweig zu beschreiben, die Anordnung der Möbel in meinem Zimmer (»Für mich ist es unabdingbar, dass man vom Schreibtisch aus nach draußen schauen kann, sonst fehlt mir die Inspiration«, betonte er), ihm mein Lieblingsgericht zu verraten, ihm zu erzählen, wie wir die langen Winterabende verbrachten (in Salzgitter war der Winter ein Mittelgebirgswinter: Schnee, Eis, Kälte, das ein oder andere verängstigte Reh, das sich auf der Suche nach Futter bis an den Rand des Dorfs wagte, *ach*, wäre es nicht schön, wenn man an einem warmen Ort überwintern könnte, vielleicht auf Lanzarote oder in Ligurien, mit dem blauen Meer vor der Nase statt diesen düsteren Bergen …). Als der Apotheker Sievers im Laufe dieses Wechselspiels einmal zu uns stieß, fragte ich ihn strahlend, ob er auch schon einmal den Wunsch verspürt habe, woanders zu überwintern, an einem warmen Ort. Die Antwort hörte ich gar nicht, denn ich träumte von Heinrich und mir an einem Ort, den ich nur von einer Postkarte kannte, die uns Onkel Leopold geschickt hatte: Strandkiefern, eine Terrasse am Meer, in der Ferne ein paar Boote. Er und ich, wir sitzen auf einer Bank und genießen das Panorama, tausend Kilometer weit entfernt von der steifen Heimat. Ist das nicht vielleicht der Traum eines jeden Deutschen? Sich irgendwo im Süden verlieren, das Gute und Schlichte genießen, mit einem Glas Rotwein vor und einem heiteren Stimmengewirr hinter sich. Alles, was wir Deutschen nicht zustande bringen, verlagern wir dahin, in einen Traum, in die Ferne, in die Wärme, die die Fäuste öffnet und das Herz weit macht. »Der Süden ist unser Heil«, hatte Rudinski gesagt.

Papa musste meiner Mutter von dem Spaziergang erzählt haben, denn als ich am nächsten Tag die Augen öffnete, saß sie am Fußende meines Betts: »Wir müssen reden, Anna.«

Die erste Standpauke meines Lebens. Ich hätte nie Schwierigkeiten gemacht, sagte sie zu mir. Ich sei bei guter Gesundheit, meine Noten seien ausgezeichnet, ihre Freundinnen würden mich als wohlerzogen und liebenswürdig loben. Aber dieses Schielen nach dem Pastor, nein, das gehöre sich nicht für ein anständiges junges Mädchen. Es sei richtig, dass Rudinski eine schwierige Ehefrau habe, aber sie sei dennoch seine Ehefrau. Die Ehe existiere und sie sei ein unantastbarer Bund, was immer auch heutzutage so geschehen möge! Ich dürfe nicht einmal im Entferntesten daran denken, ein Auge auf Rudinski zu werfen. Das bringe unsere Familie in Verruf. Das Dorf schaue auf uns und wir müssten vorsichtig sein. Wir seien Außenstehende und liefen Gefahr, jahrhundertealte Strukturen zu untergraben und ein Unglück zu verursachen. Es handle sich lediglich um eine kindische Schwärmerei, die sich im Laufe des Sommers verflüchtigen werde, ja nicht einmal das, eine Sympathie vielmehr, eine starke Sympathie. Mich erwarte ein anstrengender Winter und auch das Leben in Braunschweig, in der Stadt und nicht in diesem gottverlassenen Dorf. Dennoch müsse ich ihre Worte im Kopf behalten: Wie immer ich meine Sympathie für den Pastor auch nennen würde, es handle sich lediglich um ein Strohfeuer.

Wie klug und dumm von dir, liebe Mama. Du irrtest dich gewaltig. Nichts von alldem, was du mir gesagt hast, hatte auch nur die geringste Wirkung auf mich. Ach, als ob du mir Heinrich aus dem Kopf hättest schlagen können. Nicht einmal der Tod hat das geschafft.

Zwei Tage später kam Helene zu mir, ein Telegramm in der Hand. Ich fegte auf der Veranda gerade die Blätter zusammen, die das Gewitter in der Nacht zuvor von den

Bäumen geweht hatte. Karl, ein junger Mann, den sie in Kiel kennengelernt hatte, würde mit seinen Freunden zum Schützenfest nach Bad Harzburg kommen. »Bitte, bitte komm mit! Allein lässt mich meine Großmutter bestimmt nicht hin!« Aber sicher, Helene. Mein Vater und meine Mutter gaben mir gern die Erlaubnis. »Aber seid vorsichtig ... und verpasst den Zug um achtzehn Uhr nicht, es ist der letzte!«

In Bad Harzburg herrschte ein dichtes Gedränge von fröhlich Feiernden, doch Helene fand Karl zwischen Zuckerwatte, Bonbons, Kartoffelpuffern und Bratwürsten ohne Probleme. Sie stellte ihn mir vor. Er wirkte höflich, sympathisch, umgänglich. Er war mit zwei Freunden da, die mir Gesellschaft leisten sollten, Helene und er wollten allein sein. Die beiden anderen schienen sich jedoch mehr für die lokalen Schönheiten zu interessieren, herausgeputzte und Aufmerksamkeit heischende Fräuleins vom Land. Ziemlich bald, es schlug gerade erst Mittag, fand ich mich unvermittelt allein in der Menge wieder, schlenderte von einem Stand zum nächsten und fragte mich, womit ich mir die Zeit bis zur Rückfahrt wohl vertreiben konnte. Ich fühlte mich fehl am Platz und wie ein unscheinbares Mauerblümchen. Eine namenlose Gymnasiastin aus der Stadt, ohne Anschluss und einsam inmitten einer Menge aus lauter Verwandten und Freunden. Ich setzte mich auf eine Bank am Rande des Platzes und überließ mich meiner Verzweiflung. Zum Teufel mit dem Fest, mit Helene und ihrem Verehrer, den Kartoffelpuffern und dem Apfelmus.

Dann sah ich jemand Bekanntes aus der Menge treten. Es war Heinrich mit dem kleinen Samuel, seinem Ältesten, an der Hand. Ich erschrak. Auch er war erstaunt, mich dort zu sehen, noch mehr aber darüber, dass ich allein war. Er war offensichtlich unschlüssig, ob er zu mir kommen sollte oder nicht, und blieb ein paar Meter von der Bank entfernt stehen. Ich winkte, und er kam näher. »Fräulein Alrutz, was machen Sie denn hier? Und ganz allein … Oder sind Sie in Begleitung? Störe ich, warten Sie auf jemanden?« Ich begrüßte ihn nicht mit dem üblichen Lächeln. Ich war gereizt, weil Helene verschwunden war, und ärgerte mich immer mehr über diesen Tag, den ich inmitten einer Schar von Unbekannten vergeudete. Ich erzählte ihm von meinem Ausflug mit Helene und bat ihn mehrfach, weder der Großmutter noch meinem Vater etwas zu sagen. Er wollte mich gerade ermahnen, da platzte ich heraus: »Herr Pastor, wussten Sie, dass das Leben einer Frau schrecklich kompliziert ist? Tun wir denn etwas Schlechtes? Bringen wir denn, ich weiß auch nicht, jemanden um?«

»Nein, Fräulein Alrutz, natürlich nicht. Aber die Sünde fängt ja schon früher an, etwa wenn man die Eltern belügt … Wie soll eine Unternehmung gelingen, die auf einer Lüge fußt?«

»Lügen Sie denn niemals, Herr Pastor?«

»Ich gebe mir große Mühe, und Gott hilft mir dabei …«, antwortete er mit einem leichten Zögern in der Stimme. Ich ging zum Angriff über: »Wie grausam, wenn man immer aufpassen muss, achtgeben, vor einem ganzen Dorf Rechenschaft ablegen und dann auch noch vor Gott .«

»Sie übertreiben, mein Fräulein, in erster Linie sind wir unserem Gewissen Rechenschaft schuldig …«

»Wunderbar! Also, ich spreche jetzt für mich und für Helene: Wir sind jung, voller Lebensfreude … und das kann doch kein Widerspruch zu unserem Gewissen sein?!«

Verärgert stand ich auf. Rudinski verstand. Von diesem Zeitpunkt an sprachen wir richtig miteinander. Samuel spielte mit den anderen Kindern. »Ich weiß, was Lebensfreude ist«, sagte Rudinski. Er erzählte mir von seiner Jugend, von den Bildern, die er in Berlin verkauft, und von dem schönen Leben, das er bei seinen Auftraggebern hatte erahnen können. Er erläuterte, wie schwer es ihnen falle, in Salzgitter zu leben, und dass es dennoch für Nelly und ihn die Rettung gewesen sei, sich in die Berge, weit weg von Berlin, zurückzuziehen. Samuel würde einen

Platz in einem Internat in Bad Harzburg bekommen und die Last auf Nellys Schultern etwas leichter werden. Das war auch der Grund für ihren Besuch in Bad Harzburg: Sie wollten das Internat besichtigen und Samuel mit den zukünftigen Schulkameraden bekannt machen. Er war ehrlich und machte sich offenbar Sorgen um seine Zukunft. Ich erzählte ihm von Braunschweig, von der Schule, von Lotte und unserer unausgewogenen Beziehung, sie, die mich verehrte, und ich, die ich nichts mit dieser Verehrung anzufangen wusste. Ich erklärte ihm meine Freundschaft mit Helene, wie sie im Laufe der Zeit gewachsen war und sich verändert hatte, immer reicher wurde durch eine immer innigere Vertrautheit. Er fragte mich, ob ich schon einen jungen Mann kennengelernt hätte, in den ich »mein Vertrauen setzen« konnte. Ganz vorsichtig sagte ich ihm, dass Lottes Halbbruder den Wunsch geäußert habe, mich näher kennenzulernen. Er sei Soldat, fügte ich hinzu, gutaussehend, mit guten Manieren, aber ich verschwieg den Stahlhelm, das Motorrad, die politischen Reden. Er hörte mir nachdenklich zu, ohne mir in die Augen zu sehen. Während die Menge um uns herum weiter lärmte, schwiegen wir eine Weile. Ich hatte großen Hunger und sagte ihm das, obwohl es sich nicht gehörte. Er sprang auf: »Ich habe eine Idee, ich bin gleich zurück, geben Sie auf Samuel acht, dass er nicht in den Brunnen steigt …« Zehn endlose Minuten vergingen. Samuel kam zu mir, fragte nach seinem Vater und ich sagte zu ihm: »Gleich gibt's was zu essen, Samuel!«, worauf er laut »Hurra!« rief. Da kam Heinrich im Laufschritt und mit einer etwas fettigen Schachtel, einer verschlossenen Tüte sowie einer Flasche Bier zurück. Er blieb nicht stehen, sondern nahm Samuel an der Hand und rief: »Weg hier!« Auch ich begann zu laufen, ohne zu wissen, wohin es gehen sollte. Samuel lachte wie verrückt und rannte, was seine Beine und Lungen hergaben dem Vater hinterher. Die Menge nahm unsere Flucht nicht einmal wahr. Wir liefen mindestens eine Viertelstunde bergan.

Dann erreichten wir eine Lichtung mit einem Bachlauf; Brombeersträucher umstanden sie wie ein Zaun. Außer Atem ließen wir uns auf die Wiese fallen und fingen an zu lachen. »Platzangst! Es muss ein Anfall von Platzangst gewesen sein, nicht wahr, Fräulein Alrutz?«

»Aber ja doch, sicher! Weg von den Menschen! *Zurück zur Natur*!« Heinrich öffnete die Schachtel voller Würstchen und Kartoffelpuffer und stellte sie aufs Gras. Aus der aufgerissenen Tüte lugten Apfelküchlein mit Puderzucker. Er trank die halbe Flasche Bier in einem Zug und reichte die Flasche alle guten Manieren vergessend an mich weiter. »Ich weiß, was Lebensfreude ist«, wiederholte er. So trank ich also meinen ersten Schluck Bier, und weil es so warm war und der Lauf mich angestrengt hatte, fing die Welt an, sich um mich zu drehen. Ich musste mich hinlegen. Auch Samuel legte sich auf die Wiese und war nach kurzer Zeit eingeschlafen. Heinrich wickelte ihn in seine Jacke. Wir lachten, plauderten, aßen mit den Fingern und scherzten, wie wir es im Beisein anderer nie getan hätten. Ich dachte an den Vortrag meiner Mutter über die »Sympathie« und konnte nicht aufhören zu lachen. Was hätte sie wohl gesagt, wenn sie mich dort gesehen hätte, ihre Tochter mit einem verheirateten Pastor bei einem einsamen Picknick zu zweit und noch dazu leicht beschwipst? Ich erzählte ihm von der Nachtwanderung mit meinem Vater, aber das Bier verwandelte diese magische Nacht in ein »sonderbares Experiment der Reformpädagogik«, wie Heinrich es nannte, über das man sich vor Lachen kringeln musste. »Ihr Vater und seine pädagogischen Ansichten! Alles Unfug, glauben Sie mir! Und Ihr Bruder Willi? Mit Verlaub, Fräulein Alrutz? Er ähnelt immer mehr einem Hefekloß! Einmal wollte ich ihm am Bahnhof beim Aussteigen helfen und was macht er? Er springt schwungvoll von der letzten Stufe ab und wirft sich mir mit all seinem Gewicht entgegen! Ein Kartoffelsack auf mir drauf! Zum Glück hat Sievers mich von hinten gestützt!«

Der Wind trägt mich fort, und ich steige über jener Lichtung in die Höhe. Ich sehe zwei glückliche Menschen, die in der Sonne auf der Wiese liegen. Sie berühren sich nicht, nicht einmal aus Versehen, und doch sind sie sich so nah, dass der ganze Wald sie beneidet. Ich vermeine noch den klebrigen Puderzucker und das Fett an meinen Händen zu spüren. Den Geschmack der warmen Äpfel im Mund. Ich habe keine Hände und keinen Mund mehr: Dennoch ist alles so echt, von einem so tief empfundenen Glück, dass ich nur mit Mühe wieder in die eisige nächtliche Klinik zurückfalle. Ein Tag, den Gesetzen der Welt mit Gewalt entrissen, und die Freude dreier Kinder, die diesen Raub hinter einer Brombeerhecke feiern.

SIEBEN

Glaubt ihr wirklich, dass eure Liebsten mit dem Tod diese Welt verlassen haben?

Gut, glaubt nur weiter daran, andernfalls würdet ihr auch der Sonne oder den Sternen nicht mehr trauen und nicht mehr glauben, dass die Welt sich nur in eine Richtung dreht. Glücklich ist, wer wenig weiß. Zu Beginn meiner schattenhaften Existenz meinte ich, ein belangloses Element einer Welt gewesen zu sein, die nach mir einfach fortdauerte. Ich dachte, mein dort verbrachtes Leben hätte außer der Schachtel mit meiner Dienstnummer keine weiteren Spuren hinterlassen. Wenn man jedoch unter großem Schmerz geht, voller Wut darüber, nicht genug getan zu haben, und mit dem Wunsch, noch ein wenig länger leben zu dürfen, um Fehler wiedergutzumachen, dann verbleibt eine Spur davon in der Luft. Wie dumm, zu glauben, dass all dieser Schmerz nicht mehr in dem Zimmer hängen würde, in dem ich starb. Es wurde frisch gestrichen und die Möbel wurden auf einen riesigen Lastwagen geworfen, der alles verschluckt und zermalmt hat. Als die Bomben auf den Bahnhof die Fensterscheiben der Klinik zerstört haben, wurden sie ersetzt. Achtundachtzig Jahre sind vergangen, doch ich bin immer noch hier, mit meiner Geschichte, und mein Schmerz erfüllt die Luft, die mich umgibt.

Mein Zimmer blieb, gleichsam aus Scham, mindestens ein Jahrzehnt lang leer und verschlossen. Auch als der Krieg zu Ende war, wollte es niemand haben; man stapelte dort Kartons über Kartons – altes Zeugs gab es in Hülle und Fülle – Register, Ordner, Patientenkarten, einfach alles wurde dorthin gebracht. Viele Jahre später bezog die Universität das Klinikgebäude. Das Zimmer wurde entrümpelt und umgebaut: neue Fenster aus Isolierglas und neuer Putz. Auf die schönen Dielen aus Kiefernholz wurde scheußliches graues Linoleum geklebt, den Schreibtisch stellte man ans Fenster – das hätte Heinrich gefallen –, dazu einen zweitürigen Schrank sowie ein Eisenregal: Sie haben ein ganz normales Büro daraus gemacht.

Aber ich hänge noch immer in der Luft und wer hier arbeitet, nimmt es wahr.

Hier, am Ende dieses Korridors bei der Tür zum zentralen Treppenhaus, muss die Französischabteilung sein: Im Laufe der Jahre haben sich verschiedene Dozenten in meinem Büro abgelöst. Wie erklärt man, dass den Ersten von ihnen nach nur wenigen Stunden in dem Raum so heftige Migräneattacken befielen, dass er ohnmächtig wurde? Einmal schleppte er sich hinaus auf den Korridor und flehte die Studenten an, einen Krankenwagen zu rufen, bevor ihm noch der Kopf platze. Als er in den Ruhestand ging, übernahm eine Kollegin aus Paris, die nach ein paar Semestern mürrisch und jähzornig wurde. Sie fing an, die Studenten zu quälen und sie zwanghaft zu den von den Nazis deportierten französischen Juden zu befragen. Sie wollte alles wissen: Daten, Namen, Transporte, Einzel- und Gruppenschicksale, Routen und Anzahl der Toten. Nach ihrer – herbeigesehnten – Pensionierung folgte eine junge Dozentin aus der Provence: Nach einigen Monaten trug das Fräulein nur noch Schwarz, als sei sie in Trauer. Wer sie nach dem Grund dafür fragte, bekam nur ausweichende Antworten.

Ich befinde mich immer noch in diesem Zimmer. Wenn ich es verlasse, suche ich tage- und nächtelang nach den Patientinnen, nach meinen Freundinnen, den anderen Schwestern, und nach Helene, die ich verlassen und betrogen habe, obwohl ich ihr ewige Treue geschworen hatte. Kann es denn wahr sein, dass niemand mehr da ist? Der Wind kommt mich holen und trägt mich fort. Der Morgen erwacht hinter den Häusern des Ostviertels.

Es ist Winter 1923/24, und man redet über nichts anderes als Adolf Hitler, der zusammen mit Ludendorff und einer Schar von dreitausend SA-Männern in Bayern einen Putschversuch unternommen hat. Mein Vater hält ihn für gefährlich und verrückt, meine Mutter ist skeptisch, mein inzwischen elfjähriger Bruder Willi stellt viele Fragen, auf die niemand eine Antwort hat. Lotte erzählt mir, dass unter den dreitausend Soldaten auch Hadrian gewesen sei, der inzwischen vom Stahlhelm zur SA gewechselt habe, »wegen höherer Aufgaben« wie sie betont. In der Schule wird die Pensionierung des alten Chemielehrers, Jakob Hirsch, gefeiert. Während der Veranstaltung steht Lotte auf und brüllt ihm vor allen anderen entgegen: »*Raus mit den Juden!*« Sie wird für drei Tage vom Unterricht ausgeschlossen und als sie wiederkommt, bringt sie einen Beschwerdebrief von Herrn Messing mit, der darauf dringt, keine jüdischen Lehrer mehr einzustellen, andernfalls nehme er die Tochter von der Schule. Ich erzähle es zu Hause und mein Vater ist entsetzt. Er sagt, ich dürfe eine Zeitlang nicht zu den Messings gehen. Dieses Verbot führt bei mir zu keiner großen Auflehnung. »Das heißt, ihre Französischnote wird abstürzen«, kommentiere ich kühl.

An einem Nachmittag Ende März klingelte Hadrian an der Tür. Ich war allein zu Hause, denn Mama, Papa und Hedwin waren unterwegs, um Einkäufe zu erledigen, und Willi war zum Lernen bei einem Freund. Das Kinderfräulein ließ ihn unter den üblichen förmlichen Höflichkeiten im Wohnzimmer Platz nehmen. Sie selbst setzte sich, wie es sich gehörte, ins Nebenzimmer. Hadrian trug keine Uniform, sondern einen Anzug aus grauer Wolle, der Farbe seiner Augen. Ein hübscher junger Mann, kein Soldat. Er trank Tee und betrachtete mich. Er war gekommen, weil er meinen Vater um Erlaubnis bitten wollte, mich ins Theater auszuführen, am folgenden Freitag würde die *Antigone* gegeben werden.

»Es wäre mir eine Ehre, wenn Sie bereit wären, mich zu begleiten«, sagte er lächelnd.

»Erzählen Sie mir doch ein wenig von sich, Herr Messing«, gab ich zurück, »ich kenne Sie ja gar nicht, abgesehen von den zwei oder drei …«, hier senkte ich die Stimme, »Fahrten auf dem Motorrad, bei denen Sie mich im vergangenen Winter freundlicherweise mitgenommen haben …«

»Womit soll ich anfangen, Fräulein Alrutz? Ich werde für einige Monate in der Firma meines Stiefvaters arbeiten oder werde es zumindest versuchen … Da es keine männlichen Erben gibt, überlege ich, vielleicht eine unternehmerische Laufbahn einzuschlagen. Das scheint mir ein Weg zu sein, der etwas, wie soll ich es sagen, sicherer ist als eine Karriere beim Militär.« Der Wolf log, und ich wusste es. Das Kinderfräulein jedoch wusste es nicht und geriet auf der Rückseite der Wohnzimmerwand bei dem Gedanken daran, dass mein Verehrer auf ein ruhiges Leben aus war, ganz aus dem Häuschen. »Sie haben also mit dem Stahlhelm endgültig abgeschlossen? Keine Versammlungen mehr, keine Kontakte …?«

»Oh nein, wertes Fräulein, Freundschaft ist für mich grundlegend. Die im Wehrverband geschlossenen Freundschaften hier und in Berlin sind eng und werden es auch in der Zukunft bleiben … Nur treffen wir uns jetzt einfach so, unabhängig von Versammlungen, um ein Bier zu trinken oder uns beim Sport zu messen …«

»Und die Freundschaften, die in München geschlossen wurden? Werden die auch lockerer?«, fragte ich etwas hämisch.

»Sie sind gut informiert, wie ich sehe … Ich nehme an, dass meine Halbschwester die Quelle ist … Was soll ich sagen. Dass ich am Versuch teilgenommen habe, diese Republik zu zerschlagen, macht mich immer noch stolz. Mir ist klar, dass Frauen nicht viel von diesen Dingen wissen, aber …«

»Ach ja, Frauen wissen also nicht viel von diesen Dingen! Da irren Sie sich aber, Herr Messing! Vielleicht sprechen Sie von den Frauen, mit denen Sie es *bisher* zu tun hatten. Denn wenn Sie mich in die *Antigone* ausführen wollen, müssen Sie wissen, dass ich mich genauso für Politik interessiere wie Sie und auch ebenso viel davon verstehe.« Jetzt war ich in Fahrt. »Außerdem werden Sie wohl wissen, dass die *Antigone* ein überaus politisches Stück ist«, fügte ich hinzu.

»Na ja, nicht wirklich, wissen Sie … im klassischen Bereich verfüge ich nicht über Ihre Kenntnisse«, wich er verlegen zurück.

»Es ist eine Tragödie über den Konflikt zwischen den Gesetzen des Staates und denen des Individuums …«, fuhr ich fort, aber nun zeigte Hadrian die Zähne. »Verzeihen Sie, dass ich Sie bei Ihrer Lektüre gestört habe, Fräulein Alrutz. Ich werde Ihren Vater um Erlaubnis bitten, Sie ins Theater auszuführen, ich hinterlasse ihm eine Nachricht. Jetzt muss ich mich aber verabschieden, ich danke Ihnen für den ausgezeichneten Tee.« Er stand auf und ging zur Tür, ohne mir einen Handkuss zu geben. Das Kinderfräulein eilte herbei und nachdem sie mir einen Blick, scharf wie eine Schwertklinge, zugeworfen hatte, reichte sie dem Gast seinen Mantel und schimpfte, kaum dass er weg war: »Alle Männer werden davonlaufen, wenn du sie so behandelst. Ist es das, was du willst?«

»Nun, ich denke ja«, antwortete ich und ging in mein Zimmer zu meinen geliebten Büchern.

Sehr verehrter Herr Pastor,

wie seltsam, Sie nach unserer vergnüglichen »Flucht« in Bad Harzburg so zu nennen. In Braunschweig ist es Frühling geworden. Eine Neuigkeit, die nicht wirklich unerwar-

tet kommt, aber dennoch nicht weniger willkommen ist. Die Straßen sind voller Licht, und auf dem Weg zur Schule ertappe ich mich dabei, wie ich mich an den kleinen Flecken zwischen den Häusern, die von der Sonne beschienen werden, wärme. Bringt der Frühling etwas Neues in unser Leben? Diesen Freitag werde ich zum ersten Mal allein ins Theater gehen, mit Hadrian, dem Soldaten, von dem ich erzählt habe. Mein Vater hat die Erlaubnis dazu gegeben, obwohl er ihn nicht so richtig mag, vielleicht wegen seiner politischen Gesinnung. Ich persönlich freue mich darauf, im Theater zum ersten Mal allein, ohne die Familie, öffentlich in Erscheinung zu treten. Es ist alles so neu! Bis zum Schuljahresende sind es noch zwei Monate und ich zähle die Tage, die uns von Salzgitter trennen. Hier hat man den Eindruck, die Nadelwälder dort seien nur eine Wahnvorstellung, aber ich weiß sicher, dass es sie gibt und dass sie mich erwarten. Die Natur formt sich nach unseren Wünschen, um uns Schönheit zu schenken, pure Schönheit. Ich trage das Lachen auf der Wiese in Bad Harzburg noch in meinem Herzen. Kennen Sie die Verse aus dem Hyperion: »Eines zu sein mit Allem, das Leben der Gottheit.« Wenn das stimmt, so hatte ich in jenen Augenblicken ein göttliches Leben, wenn auch nur für einen ganz kurzen Moment.

Ich hoffe, Sie sehr bald wiederzusehen.
Ihre Anna Alrutz

Ich ging mit Hadrian ins Theater und wartete nur auf den Moment, es Heinrich erzählen zu können, um seine Reaktion zu sehen. Es war ein Doppelleben. Ich dachte immer nur an Heinrich und ging im langen Abendkleid und mit geschminkten Lippen mit Hadrian aus. Zu diesem Anlass schenkte mir meine Mutter eine perlenbestickte Handtasche aus elfenbeinfarbener Seide. Ich trug ein Kleid im Empire-Stil in Altrosa und um die Schultern eine Stola aus Samt. Wir mussten neue Schuhe kaufen, denn die von Mama waren mir zu eng. Die neuen verursachten mir ebenfalls schreckliche Schmerzen, doch ich ertrug es mit stoischer Ruhe, ohne recht zu wissen, warum. Ich spielte eine Rolle: Anstatt mit Hadrian dort zu sein, wäre ich gern woanders gewesen und mit jemand anderem. Doch durch diese Rolle konnte ich meine Mutter und alle, die erwarteten, dass ich am normalen Lauf der Welt teilnahm, beruhigen. Hadrian erschien in SA-Uniform, wie er es bei allen offiziellen Anlässen tat. Das war verboten, doch er wusste, niemand würde es wagen, ihn darauf anzusprechen. Mein Vater verzog angewidert das Gesicht, aber mich störte die Sache nicht. Er war nur eine Figur, und dementsprechend war die Uniform passend. Wir flanierten unter den Blicken der ehrbaren Leute über die Gänge des Theaters. Der Soldat und die Arzttochter, aufrecht und mit kühlem Blick, ein Vorzeigepaar, weißer Samt und braune Baumwolle. Im zweiten Akt nickte Hadrian ein, und ich konnte, die schmerzenden Füßen auf dem kühlen Marmorboden, die *Antigone* genießen. »Ich hoffe, dass wir uns noch einmal sehen, Fräulein Alrutz«, sagte er und suchte nach meiner Hand, um sie zu küssen, »bevor Sie an diesen gottverlassenen Ort verschwinden, wo Ihre Familie die Ferien verbringt.«

»Dieser *gottverlassene Ort* ist ein Paradies«, hörte ich mich sagen. Eilig stieg ich die Treppe des Hauses hinauf, die Schuhe in der Hand.

Willi wuchs heran, seine ohnehin großen Augen wurden noch größer, das Muttermal auf seiner Wange dehnte sich aus, seine Stimme brach. Eines Abends kam er ins Wohnzimmer und fragte Mama etwas, und weil ich nicht von meiner Lektüre aufblickte, dachte ich, es wäre Papa gewesen, so tief hatte die Stimme geklungen. Bevor er ging, blieb er im Flur stehen, richtete seine Jacke und die Mütze, und Hedwin und ich verspotteten ihn, bis er zur Tür hinaus war. Eines Samstagmorgens ging ich zur Pförtnerloge hinunter, um zu sehen, ob Post gekommen war, und der Portier gab mir schmunzelnd zwei kleine

Briefe. Sie waren an Wilhelm Anton Alrutz adressiert und dermaßen parfümiert, dass man ein Pferd damit hätte betäuben können. Voller Vorfreude auf die Witzeleien meines Vaters nahm ich sie mit nach oben und versteckte sie in einer Schublade der Anrichte. Beim Mittagessen holte ich sie hervor: »Es sind zwei Briefchen für einen gewissen *Wilhelm* gekommen! Wir sollten dich ab sofort wohl besser auch so nennen, oder?« Willi wurde rot und sagte: »Gib sie her!«

»Lass mal sehen, einer ist von einer gewissen Veronika ..., der andere ... Josephine ... Oh, *mon Dieu*, Josephine wie Josephine Baker ... Ist sie ebenfalls Tänzerin?« Hedwin lachte, meine Mutter blickte Willi an und war bereit, einzuschreiten, mein Vater genoss die Szene mit einem Anflug von Stolz. Sein Sohn. Die ersten Liebesbriefchen! Ziemlich früh ehrlich gesagt, aber Willi war eben einfach »als Sonnenschein geboren, dem die Sympathien nur so zuflogen«, wie meine Mutter sagte, und die jungen Mädchen wurden heutzutage immer mutiger. »Und welche magst du lieber, Josephine oder Veronika, sag schon, mit wem gehst du am Sonntagnachmittag aus?« Meine Mutter bedeutete mir, aufzuhören, und ich hätte besser auf sie gehört. »Riecht nur, welch ein Duft ... Ich würde sagen, Veronika hat den Umschlag mit Rosenwasser getränkt, Josephine dagegen ... mmmh, warte, Kirschblüten ... Ach wie köstlich!« Willi explodierte: »Du bist bloß neidisch, weil dir niemand schreibt! Nicht mal der Pastor! Jawohl, ich weiß, dass du ihm jede Woche einen Brief schreibst!« Die Hitze stieg mir ins Gesicht. Ich griff nach der Suppenkelle in der Terrine, und bevor mich jemand aufhalten konnte, schlug ich sie Willi direkt ins Gesicht. Seine Lippe platzte auf und er fiel hintenüber. Papa packte mich an den Schultern und zog mich weg. »Anna! Das reicht! Das ist untragbar!«

»Geh auf dein Zimmer und bleib dort!«, befahl meine Mutter. Ich warf die Wohnzimmertür hinter mir zu und ging in mein Zimmer.

Papa rief mich nach dem Mittagessen in sein Arbeitszimmer. Als ich an seine Tür klopfte, zitterten mir die Beine. Er kaute auf einer Lakritzstange, war nervös und wirkte müde. »Ich habe genug, Anna. Ich habe dir alle erdenkliche Aufmerksamkeit zuteilwerden lassen, aber ich sehe, es hat nichts genutzt. Du musst deine Aggressivität anderweitig abreagieren und nicht an deinem Bruder ausleben. Zunächst wirst du dich heute Abend bei ihm entschuldigen, bei Tisch und vor allen anderen. Ich möchte, dass du das schriftlich tust.«

»Schriftlich? Aber Papa ...«

»Ich bin noch nicht fertig«, donnerte er. »Ich möchte, dass du dich bemühst, in deinem Bruder etwas Gutes zu sehen. Ihr seid verschieden, das ist der Gang des Lebens. Hedwin ist eine weiche Schwester, sie hat sich deinem Rhythmus angepasst. Willi aber hat seinen eigenen Kopf. Er ist gesellig und besonnen und hat eine künstlerische Ader, die du nicht hast. Das ist eine Herausforderung für deine Art, die Welt zu sehen. Aber du kannst nicht immer bestimmen wollen. Manchmal bist du eine richtige Furie ... Woher kommt nur all diese Wut? Und außerdem, was hat es mit dieser Geschichte mit den Briefen an den Pastor auf sich ... geht es um Rudinski? Ist das wahr, was Willi gesagt hat?« Ich schwieg, doch die Röte antwortete an meiner statt. Ich stand mit dem Rücken an der Wand.

»Also ist es wahr.«

»Ich habe ihm nur einen Brief geschrieben, Papa. Ich schreibe ihm nicht jede Woche, das stimmt nicht! Ich habe ihm vor einiger Zeit geschrieben und ihm lediglich eine Karte geschickt ... Ich habe ihm von Hadrian erzählt und ihm ein bisschen von meinem Leben geschrieben ...«

»Ich verstehe, Rudinski zieht die Geständnisse anderer an wie das Obst die Fliegen ... das ist sein Metier«, meinte er etwas ratlos. »Normalerweise erkläre ich Dinge lieber, anstatt sie anzuordnen ... Aber dieses Mal habe ich keine Wahl. Du darfst dem Pastor nicht mehr schreiben, verstanden? Auch wenn es ein Austausch vollkommen harmloser Briefe sein sollte, können solche Dinge leicht missverstanden werden. Bedenke, Rudinski ist verheiratet. Was würdest du tun, wenn du mit Rudinski verheiratet wärst und er von einer anderen Frau Briefe bekäme, von einer Nelly zum Beispiel?« Ich würde hingehen und sie verprügeln, dachte ich. Es war ein so klarer Gedanke, dass mir beinahe angst wurde.

»Ich werde es nicht mehr tun«, sagte ich resigniert und im Grunde von Papas Worten überzeugt.

»Das hier ist für dich«, sagte er und holte ein Fläschchen mit einer dunklen Flüssigkeit hervor. Ich werde es dir heute einmal pro Stunde verabreichen. Von morgen an alle zwei Stunden und ab Montag nur noch morgens und abends.«

»Was ist das?«, fragte ich.

»Gift.«

Ein homöopathisches Mittel wirkt auf verschiedenen Ebenen, erläuterte Papa. Es sei eine Heilmethode, von der die Schulmedizin zwar nichts halte, die aber interessant sei, weil sie den Menschen als Einheit sehe, was bedeute, dass Körper und Geist in Abhängigkeit voneinander krank werden. Sie kuriere im Gegensatz zur allopathischen Medizin Gleiches mit Gleichem, fuhr er fort. So habe der Körper die Möglichkeit, die geeignete Reaktion auf eine Erkrankung zu entwickeln. Zeigte die Schulmedizin keine Wirkung, bat er seine Patienten, so gestand er mir, um die Erlaubnis, es mit dieser neuen Methode versuchen zu dürfen. Mit der Hand wies er auf ein dickes Notizbuch: Darin hatte er alle Fälle von nachgewiesener und ausdrücklich auf diese Methode zurückzuführender Heilung festgehalten; und es waren nicht wenige. Ein echtes Lebenswerk. Fall für Fall dank Homöopathie geheilt. Viele seiner Kollegen hielten ihn für verrückt, daher bat er die Patienten um äußerste Diskretion. Was er mir verabreichen würde, war nichts weniger als Arsen, *Arsenicum album*, ein tödliches Gift, verdünnt und potenziert. »Heute, als ich deinen Ausbruch gegenüber Willi gesehen habe, hatte ich eine Erleuchtung. Dein allumfassender Kontrollzwang ist hochgefährlich, in diesen Momenten kann dich niemand aufhalten. Ich dachte, deine Wut auf Willi erwächst vielleicht aus deiner Vorstellung von Ordnung. Du möchtest, dass immer alles absolut sauber und ordentlich ist. Du warst schon immer so, schon als kleines Mädchen. Und Willi ist das genaue Gegenteil. Er hat keine Angst vor Krankheiten, fürchtet sich nicht vor dem Sterben oder davor, sich zu verletzen, er isst und trinkt vollkommen unbekümmert. Er genießt das Hier und Jetzt, ohne Ängste zu haben. Die Art und Weise, wie du dich benimmst, entspricht erstaunlich genau den Eigenschaften des *Arsenicum album.*« Papa hatte ein sehr genaues Bild von mir und meinen Zwängen. Seine Erklärung war logisch, schlüssig, bestechend. Ich fühlte mich erkannt und vielleicht auch gerettet. »Kann ich diese Idee mit der Ordnung für meinen Brief für heute Abend benutzen?«

»Nein«, gab er zurück, »zu einfach.« Dann entließ er mich mit einer zerstreuten Handbewegung.

»An meinen lieben und mir unverständlichen Bruder«

Ich sehe mich wieder dort stehen, an jenem Abend, vor einer Mutter, die immer noch verärgert ist, meinem Vater, der aufmerksam zuhört, und vor Hedwin, die von der Ernsthaftigkeit des Vortrags eingeschüchtert ist. Willi ganz vorne, mit einem Stück Mull auf der Lippe. Er hat den Platz gewechselt, sodass das Kinderfräulein nun zwischen uns sitzt, das sich fragt, warum die Strafe so theatralisch ausgefallen ist. Zu Beginn zittert meine Stimme, doch dann trägt sie die Worte mit der Sicherheit desjenigen vor, der einen ganzen Nachmittag darüber gebrütet und sie quasi auswendig gelernt hat.

»Lieb, weil du ›als Sonnenschein auf die Welt gekommen bist‹ und sich niemand diesem Zauber entziehen kann, der

von dir ausgeht, nicht einmal ich. Unverständlich, weil es für mich unerklärlich ist, wie du mit dem Leben, das du führst, glücklich sein kannst: Zum Frühstück isst du doppelt so viel wie ich und dreimal so viel wie Hedwin, nach dem Mittagessen machst du ein Nickerchen auf dem Sofa und stehst nur wieder auf, um Kekse zu essen. Du machst Hausaufgaben, ja, aber ohne Begeisterung. Wenn ich dich spielen sehe, kommen mir deine Zeitvertreibe so albern vor, dass ich mich immer frage, ob du wirklich mein Bruder bist. Du magst Kreisel, ich fand sie als kleines Kind unerträglich. Weißt du warum? Weil sie sich drehen und drehen und man nie weiß, wohin sie sich drehen. Du aber liegst auf dem Boden und scheinst von ihrem Anblick ganz verzaubert zu sein. Es stört dich nicht, dass sie wer weiß wohin wandern, unter die Kommode, unter das Sofa, dass sie womöglich verloren gehen. Im Gegenteil, manchmal sammelst du sie nicht einmal ein, lässt sie einfach dort liegen, wo sie sich ausgedreht haben, ganz so, als würden sie dir gar nicht mehr gehören. Wie kannst du es zulassen, dass sie sich einfach so davondrehen? Ich kann das nicht. Ich kann auch nicht den ganzen Tag mit einem Grashalm zwischen den Zähnen auf der Veranda dösen, wenn wir im Kurort sind. Ich brauche immer Bewegung, muss etwas tun, etwas schaffen, sonst werde ich es leid, werde ich nervös und aggressiv. Aber nicht das ist mein Fehler, lieber Bruder. Mein Fehler ist, dass ich immer denke, nur ich wäre eine echte Alrutz und du lediglich ein missratener männlicher Erbe, verweichlicht und feige. Ich denke immer, dass ich die Familie retten werde, dass ich gesund bleibe, dass ich mich darum kümmere, dass alles gut wird. Hedwin ähnelt der Mama. Ich habe die Augen und die Statur von Papa, ich bin seine Tochter und das sieht man auch. Und du? Woher stammst du? Wer bist du? Ich weiß es nicht, ich kann dich nirgendwo zuordnen und die Rolle, die ich dir gern zuweisen würde, passt nicht zu dir, und deshalb werde ich wütend und schlage dich. Ich bitte dich um Verzeihung, lieber Willi, für alles, was ich nicht verstehe und nie verstehen werde.«

Nach dieser Entschuldigung setzte ich mich schweigend und ohne jemanden anzusehen.

Mein Vater entfaltete die Serviette, legte sie über die Beine und sagte lediglich: »Jetzt essen wir. Ohne zu sprechen.« Am Ende dieses scheinbar endlosen Abendessens ohne Worte, aber mit tausend Gedanken und tausend Empfindungen, brach Papa das Schweigen mit den Worten, die ich wie keine anderen herbeisehnte: »Gestern habe ich die Praxis zugemacht. Wenn ihr nichts dagegen habt, würde ich lieber schon am Dienstag ins Sole-Bad aufbrechen. Ziehen wir es doch ein paar Tage vor. Für Mitte der Woche sind heftige Gewitter vorhergesagt. Was meinst du, Lisbeth?«

»Nichts dagegen. Wir bereiten morgen alles vor, am Montag schicke ich Frau Priesnitz ein Telegramm und am Dienstag fahren wir.«

Wir fahren! Die Freude auf die Fahrt von Braunschweig nach Salzgitter war immer noch dieselbe. Wer weiß, vielleicht wäre Rudinski am Bahnhof! Helene würde die Woche darauf kommen. Die Welt war in Ordnung, solange wir ins Sole-Bad fuhren, Schluss mit dem politischen Gerede, Schluss mit Hadrian und Schluss mit der Verstellung. Hier war das wahre Leben, das Leben der Wälder und des Einklangs mit dem Universum.

Wie naiv.

ACHT

Wir saßen auf der Veranda, Frau Priesnitz und ich. Sie versuchte mir beizubringen, wie man Sauerkirschen entsteint, doch ich wollte nicht. Meine Eltern und Hedwin waren zum Inhalieren im Kurhaus und würden bald zurück sein. Es war einer jener Sommermorgen voller Licht und Farbe. Keine einzige Wolke am Himmel, kein Wind, nicht mal ein Lüftchen. Willi war seit ein paar Stunden mit Kuba unterwegs, vielleicht waren sie im Greifpark. Doch mit einem Mal kam mein Bruder angerannt, verängstigt und blutverschmiert.

»Er ist tot! Er ist tot!«

»Wer ist tot, Willi? Komm her, mein Junge, was ist denn passiert?« Frau Priesnitz nahm ein Taschentuch und feuchtete es an, um ihm den Dreck aus den Wunden zu wischen.

»Kommt! So kommt doch!? Kuba ist tot!« Frau Priesnitz war wegen ihrer Arthritis nicht gut zu Fuß; also sollte ich ins Dorf laufen und meinen Vater suchen.

»Du bleibst hier, verstanden?«, schrie ich meinem Bruder zu und rannte zu Heinrich. Die Tür war offen, er war gerade dabei, eine kaputte Schublade zu reparieren, und ich erklärte ihm, dass Kuba etwas zugestoßen sei. Wir liefen schnell zu Willi zurück und er zeigte uns den Weg. Das, was ich an diesem Morgen gesehen habe, kann ich nicht vergessen. Kuba lag mit gebrochenen Beinen in einer tiefen Grube.

»Was ist passiert?«, fragte Rudinski erregt.

»Hendrik und Thomas haben sich über uns lustig gemacht … dann hat Thomas plötzlich eine Stange hervorgeholt und ihm die Beine zerschlagen ... Hendrik hat ihn festgehalten ... Er hat gesagt ... dreckiger Jude ... Und du, hat er zu mir gesagt ... du bist der Freund eines Juden und hast das Gleiche verdient ...« Willi weinte.

»Wir müssen ihn da rausholen«, sagte ich, »und ins St. Elisabeth bringen!« Ich sah die Panik in Heinrichs Augen.

»Ich ... Ich kann da nicht runtersteigen ... Nein, das ist zu gefährlich ... Und wenn was passiert, wer holt mich dann raus ... Wir müssen die Bauern holen ... ich ...« Wutentbrannt sah ich ihn an. Vielleicht war Kuba noch am Leben, und er hatte Angst, dort hinunterzuklettern. Mit einem Satz war ich unten. Ich nahm ihn auf den Rücken, er war leicht, es kam mir vor, als trüge ich nur einen Haufen Lumpen. Ich hielt mich an den Wurzeln fest, und so gelang es mir mit einiger Mühe und sehr langsam, wieder hinaufzuklettern. Kuba war zum Glück nur ohnmächtig, wahrscheinlich wegen der Schmerzen. Ich trug ihn auf dem Rücken bis zum Dorfeingang, dort wollte Rudinski mich ablösen: Er sollte der barmherzige Samariter sein, nicht ich. Willi lief weinend nach Hause. Wir betraten das St. Elisabeth, und der diensthabende Arzt nahm sich des Kleinen an.

Während wir draußen warteten, sagte ich Heinrich die Meinung. Ich war sehr wütend. Ich brüllte ihn an, dass es keinen Sinn ergebe, als Pastor von der Kanzel herab Seelen retten zu wollen und gleichzeitig ein Kind in einer tiefen Grube verrecken zu lassen. Ich verlangte, dass er etwas tun müsse, schließlich war Kubas Leben in Gefahr gewesen, und dass die Schuldigen bestraft werden müssten. Er müsse sie melden! Ich ließ ihn einfach stehen und suchte nach Papa. Er würde verstehen, er würde die Polizei informieren. Ich fand ihn im Kurhaus und als er meine dreck- und blutverschmierten Hände sah, war er sofort beunruhigt. Ich erzählte ihm alles und wir eilten gemeinsam zum St. Elisabeth, während Mama zu Willi nach Hause ging. Rudinski war nicht mehr da. Hatte sich aus dem Staub gemacht. Die Ärzte sagten, der Junge habe innere Verletzungen. Vermutlich habe man ihn zu Tode prügeln wollen. Zu viel Gewalt für eine bloße Abreibung. Und da Kuba zudem unterernährt war, würde die Heilung der Knochen wohl ewig dauern, womöglich würde er ein Leben lang humpeln. Da kam meinem Vater der Gedanke, dass wir ihn für die Zeit der Genesung bei uns zu Hause aufnehmen könnten. Aber das ging nur mit Zustimmung der Eltern. Wir ließen uns also den Weg zeigen und suchten die Goldfingers in ihrer Baracke am Rande des Dorfes auf. Wir fanden jedoch nur den großen Bruder vor, der gerade Matratzen ausklopfte, die bereits halb verrottet waren. Als er uns sah, dachte er wohl, Papa wäre vom Amt, und wich argwöhnisch zurück. Kubas Behausung bestand aus Holz und Lumpen, davor eine erloschene Feuerstelle, von der ein Geruch nach verbranntem Schimmel ausging. Wir erklärten, was passiert war, aber der Bruder war nicht weiter erstaunt. »Kuba baut immer Mist. Ich habe ihm schon tausend Mal gesagt, wenn sie dich beschimpfen, halt einfach den Mund, nichts sagen. Hau ab! Du bist schnell! Die kriegen dich nicht. Ich kümmer mich um die ... Sehen Sie die Stange da?«

»Wo ist Ihr Vater?«, fragte Papa und musste sich schwer beherrschen. »Der kommt morgen Abend wieder, is' in Goslar am Malochen, die zahlen gut ... Zwetschgenernte ... Er geht dann hin.« Aber es ließ sich eine ganze Woche lang niemand im St. Elisabeth blicken. Wir konnten nicht verstehen, dass man sich so wenig für das eigene Kind interessierte. An diesem Punkt begann ich zu glauben, dass die Juden vielleicht doch nicht so waren wie wir. Dass sie nicht gerade viele Gefühle hegen konnten, wenn sie einen hilflosen Spatz wie Kuba mit zerschmetterten Beinen ganz allein in einem Krankenhausbett ließen. Wir kümmerten uns abwechselnd um ihn: Helene, ich, Mama, Papa. Willi und Hedwin hielten wir fern, Hedwin aus Angst vor Infektionen und Willi, weil er immer noch so aufgewühlt war. Nach einer Woche ging es Kuba etwas besser und er wurde entlassen. Mein Vater unterschrieb ein Formular zur vorübergehenden Pflegschaft und holte ihn zusammen mit den Sievers ab. Frau Priesnitz hatte ihm zu Hause als Willkommensgruß eine heiße Schokolade gemacht. Mein Vater stellte einen Adoptionsantrag, und die Vorstellung, dass Kuba unser Bruder werden würde, begeisterte uns. Wir würden seinen Hunger stillen, ihn einkleiden, uns um ihn kümmern. Zusammen mit Willi würde er ins Wilhelm-Gymnasium gehen. »Denk nur, wie schön, wir nehmen ihn an Weihnachten mit zum Markt und essen zusammen gebrannte Mandeln?!« Hedwin schien wie neugeboren, ich hatte sie noch nie so glücklich gesehen.

Mein Vater bestellte Rudinski zu sich und wollte mich ebenfalls dabei haben. Ich wusste schon, was er zu ihm sagen würde. »Morgen in der Kirche müssen Sie von der Kanzel aus Stellung nehmen, Rudinski. Sie dürfen nicht schweigen. Die Familien müssen diese beiden Übeltäter der Polizei übergeben. Appellieren Sie an ihr Gewissen und …«

»Bei allem Respekt, Herr Doktor, es entscheide immer noch ich, worüber ich in der Predigt spreche.« Rudinski hatte sich versteift, und ich spürte, dass er Angst vor meinem Vater hatte. Wir saßen zu dritt auf der Veranda, und es regnete.

»Ja, das weiß ich, Rudinski, aber das, was passiert ist, ist ernst! Warum sind Sie denn so starrsinnig? Die Gemeindemitglieder hören auf Sie, Sie sind ihr moralischer Kompass, Sie müssen etwas unternehmen!«

»Aber ich kann im Hause des Herrn doch keine politischen Reden halten!«

»Aber verstehen Sie denn nicht? Das, was passiert ist, kann sich wiederholen, auch mit ihrem Sohn … Diese beiden sind gefährlich!«

»Mit meinem Sohn doch nicht, nein, Kuba wurde verprügelt, weil er Jude ist … Außerdem muss man auch unterscheiden … Wer weiß, was dieser kleine Gauner gesagt hat, um sie zu provozieren … Kuba ist manchmal wirklich frech.« Mein Vater schlug mit der Faust auf den Tisch. Ich hatte ihn noch nie so zornig erlebt. »Rudinski, Sie machen sich nicht klar, was in unserem Land gerade geschieht! Wenn nun schon Kinder zu Tode geprügelt werden, was soll dann bloß aus den anderen Juden, den Erwachsenen werden?«

»Aber aber, Herr Doktor, das ist ein Einzelfall … Diese beiden sind Tunichtgute … mit Politik hat das nichts zu tun …« Mein Vater ging ins Haus, ohne sich zu verabschieden. Rudinski und ich blieben schweigend auf der Veranda sitzen. Er war zerknirscht. Sein bester Freund rügte ihn so heftig für eine Sache, die er für einen Einzelfall hielt. Er verstand es nicht, gab sich zwar Mühe, aber verstand es nicht. In diesen Minuten des Schweigens hätte ich ihn gern an mich gedrückt und ihm Mut gemacht, ihm geholfen, seine Ängste zu überwinden. Aber das ging nicht, es war mir nicht gestattet. Wir blieben also einfach so dort sitzen, bis es dunkel wurde und meine Mutter mich zum Abendessen rief. Rudinski warf mir einen verzweifelten Blick zu und ging. Die Sonntagspredigt würde sein Prüfstein werden.

Meine Familie kam sehr pünktlich zum Gottesdienst um elf Uhr. Mein Vater hatte den ganzen Morgen noch kein Wort gesprochen, meine Mutter fürchtete das Schlimmste. Rudinski begann seine Predigt damit, dass es verboten sei, Kain anzurühren. Ja, Kain hatte gesündigt, hatte getötet, aber es stand den Menschen nicht zu, ihn zu bestrafen. Das oblag allein Gott. Mit einer Redegewandtheit, für die ich ihn beneidete, trug er eine Predigt voller Zitate und Argumente vor und wob so einen Deckmantel: Ja, die beiden Jungs haben gesündigt, aber es ist nicht unsere Aufgabe, uns damit zu befassen, Gott wird sich darum kümmern. War es das, was er wirklich dachte? Oder wollte er nur meinen Vater herausfordern? Nach der Hälfte der Predigt verließ Papa mit großen Schritten die Kirche. Rudinski sah es und war einen Moment lang verunsichert. Wir waren dabei, in den Abgrund zu stürzen, wir alle.

Die Adoption kam nicht zustande. Nach zwei Wochen tauchte Herr Goldfinger auf und nahm Kuba in einem Rollstuhl der Gemeinde, den er erschöpft vor sich her schob, ohne große Worte wieder mit. Er sagte nur: »Ich danke Ihnen«, drückte mit gebeugtem Kopf, die Haut von der Sonne verbrannt, meinem Vater müde die Hand. Dieser plötzliche Abschied, der keinen Schimmer Hoffnung barg, jagte uns einen Schrecken ein.

Ich war doppelt traurig. Traurig wegen des Schicksals von Jakob Goldfinger, das wie finstere Wolken am Horizonte dräute, und traurig, weil Rudinski sich als das erwiesen hatte, was ich immer schon vermutet hatte: als schwach. Fürchtete er, die Feindschaft der Gemeinde auf sich zu ziehen? Hatte er Angst, in die Sache hineingezogen zu werden? Oder war ihm das Schicksal Kubas einfach nur egal? Er hatte schon mehrfach über Saisonarbeiter geklagt. Das seien Gauner, Leute, die sich überall durchschwindelten, oft Langfinger.

Ach … Heinrich war ein Schwan, ein Idealist, ein begabter Redner, ein liebevoller Vater, mein Geliebter, eine zarte Binse am Rande eines kleinen Weihers. Aber ein Mann … nein, ein Mann war er nicht. Unten in der Grube hatte ich mich männlicher gefühlt als er. Vielleicht war ich der Mann und er die Frau. In jenem Sommer gab es keinen Abschied von Rudinski am Bahnhof. Als Sievers mit dem Auto kam, bat mein Vater ihn, uns zu einem anderen Bahnhof, nach Baddeckenstedt, zu bringen, fünf Kilometer vom üblichen entfernt. Sievers verstand, fragte nicht weiter, sondern sagte nur: »Aber sicher.« Wir stiegen wortlos aus dem Wagen, wie Flüchtlinge. Der Bahnhof war winzig, ein kleines graues Schieferhäuschen und ein verblasster Schriftzug. Hedwin sah mich mit ihren großen dunklen Augen an und sagte: »*Quelle tristesse!*« Ein Zitat aus irgendeinem

Roman. Während wir auf den Zug warteten, prägten wir an jenem Tag einen Ausdruck für die Traurigkeit, die einen erfasst, wenn man sich von einer geliebten Person nicht verabschieden kann, *Baddeckenstedt-Tristesse.* Alles bleibt in der Schwebe – für alle Ewigkeit. Man sehnt sich nach einer Umarmung, die es nicht geben wird, und sehnt sich bis in alle Ewigkeit danach. Man erwartet, dass ein bestimmtes Lächeln erscheint, aber es erscheint nicht und die Leere hallt noch lange nach. *Baddeckenstedt-Tristesse,* die Trauer um den versäumten Abschied.

Bei der Rückkehr aus Salzgitter fanden wir eine an mich adressierte Nachricht vor. Eine unbekannte Schrift, winzig und ein wenig kindlich. Sie war von Hadrian, der mir aus München schrieb und ankündigte, dass er Mitte Oktober Urlaub habe. Er würde mich gern wiedersehen, denke oft an mich, ich sei das einzig Klare in seinem komplizierten Leben. Der Portier berichtete, dass der Lehrer Jakob Hirsch festgenommen worden sei. Er sollte ein Mädchen belästigt haben, das bei ihm Privatunterricht hatte. Zu der Anzeige der Privatschülerin waren weitere Vorwürfe von anderen Familien meines Gymnasiums Kleine Burg hinzugekommen, unter ihnen auch einer von Herrn Messing. Mein Vater wusste nicht, was er glauben sollte, aber innerlich wog er die Möglichkeit ab, dass der Lehrer Hirsch tatsächlich Mädchen belästigt haben könnte. Er war schließlich ledig, gut situiert, hatte hervorragende Umgangsformen, und wenn man alleinstehend ist und von jungen Mädchen umgeben ... »Darf ich fragen, Anna, ist dir jemals etwas ... Seltsames an Herrn Hirsch aufgefallen?«, fragte er mich fürchterlich verlegen. Wir saßen auf dem Balkon und genossen die letzten Strahlen der Sommersonne.

»Nein, nie«, gab ich zurück, »er war immer sehr anständig ... höflich, nie ein Wort zu viel ...« Nun war mein Vater noch unschlüssiger. Ich sah ihn im Telefon-Erker verschwinden, wo er lange blieb. Dann rief er meine Mutter, nahm sie beiseite und sagte etwas zu ihr. Mit sorgenvoller Miene kam sie ins Wohnzimmer zurück und sah mich an. Ein paar Stunden später, kurz vor dem Abendessen, sagte sie zu mir, dass ich die Beziehungen zu Lotte wieder aufnehmen dürfe, sofern ich wolle. »Hat Papa Herrn Messing angerufen? Was haben sie gesprochen?«, fragte ich neugierig.

»Sagen wir mal so, sie haben sich ausgesprochen. Weißt du, Lotte vermisst dich sehr. Und nicht nur wegen der Französischaufgaben …«, fügte sie hinzu und strich mir über die Haare. Bevor ich meine Gedanken ordnen konnte, sprach ich sie bereits aus und sagte, dass ich die Freundschaft mit Hadrian vertiefen wolle. Er sei der einzige junge Mann, der mir Beachtung schenke. Meine Freundinnen seien alle so umworben, gingen aus, träfen auch abends allein junge Männer, und ich würde hier zu Hause mit einer Schwester, die hustend am Klavier saß, und diesem Riesenbaby Willi versauern. Meine Mutter lächelte, sie schien zufrieden. Doch ihr Blick war abwesend und traurig. Als sie mein Zimmer verließ, sagte sie: »Du musst Geduld mit dir haben. Enttäuschungen hinter sich zu lassen braucht Zeit.«

Die Einladung zum Mittagessen bei den Messings ließ nicht lange auf sich warten. Es war ein wunderschöner Sonntag Mitte Oktober, das goldene Laub glänzte in der kristallklaren Luft. Ich hatte zu dieser Gelegenheit einen hellblauen Mantel mit Pelzkragen angezogen und fühlte mich wie eine junge Diva. Das Essen verlief herzlich, Herr Messing und mein Vater achteten sorgfältig darauf, die Politik zu meiden, und blieben bei leichteren Themen, über die man wirklich unmöglich in Streit geraten konnte: Freizeitbeschäftigungen, Gewohnheiten, Kindheitserinnerungen. Nach dem Essen liefen Hadrian und ich zackig wie im Rhythmus eines Militärmarschs durch die sonnenbeschienenen Straßen Braunschweigs. Er erzählte mir von München, von Berlin und vor allem vom

Meer. Er wollte mich an die Nordsee, nach Norderney, mitnehmen, wo sie jedes Jahr ihren Urlaub verbrachten. Das Meer, von dem auch Helene immer erzählte, sei großartig wie kaum etwas anderes. Er wache frühmorgens auf und laufe die noch menschenleere Strandpromenade entlang. Die Möwen, Ebbe und Flut, der Salzgeruch, die saubere Luft ... Ich gestand, dass ich mich ebenfalls gern sportlich betätigte. Just in diesem Herbst hätte ich angefangen, zusammen mit drei anderen Mädchen nachmittags einen Turnkurs in der Schule zu besuchen. Hadrian war wie ein Spiegelbild: süchtig nach Ordnung, gern in Bewegung, politikinteressiert, ein Naturliebhaber. Wir gingen Richtung Café Central, denn er wollte unbedingt, dass ich seinen Spezialkakao »Glück« probierte: eine heiße Schokolade mit Sternanis und Zimt. Mir lief schon das Wasser im Mund zusammen, als wir die Straße überquerten. Vier junge Männer, wohl etwas jünger als er, kamen aus der Schuhstraße, blieben stehen und starrten zu uns herüber. Er blieb ebenfalls stehen und wirkte unsicher. Da sagte einer von den vieren mit lauter Stimme: »Das ist er, der Bastard von Messing. Na, du Hurensohn ... heute keine Uniform? Denk dran, wir behalten dich im Auge ... Mit euch wird's ein böses Ende nehmen, mit allen!« Ich war sprachlos: Was war hier los? Sie wirkten wie einfache Arbeiter, kannten aber Hadrian ... »Ich bin in Begleitung, meine Herren, ein bisschen Respekt vor dem Fräulein bitte.«

»Respekt! Respekt? Jetzt spricht der Fatzke von Respekt, wo war denn dein Respekt, als du Jörg verprügelt hast, zusammen mit deinen Freunden, hä? Das Fräulein soll doch wissen, mit wem sie's zu tun hat ... Wo hast du diesen verkleideten Ackergaul denn überhaupt aufgegabelt, Messing, in der Bruchstraße?« Hadrian schob mich auf den Gehsteig und bedeutete mir, ins Café zu gehen. Ich schaffte es nicht hinein, bevor derjenige, der gesprochen hatte, schon auf ihn losging. Hadrian verteidigte sich wacker. Gut platzierte Tritte, Hiebe und Schläge. Seine körperliche Überlegenheit sowie eine gewisse Eignung zu physischer Auseinandersetzung waren offensichtlich. Zwei von ihnen lagen sogleich am Boden und krochen davon, der Dritte wurde gegen die Mauer geschleudert und brach röchelnd zusammen, der Vierte nahm Reißaus, während Hadrian sich die blutende Lippe abwischte. »Verdammte Kommunistenbrut!«, fluchte er. Doch ich hatte dort nur einen Teil der Geschichte gesehen. Was vorausgegangen war, sollte mir Jahre später der Wind zeigen.

Der Hauch, der ich bin, befindet sich vor einem Mietshaus der Vorstadt, einem jener Häuser, die man in Norddeutschland häufig findet, roter Backstein mit weißen Fenstern und Türen. Drei junge Männer treten mit einem Stapel Blätter unterm Arm aus der Tür. Zwei von ihnen erkenne ich wieder, der Dritte muss Jörg sein. Sind sie wohl schon zwanzig? Jörg höchstens fünfzehn. Sie biegen um die Ecke und werden angegriffen. Um die zehn Männer in SA-Uniform dringen mit Knüppeln, Messern und Riemen auf sie ein. Angeführt von Hadrian, der am grausamsten von allen dreinblickt. Zehn gegen drei. Die beiden Älteren bluten und liegen am Boden. Jörg versucht noch zu fliehen, wird jedoch von Hadrians Knüppel hart am Hinterkopf getroffen. Ein lauter Schrei und er bricht zusammen. Dann steht er wieder auf, schaut mich voller Verzweiflung an und läuft in den Wind, der ihn verschluckt – wird sind jetzt aus demselben Stoff.

Mein Beinahe-Verlobter war ein Mörder und ich wusste nichts davon. Ich war eine ebenso dumme Gans wie viele andere Mädchen meines Alters. Körperliche Kraft und Mut faszinierten mich und ich erwartete sie von einem Mann. Ich sagte mir: Die *Antigone* mag er vielleicht nicht kennen, aber wenigstens weiß er, wie man eine Frau verteidigt. Ich war naiv und unbedarft. Dass die jungen Männer mich just an dem Tag als »Ackergaul« tituliert hatten, an dem ich mich wie eine Diva fühlte, war eine

Demütigung. Eine weitere Bestätigung dafür, dass ich kein attraktives Mädchen war, keine von denen, die ein Mann sich an seiner Seite wünschte. Kurz gesagt, ich war nicht Helene, sondern eine X-Beliebige, unbedeutend und ohne jeden Glanz. Genau deshalb war es wichtig, mich eng an Hadrian zu halten.

Am 4. November 1925 lernte ich Adolf Hitler kennen.

NEUN

Am 4. November 1925 sollte Hitler in Braunschweig eine Kundgebung abhalten. Der Termin war jedoch nicht sicher. Um Zusammenstöße mit den Kommunisten und der SPD zu vermeiden, war ihm ein paar Tage zuvor untersagt worden, in der Öffentlichkeit zu sprechen. Dieses Verbot wurde allerdings vom Braunschweiger Innenminister Lieff umgehend wieder aufgehoben. Am Abend des 4. November hatten sich nun mehr als zweitausend Menschen auf dem Schlossplatz versammelt, um gegen Hitler zu protestieren. Der Fackelzug war auch an unserem Haus vorbeigezogen, und Gentiane hatte durchs Wohnzimmerfenster sorgenvolle Blicke auf die Straße geworfen. Der Zufall wollte es, dass meine Eltern die ganze Woche in München waren. Papa war bei einer Tagung und Mama hatte ihn begleitet, weil in jenem Jahr das Deutsche Museum eröffnet worden war und sie unbedingt dorthin wollte. Als mein Vater erfuhr, dass Hitler tatsächlich in unsere Stadt kommen würde, griff er zum Telefon und ermahnte Gentiane, dass ich das Haus unter keinen Umständen verlassen dürfe. Ich dürfe der Kundgebung dieses Schurken keinesfalls beiwohnen, hatte er bestimmt. Das Kinderfräulein reichte mir den Hörer und Papa sagte nur: »Lass Hedwin nicht allein.«

Hitler sollte um acht Uhr abends im Konzerthaus sprechen, anschließend noch woanders, ich weiß nicht mehr wo. Schon ein paar Stunden zuvor hatte ich alles vorbereitet: Die Wollsachen lagen auf dem Stuhl, die Schuhe waren gewienert, zudem hatte ich ein Tuch herausgeholt, um mich auf der Straße unkenntlich zu machen. Nach dem Abendessen gab ich vor, Kopfschmerzen zu haben, und zog mich in mein Zimmer zurück. Gentiane sah mich argwöhnisch an, Willi zeigte keine besondere Reaktion. Ich hörte, wie sie die Haustür abschloss. Wir waren Gefangene meines Vaters, der hunderte von Kilometern entfernt war. Das war mir egal, ich wusste, was zu tun war. Ich legte ein paar zusammengerollte Kleidungsstücke ins Bett und den Kopf einer alten Puppe mit glatten blonden Haaren wie meine auf das Kissen. Dann zog ich das Laken darüber und war erstaunt, wie echt die Täuschung wirkte. Als ich das Fenster öffnete, empfing mich die eisige und feuchte Luft wie eine Herausforderung. Ich blieb eng am Fallrohr und glitt behände hinab. Ein kurzer Lauf durch den halbdunklen Garten und schon war ich auf der Straße, inmitten der Menschen, die alle demselben Ziel zustrebten wie ich.

Ich sehe die Menschenmenge vor dem Gebäude, sie drängeln, um einen Platz zu bekommen. Ich sehe die Fahnen, die Soldaten, es ist ein Sehen und Gesehenwerden des Bürgertums aus Braunschweig und der ganzen Umgebung. Ich sehe auch Demonstranten, die schreien, Dinge werfen, von Polizeibeamten verfolgt werden und im Dunkeln verschwinden. In der Menge erspähe ich mich selbst, ich sehe aus wie eine Hexe, die sich unter einem grauen Tuch versteckt. Ich warte mit eiskalten Füßen und zitternden Händen darauf, endlich in den Saal zu kommen. Lotte steht zusammen mit ihrem Vater und ihrer Mutter neben mir, sie werden uns den Weg bahnen. Erwartung, Wut und Hoffnung liegen in der Luft: Haben wir wirklich geglaubt, dass dieser Mann uns würde retten können? Ja, das haben wir geglaubt. Ich wollte ihn sprechen hören, ihn mit eigenen Augen sehen. Ich ging zu dieser Kundgebung wie ich auch zur Premiere eines Theaterstücks gegangen wäre, von dem alle sprechen. Hitler war der neue Mann, der sich in klaren

Worten ausdrückte und vor niemandem Angst hatte, er wirkte entschlossen und mutig. Und aus dem Mut lasen wir Leidenschaft und Wut heraus, aber auch Hoffnung und Zuversicht. Der perfekte Spiegel unserer Gemütslage: Wir, die jungen Leute, waren von der Politik enttäuscht, hatten die gesellschaftlichen Normen satt und Angst vor der unsicheren Zukunft. Die wirtschaftliche Krise trieb Deutschland in einen Abgrund aus Schulden und siehe da, da kommt einer, der mit Nachdruck sagt: Wir sind Deutsche, wenn wir zusammenstehen, steigt Deutschland wieder empor. Wie könnte man da nicht auf seiner Seite sein?

Als wir drin waren, überließ Herr Messing uns drei Frauen die Sitzplätze, er selbst blieb stehen. Der Saal war völlig überfüllt, die Luft zum Schneiden. Einen Augenblick lang dachte ich an Heinrich und daran, wie wir mit den Apfelküchlein beim Schützenfest vor dem Gedränge geflohen waren. Wieder spürte ich, wie sich die Faust in meinem Magen zusammenballte, und mein Herz füllte sich mit Trauer. Salzgitter und seine Wälder waren so weit weg, und wer wusste schon, ob wir nach der schlimmen Geschichte mit Kuba jemals dorthin zurückkehren würden. Hadrian kam, um uns zu begrüßen, küsste mir unter dem stolzen Blick seiner Mutter die Hand und ging dann für die letzten Vorbereitungen wieder hinter die Bühne zurück. Die Leute, die neben mir saßen, sagten, Hitler sei intensiv mit der Niederschrift des zweiten Bandes von *Mein Kampf* beschäftigt und das hier sei vielleicht seine letzte Station in Norddeutschland. Die letzte und daher auch von besonderer Bedeutung. Als er die Bühne betrat, brach im Saal ein solches Getöse aus, dass auch ich mitgerissen wurde. Er war ungefähr zwanzig Meter weit weg und umringt von einigen Männern der SA, die das Publikum wie knurrende Hunde finster musterten. Am Anfang hatte ich Schwierigkeiten, seinen seltsamen österreichischen Akzent zu verstehen. »Er spricht wie meine Mutter«, murmelte Lotte kichernd. Er trug seine Worte mit großem Nachdruck vor, für meinen Geschmack vielleicht sogar mit ein bisschen zu viel. Aber auf das Publikum machte es Eindruck. Bei jedem Höhepunkt der Rede brachen donnernder Applaus und Geschrei los, in einem schwindelerregenden Crescendo, das zugleich etwas Musikalisches wie auch Makabres an sich hatte. Seine Worte waren wie Peitschenhiebe: Es ist an der Zeit zu fragen, rief er, was soll nun in Zukunft geschehen?! Die Nationalsozialistische Deutsche Arbeiterpartei hat sich neu gegründet und sie ist stärker als je zuvor. Unser Vaterland ist innerpolitisch zerrissen: Kämpfe, Auseinandersetzungen, Streiks, der unaufhaltsame Vormarsch der städtischen Arbeiterschaft, der Kommunisten, der jüdischen Intellektuellen ... Wir werden zerrissen! Und die Frage, die uns das Schicksal an diesem Punkt der Geschichte stellt, lautet: Wird es dem deutschen Volke eines Tages gelingen, sich unter einem einzigen Willen zu vereinen? Werden wir es schaffen, diesen lähmenden inneren Konflikt zu überwinden? Die Antwort kann nur eine sein: Ja, Deutschland wird wieder auferstehen! Aber wir werden den Volkskörper dafür von der großen Gruppe aus Pazifisten, Antinationalisten, Marxisten reinigen müssen, die uns schwächt! Wir müssen erkennen, dass wir alle zur Verfügung stehenden Mittel einsetzen müssen, um etwas Wahres zu schaffen!

Die Menge jubelte ihm zu, Lotte war vor Begeisterung ganz außer sich und ihre roten Locken zitterten, als sie applaudierte.

Ich spüre, wie in dem Mädchen, das ich war, eine Hoffnung wächst, ein Feuer entflammt: Deutschland mit seinen Wäldern und seiner Kultur würde wieder auferstehen. Meine Nation musste diejenige sein, die den Kampf gegen den Bolschewismus anführte, diejenige, die ganz Europa vor der Gefahr aus dem Osten rettete. Warum sich also nicht für die gemeinsame Sache begeistern? Warum sich nicht einer Partei wie der Hitlers anvertrauen, einer

Partei, der das Schicksal Deutschlands am Herzen lag? Der Wolf erzählte uns genau das, was wir hören wollten und wie wir es hören wollten. Auch mir und Lotte raunte der Wolf ins Ohr: Es war die Frau, die das Christentum, die Religion des Westens, in Europa verbreitet hat, und sie wird es auch sein, die die nationalsozialistische Bewegung letzten Endes zum dauernden Sieg führt. In den Parteien, in denen es nur wenige Frauen gibt, fehlen mit dem Weib auch die Triebkraft, die Jugend und die Zukunft des Vaterlands! Schauen Sie sich die demokratischen Parteien an: Sie werden dort nur ganz wenige Damen finden! Und schauen Sie sich an, wie viele Frauen – er wies mit der Hand auf uns – dagegen unserem Ruf gefolgt sind und mit entschlossenem Blick einer neuen Nation zujubeln! Ein großer Teil des frenetischen Jubels, der diesen Worten folgte, kam von Frauen – auch Lotte und ich schrien uns für diese erbärmliche Lüge heiser.

Welch ein Schmerz. Nach allem, was geschehen ist, nach all den Frauen, die ich einschließen musste, damit sie nicht davonliefen, nach all den Sterilisationen, an denen ich beteiligt war, nach Helenes Tod, den Bomben, den Schreien, der Verwüstung meines Landes … All das ist unerträglich. Der Leitwolf wusste längst Bescheid. »Rotkäppchen, weißt du denn nicht, dass der Wald voller Gefahren ist?« Immer die gleiche Geschichte. Mach jemandem Angst und reiche ihm dann die Hand zur Rettung. Mach den Wald zu einem Ort voller Menschen verschlingender Ungeheuer und halte den verängstigten Mädchen dann deinen starken Arm hin, und sie werden dir folgen. Hatte ich mich denn vor dem Wald gefürchtet, als ich mit Papa nachts dorthin gegangen war? Kein bisschen. Mein Vater hatte Vertrauen in die Nacht gehabt, in die Stille, in den Weg, der sich unter unseren Füßen ergab. Warum habe ich nicht gemerkt, dass der Leitwolf grenzenlose Furcht aussäte, um grenzenloses Vertrauen in die eigene Person zu ernten? Der Wald ist voller Feinde, geiferte er, ich werde ihn vom Gestrüpp befreien und euch in Sicherheit bringen. Und wir, die Wölfe des Rudels, Hadrian und ich, lauschten wie benommen. Nur er hatte die Worte der Hoffnung, die wir so dringend brauchten. Hadrian, der niemandes Sohn war, vom leiblichen Vater verlassen, ohne Beruf oder feste Bleibe. Ich, höhere Tochter, Büchernärrin, gewohnt, an erster Stelle zu stehen, und verzweifelt verliebt in einen verheirateten Pastor. Ideale Beute für den Wolf. Überhaupt hatte jeder in der Menge einen ganz persönlichen Grund zu applaudieren, der so intim war, dass er auch nach dieser langen Zeit bloße Scham verursacht. Wie soll man den Enkelkindern denn erzählen, dass die Großmutter sich auf den Nationalsozialismus eingelassen hat, weil sie sich mit siebzehn Jahren wie eine alte hässliche und hoffnungslose Jungfer fühlte? Wie dem Wind, der mich hochhebt und wieder hinunterwirft, erklären, dass die Macht des Leitwolfs darin bestand, das Innerste jedes Einzelnen aufzuwühlen, wo sich die Enttäuschungen, die Ängste, die Schicksalsschläge und die Einsamkeit verbergen? Wird der Wind sich erbarmen, wenn er hört, dass wir nicht aus politischer Überzeugung handelten, sondern aus der schlichten, dummen Angst heraus, kein Lebensziel zu haben?

An jenem Tag grub der Leitwolf seine Krallen und Zähne in unsere Herzen und saugte ihnen das Leben aus.

Als wir erhitzt in die frische Abendluft heraustraten, flogen Steine und Beleidigungen. Etwa tausend Menschen hatten einen spontanen Geleitzug gebildet, um Hitler zur Nachfolgekundgebung zu eskortieren, aber hunderte andere versuchten das zu verhindern. Ich entfernte mich ein wenig und drückte mich an eine Häuserwand. Die SA-Männer durchbrachen die Reihen und stürzten sich auf die Demonstranten …

Willi?

Willi! Mein Bruder war unter den Demonstranten.

In dem Durcheinander sah ich ihn ein Stück weiter

vorne mühevoll in die Pedale treten, er fuhr anderen Jugendlichen hinterher, die älter waren als er. Ich konnte es kaum glauben. Er, der mit Keksen und Pudding auf dem heimischen Sofa aufgewachsen war? Er flüchtete in die Nacht, während die SA ihn zu erwischen versuchte. »Ist das nicht dein Bruder?«, fragte Lotte.

»Nein, kann nicht sein«, log ich. »Willi ist zu Hause, der schläft bestimmt schon.«

Im Gegensatz zu den Messings folgte ich dem Zug, der Hitler Geleit gab, nicht, sondern wickelte mich eng in mein Tuch und ging nach Hause. Vom Garten aus sah ich Licht in Hedwins Zimmer.

Mir blieb das Herz stehen.

Ich kletterte am Fallrohr hinauf. Ich stieß das Fenster auf, das ich angelehnt gelassen hatte, und rannte in ihr Zimmer. Gentiane war außer sich vor Angst, weinte und fuchtelte mit einem Zettel in der Hand herum. »Wo seid ihr bloß alle? Ihr habt mich allein gelassen! Nicht mal Doktor Graf geht ans Telefon, was ist bloß los in diesem Irrenhaus von einer Stadt?« Ich hätte ihr gern gesagt, dass Doktor Graf im Konzerthaus in einer der ersten Reihen gesessen hatte, aber ich tat es nicht. Hedwin hatte einen ihrer Anfälle akuter Atemnot gehabt, und weder Willi noch ich waren da gewesen. Ich nahm dem Kinderfräulein den Zettel aus der Hand, den Papa dagelassen hatte, und schaute mir die Schachtel mit den Notfallmedikamenten an. Ein mir unbekannter Eifer überkam mich, und ich führte alle Anweisungen auf dem Zettel gewissenhaft aus. Ich massierte Hedwins Brustkorb, setzte ihr die Maske auf und öffnete die Sauerstoffzufuhr, machte die Fenster auf und bedeckte ihren Kopf, damit der nächtliche Frost nicht zu weiteren Komplikationen führte. Es dauerte eine halbe Stunde, bis schließlich eine Besserung eintrat. Hedwin weinte und hustete, rang verzweifelt nach Atem. Sie umklammerte das Laken wie damals in der Wiege, als ich sie zum ersten Mal gesehen hatte. Irgendwann begann sie völlig erschöpft wieder zu atmen, beinahe regelmäßig.

Ich trocknete ihr die verschwitzte Stirn, streichelte ihre von den Krämpfen lahmen Arme und bemerkte, wie viel Lebenswillen doch in ihr steckte. In jener Nacht blickte ich zum ersten Mal der Möglichkeit ins Auge, dass Willi und ich eines Tages allein bleiben würden und der Klavierhocker für immer leer.

»Wo ist Willi? War er mit dir zusammen?«, fragte Gentiane immer noch aufgewühlt.

»Ist er noch nicht wieder da?«, fragte ich zurück, ohne den Blick von Hedwins Gesicht abzuwenden.

»Nein, sein Bett ist leer ... Wenn der Herr Doktor das erfährt, wird er mich hinauswerfen ...«, und wieder begann sie zu schluchzen. Ich war mit Hedwin beschäftigt, beruhigte sie aber. Wir würden meinem Vater nichts sagen, es würde unser kleines Geheimnis sein. Hedwin öffnete die Augen und schien Mut zu fassen. Kurz darauf schlief sie ein und ich blieb die ganze restliche Nacht an ihrer Seite. Gentiane war wegen Willi in Sorge, doch ich bat sie, ins Bett zu gehen. Die Stadt sei voller Menschen, die Straßen seien beleuchtet, es würde nichts passieren. Willi kam um zwei Uhr nachts zurück, er war dreizehn Jahre alt, das konnte ich nicht durchgehen lassen. Ich empfing ihn mit einer schallenden Ohrfeige, die sich vor allem gegen den Jungen richtete, der es gewagt hatte, Steine nach Hitler zu werfen. Willi nahm sie hin, ohne sich zu wehren. Er trat lediglich ein Stück zurück und sagte mit einer Stimme, die bereits einen männlichen Klang hatte: »Du und Lotte, ihr seid wohl von allen guten Geistern verlassen.« Er nahm die Mütze ab und schloss sich in seinem Zimmer ein. Als ich zu Hedwin zurückkam, murmelte sie im Halbschlaf: »Was immer ihr da draußen gemacht habt, seid vorsichtig ... Ich bitte euch ... seid vorsichtig.« Ich nahm sie in den Arm und spürte ihre zarten Knochen, eine kaum wahrnehmbare Wärme, einen Hustenstoß. Hedwin hatte quasi aufgehört zu wachsen. Sie war zwei Jahre jünger als ich, aber sehr viel kleiner und schmächtiger. Papa hatte uns erklärt, dass die Lungenkrankheit, die ihr das Leben zur Hölle machte, oft mit einer Art Rachitis einhergehe. »Dass eure Schwester noch lebt, ist ein Wunder der Wissenschaft – und der Heilquellen von Salzgitter.« Ich hatte sie so lieb. Wenn ich nur gewusst hätte, dass jene Jahre für sie die letzten eines nahezu normalen Lebens waren, so hätte ich mehr Zeit mit ihr verbracht. Aber was wissen wir schon vom zukünftigen Lauf der Dinge? Papa und Mama kehrten zwei Tage später mit einer Tasche voller kleiner Geschenke für uns drei zurück. Wir verschwiegen das Ungemach jener Nacht. Meine Schwester hätte auch sterben können, während Willi und ich die Erwachsenen spielten, ich auf der einen Seite der Geschichte, er auf der entgegengesetzten.

Mitte November erhielt Papa einen langen Brief von Rudinski und schloss sich in sein Arbeitszimmer ein, um ihn zu lesen.

»Gute Neuigkeiten?«, fragte ich beim Abendessen und versuchte, es möglichst beiläufig klingen zu lassen. »Essen wir zu Ende, dann erzähle ich euch die ... gute Nachricht«, antwortete er lächelnd.

Wir verschlangen den Nachtisch mit einer sonst undenkbaren Geschwindigkeit, fast ohne ein Wort zu sagen. Papa bemerkte es und kratzte mit einem schelmischen Grinsen den Grießbrei übertrieben langsam aus seinem Schüsselchen. Meine Mutter nahm es ihm schließlich aus der Hand und sagte: »Johann, ich bitte dich! Quäl uns doch nicht so!« Mein Vater gab zurück: »Ich hätte gern noch ein bisschen ...« Doch als die ganze Familie in ein einstimmiges Nein ausbrach, sah er ein, dass er reden musste.

»Also gut, die erste gute Nachricht: Endlich hat unser verschlafener Pastor den Mut gehabt, in seiner Predigt das anzuprangern, was Kuba letzten Sommer widerfahren ist.« Wir jubelten. »So standen die beschuldigten Familien mit dem Rücken zur Wand und haben die beiden Übeltäter zur Polizei gebracht. Rudinski hat eine Zeugenaussage gemacht, auch meinen Namen genannt, und die beiden Jungs wurden in Arrest genommen. Die zweite gute Nachricht: Rudinski schreibt, das ganze Dorf sei vom Mitleid mit dem armen Kuba überwältigt. Die Baracke, in der die Goldfingers im Sommer wohnen, wurde auf Betreiben einiger Privatleute besser ausgestattet. Sogar Rudinski scheint bei den Tischlerarbeiten geholfen zu haben, aber ehrlich gesagt weiß ich nicht, ob das noch zu den guten Nachrichten gehört ...«, schloss er sarkastisch. Wir lachten erleichtert. Rudinski gehörte zur Familie. Der ausgebliebene Abschied im letzten Sommer hatte uns aus dem Gleichgewicht gebracht: Es war nicht der natürliche Lauf der Dinge, dass unsere Verbindung zerbrach, es durfte einfach nicht sein.

ZEHN

Wir waren nicht besonders religiös, aber die Adventssonntage wurde dennoch mit einer gewissen Feierlichkeit begangen. Alle mochten Weihnachten. Mein Vater sah in dieser Zeit jene Solidarität durch die Gesellschaft wehen, die er sich auch in anderen Momenten des Jahres wünschte. Hedwin und meine Mutter liebten die Weihnachtsmärkte mit ihrem Duft nach Glühwein, Gewürznelken und Zimt. Mit dem Weihnachtsschmuck und den vielen Kerzen, die die Fenster erleuchteten, war Braunschweig endlich einmal schön. Hedwin schnitt Laternen aus buntem Papier aus und klebte sie in alle Fenster. Im Wohnzimmer stand ein Adventskranz und daneben eine große Schale mit allerlei vorweihnachtlichem Gebäck, Lebkuchen, Schokolade und kleinen Winteräpfeln. Die Marzipankartoffeln waren allerdings abgezählt, denn für Willi war es eine echte Bewährungsprobe, neben den Leckereien zu sitzen und sie nicht in den Mund stecken zu dürfen. Jeden Adventssonntag durften wir uns eine Süßigkeit aussuchen. Der Duft des weihnachtlich gewürzten Tees erfüllte das Wohnzimmer mit Gemütlichkeit. Willi stürzte sich auf die Marzipankartoffeln, Hedwin auf die Schokolade und ich mich auf die Spekulatius. Tief im heimischen Sofa versunken, im Licht der Adventskerzen, weit weg vom Lärmen der Stadt, war ich der glücklichste Mensch der Welt. Meine Familie war um mich versammelt, ich betrachtete jeden von ihnen und wusste, dass ich sie so liebte, wie sie waren.

Jener Winter hielt eine Überraschung für mich bereit. Am zweiten Advent fragte meine Mutter mich beim

Abendessen, was ich an meinem achtzehnten Geburtstag gerne machen würde. Traurig gab ich zurück, dass mein Geburtstag ja immer im Winter sei und dass ich lieber im Sommer geboren worden wäre wie Hedwin, denn dann würde ich im Kurort feiern können. Meine Mutter lächelte: »Willst du damit sagen, dass wir dein Geburtsdatum ändern sollten?« Willi prustete mit vollem Mund los. Mein Vater sagte jedoch ernst: »Schauen wir doch mal, was sich da machen lässt, Lisbeth.« Ich dachte, sie würden mich auf den Arm nehmen, es wäre nicht das erste Mal gewesen. Ich würde Lotte und die Kameradinnen aus der Turngruppe zu einer sterbenslangweiligen Schokolade einladen. Sie würden mir kleine perlenbesetzte Anstecknadeln oder einen Liebesroman für Backfische schenken. Aber am Morgen des 26. Dezember weckte meine Mutter mich und sagte, ich solle einen kleinen Koffer mit warmen Sachen packen: Wir würden in die Berge fahren. Mein Vater und meine Mutter waren aufgeregt wie zwei kleine Kinder. Alle wussten Bescheid, nur mich ließen sie im Dunkeln. Sogar Hedwin blieb vage: »Wir fahren in die Berge, aber wohin genau weiß ich auch nicht«, sagte sie, während sie ihre wollenen Tücher zusammenlegte. Als ich den Zug einfahren sah, der uns im Sommer immer nach Salzgitter brachte, drehte ich mich zu Papa um und machte vor Freude einen kleinen Hüpfer: »Fahren wir etwa ins Heilbad?« Im Winter in den Kurort, unmöglich! Und doch, siehe da, da sitzen wir in Mänteln und dicken Strümpfen im altbekannten Zug und eine zarte Freude begleitet uns, die Freude einer kleinen heiteren Schar, die sich etwas Besonderes ausgedacht hat. Bei unserer Ankunft war niemand da, der Bahnhof sah in seinem winterlichen Kleid ganz anders aus und die Landschaft drum herum ebenfalls: Alles war tief verschneit! Dafür aber war die Luft ganz rein und schneidend, der Himmel vollkommen klar. Wir kamen in unser Haus, konnten die Mäntel aber erst am Nachmittag ausziehen. Frau Priesnitz hatte ihr Bestes gegeben, um die Räume aufzuwärmen, aber es brauchte mehrere Tage, um auf eine annehmbare Temperatur zu kommen. Das Mauerwerk war kalt, auch die Möbel, sogar das Besteck in den Schubladen war vereist. Das Abendessen des 26. Dezember 1925: Wie könnte ich es je vergessen? Ein leckeres Essen wie alle, die Frau Priesnitz zubereitete, und wir um den Tisch, eingepackt in Tücher und dicke Pullover. Hedwin sogar mit einer Cloche aus weißer Wolle auf dem Kopf! Waren wir verrückt, weil wir aus unserer Wohnung in der Stadt an einen gottverlassenen Ort geflüchtet waren, dem sonst jeder, der konnte, entfloh? Ja, das waren wir, und es gefiel mir. Nach dem Abendessen tranken Papa und Mama einen Schluck Pflaumenlikör, ein Geschenk des Organisten, und der zarte, fruchtige Duft breitete sich im ganzen Zimmer aus. Wir saßen vor dem Kaminfeuer und genossen schweigend die Wärme. In der Zwischenzeit bereitete Frau Priesnitz die Bettwärmer vor, denn andernfalls hätten uns unsere Nachtlager verschluckt wie eisige Särge! Sie erzählte, dass Rudinski noch in Hannover sei. Er besuche einige Altenheime des Roten Kreuzes. Er würde am darauffolgenden Tag wohl gegen Abend zurückkommen. »Ich habe Frau Rudinski von Ihrer Ankunft unterrichtet. Hoffentlich denkt sie daran, es ihm zu sagen.« Ich ging schlafen und schlüpfte in ein warmes und nach Ruß duftendes Bett.

Das Geschenk! Ich sehe, wie Rudinski früher als vorgesehen zurückkehrt, noch am selben Abend. Von Nelly erfährt er, dass die Familie Alrutz nach Salzgitter gekommen ist, um den Geburtstag ihrer Erstgeborenen zu feiern, und er, der nicht die leiseste Idee hat, was er einer Achtzehnjährigen aus der Stadt schenken könnte, geht ins Arbeitszimmer und holt die Pinsel hervor. Die Leinwand ist eine von den guten aus Berliner Zeiten, zurückgelegt für einen besonderen Anlass. Ich verharre vor dem Fenster und sehe ihn mit der Müdigkeit kämpfen, während auf seiner Leinwand ein Tier Gestalt annimmt: ein schlafender Greif mit goldenen Krallen.

Als ich aufwachte, war es noch dunkel. Ich verspürte eine unglaubliche Energie, ich war glücklich. Ich wusch mir mit dem eiskalten Wasser aus der Waschschüssel das Gesicht und zog mich zähneklappernd an. In der Küche sah ich die Cloche von Hedwin auf der Konsole liegen, und mir kam eine Idee. Der Hut war mit einem schmalen weißen Band verziert, das glänzte. Ganz vorsichtig streifte ich es ab und steckte es zusammen mit einem Bleistift in die Tasche. Die Schuhe zog ich erst draußen auf der Veranda an, und dann machte ich mich auf den Weg. Welcher Geburtstag könnte glücklicher machen als einer, an dem man frühmorgens zum Plünneckenbrunnen läuft? All meine Gedanken waren darauf gerichtet, meinen Wallfahrtsort zu erreichen. Auf halbem Weg machte ich Halt, drückte das Band gegen den glatten Stamm einer Birke und schrieb: Anna, Heinrich. Mehr wollte ich nicht, nur den Zusammenklang unserer Namen, einer neben dem anderen, lediglich durch ein Komma getrennt. Der Schnee knirschte unter meinen Sohlen, und ich wusste, dass ich allein war. Allein im verwunschenen Wald.

In der Zwischenzeit steht auch Rudinski auf, er hat Augenringe von der mit Malen verbrachten Nacht und einen Bärenhunger. Er macht das Fenster auf und holt die Leinwand herein, die er zum Trocknen draußen gelassen hat. Er wickelt sie in ein Stück Brokat, den Rest von einem Kissenbezug, und geht in die Küche. Er schmiert sich ein Butterbrot, gibt einen Löffel Honig darauf, und mit dem Brot im Mund und der Leinwand unter dem Arm verlässt er das Haus. Ich beobachte ihn und hören ihn schwer atmen. Er weiß nicht, warum er das alles tut. Er weiß nicht, ob es richtig ist. Aber er trägt eines seiner besten Bilder unter dem Arm, erschaffen in einer verschneiten Nacht bei Kerzenlicht. Daran kann nichts Falsches sein, sagt er sich, als die Kälte ihm ins Gesicht beißt.

Er erreicht unser Haus und klopft vorsichtig ans Fenster. Frau Priesnitz bittet ihn überrascht herein, wobei sie mit leiser Stimme spricht, um die anderen nicht zu wecken. Als sie sich zu meinem Zimmer umdreht, bemerkt sie die offene Tür. Auf dem Bett liegt die Notiz, die ich hinterlassen habe, ein lakonisches: »Morgenspaziergang: Bin zum Frühstück zurück.« Frau Priesnitz gibt dem Pastor den Zettel, sie kann nicht gut lesen. Er springt hastig auf und dankt ihr. Er weiß genau, wo er mich finden wird.

In der Zwischenzeit war ich beim Brunnen angelangt. Im rötlichen Morgenlicht wirkte er besonders verwunschen. Ich holte das Band aus der Tasche und knüpfte es an den unteren Zweig eines Strauches. Früher oder später würde der Schnee schmelzen, die Pflanze voller kleiner grüner Blätter sein und mein Wunsch ginge in Erfüllung. Spätestens bis zum Sommer, sagte ich mir! Der Brunnen war zugefroren, doch unter der Eisschicht war die Strömung stark wie immer. Was für eine Mutprobe wäre es, sich die Schuhe auszuziehen und die Füße ins eiskalte Wasser zu tauchen, fuhr es mir durch den Kopf. Wenn ich das schaffen würde, sagte ich mir, könnte ich alles im Leben schaffen. Ich nahm einen dicken Ast. Es würde kein leichtes Unterfangen sein, die Schicht war mehrere Zentimeter dick. Ich setzte den Hebel auf dem Brunnenrand an, und es gelang mir, ein großes Stück herauszubrechen. Sogleich war das Gurgeln des Wassers wieder zu hören, verspielt und einladend. Stück für Stück entfernte ich das Eis aus der Rinne. »Fräulein Alrutz, was machen Sie denn da? Sie wollen doch wohl nicht in den zugefrorenen Brunnen steigen?« Ich wandte mich um, und Heinrich stand vor mir, mit einer blauen Mütze und einem Schal, der ihn beinahe zu erwürgen schien. »Heinrich!«, stieß ich gerade noch hervor, bevor ich zu ihm rannte und ihn umarmte. Vier, fünf Sekunden, um mir klar zu werden, dass ich das nicht durfte, dass es nicht erlaubt war, und vier, fünf Sekunden, in denen ich spürte, dass seine Umarmung ebenso sehnsüchtig und ängstlich war wie meine. »Was machen Sie denn um diese Uhrzeit hier, Herr Pastor?«

»Äh nein, mein liebes Fräulein, vielmehr: was machen Sie denn hier um diese Uhrzeit?«, meinte er lächelnd. »Haben Sie vor, Ihren letzten Geburtstag zu feiern?«, fragte er und wies auf den Brunnen.

»Es ist eine Prüfung: Heute werde ich achtzehn, Herr Pastor! Ich muss hinein, wenigstens für einen kurzen Augenblick!«

»Nein, Fräulein Alrutz, das kann ich nicht zulassen, ich bitte Sie. Jagen Sie mir doch keinen solchen Schrecken ein, bitte ...« Doch ich saß schon ohne Schuhe und Strümpfe auf der Bank und lief dann durch den Schnee zur Rinne.

Ich stieg mit dem ersten Fuß hinein, balancierte mich aus, dann mit dem zweiten.

Ein durchsichtiger Schleier aus tausend Eisnadeln legt sich langsam über die Beine, macht sie steif und umfängt dann den restlichen Körper mit eisigem Hauch, bis er beim Kopf anlangt und mir sanft die Augen schließt. Ich falle ins Nichts, über mir eine weiße Decke, die sich auflöst, ein unberührtes Bett, das Bild des Greifen, das sich über mir dreht. Ich versuche, die Augen zu öffnen. Nicht der Tod tut weh, sondern der Körper, der leben möchte, weiterleben. Er wehrt sich, lässt sich nicht gehen, fügt sich nicht, versucht noch einmal, die Welt festzuhalten. Das Einzige, was ich sehe und was mir auf ewig im Gedächtnis bleiben wird, ist der rötliche Himmel, der sich in Heinrichs Augen spiegelt.

Ich kam wieder zu mir. Ich lag auf der Bank, Strümpfe und Schuhe ungeschickt übergestreift, und Rudinski rubbelte mit seinem Schal kräftig über meine Waden, um die Blutzirkulation wieder anzukurbeln. Langsam kehrte das Gefühl in meine Füße zurück, als erwachten sie aus einem jahrhundertelangen Winterschlaf. Die Beine kribbelten, aber das Blut durchströmte sie wieder. Ich war gerettet und Rudinski ebenfalls. »Ich bringe Sie jetzt nach Hause, Fräulein Alrutz«, sagte er und zog mich hoch. Mir war schwindelig, an den Rückweg erinnere ich mich kaum.

Zwei Tage mit Fieber im Bett. Ich hatte es übertrieben. Jedes Mal, wenn ich die Augen öffnete, sah ich den ernsten Blick meines Vaters, und wenn ich sie schloss, spürte ich seine Lippen auf der Stirn und ich sagte mir: Alles ist gut, ich werde wieder gesund. Am dritten Tag ging es mir besser, und ich fragte Mama, was mir Rudinski denn geschenkt habe. Sie deutete auf ein offenbar noch unberührtes Bündel auf meinem Schreibtisch. Ich faltete den Stoff auseinander und sah das Bild: ein schlafender Greif mit goldenen Krallen. Es war für mich ganz allein erschaffen worden, gehörte mir. Ich drückte es fest an mich, vor den freudigen und zugleich verlegenen Augen meiner Mutter.

»Warum ausgerechnet ein Greif?«, fragte meine Mutter Heinrich ein paar Tage später.

»Schauen Sie, Frau Alrutz, der Greif wird häufig als Hüter einer wertvollen Sache dargestellt. Wie Sie wissen, gibt es auch hier am Eingang des Parks zwei Greifen auf den seitlichen Mauern. An Türen oder am Beginn eines Wegs symbolisieren sie die Angst, die wir überwinden müssen, wenn wir zum Schatz gelangen wollen. Der Greif hat aber auch eine christologische Bedeutung: Sein Körper ist die Verbindung eines Löwen, also der Erde, und eines Adlers, der Luft, wie Christus, der Mensch und Gott zugleich ist.« Mein Vater blickte aus dem Fenster, aber meine Mutter war begeistert.

»Selbst wenn es den Greifpark einmal nicht mehr geben sollte«, sagte ich, ohne wirklich darüber nachzudenken, »wird das Bild mich an ihn erinnern.« Alle waren verwundert. Warum sollte es den Greifpark irgendwann nicht mehr geben? Ich wusste nicht, was ich darauf antworten sollte, war selbst erstaunt. Ich suchte nach einer Ausflucht: Eigentlich hatte ich die Kindheit gemeint, als wir noch kleine Mädchen gewesen waren, sei der Park unser Lieblingsort gewesen. Nach dem Ende der Kindheit würde das Bild mich nun an sie erinnern. Das hatte ich damit sagen wollen.

Welch sonderbare Worte, einfach so dahingeworfen ohne nachzudenken. 1938, dreizehn Jahre später, würde die nationalsozialistische Presse die Statuen des Greifparks als »entartete Kunst« titulieren. Man würde anordnen, alle Statuen zu sprengen. Jene Erwachsenen, die genau wie ich als Kinder im Park gespielt hatten, würden protestieren, doch vergeblich. Im Januar 1940 würde ein aus Berlin entsendetes Bataillon Statue für Statue in die Luft jagen: weg mit Rotkäppchen, weg mit den Greifen, weg mit dem Wolf mit den sanften Augen. An ihrer Stelle nurmehr formlose Schutthaufen.

Wie fühlt es sich an, wenn ein Stück der Kindheit in Schutt und Asche gelegt wird?

Mein Vater schlug vor, auch den Jahreswechsel in Salzgitter zu verbringen. Die Schulferien dauerten recht lang, wir würden erst am 3. Januar zurückfahren. Hedwin machte die Kälte offenbar nichts aus, im Gegenteil: sie genoss die glasklare Bergluft. Das Haus hatte zwischenzeitlich eine Temperatur erreicht, bei der man sich regelrecht wohlfühlen konnte.

Für die Silvesterfeier hatten wir zunächst an das Abendessen im Ratskeller gedacht, der zu diesem Anlass ein Büfett ausrichtete, mit Spitzenweinen und anschließendem Tanz. Aber dann meinte Frau Priesnitz, dass sie auch einen leckeren Braten mit Kartoffeln und Blumenkohl zubereiten könne und wenn wir damit vorliebnehmen würden, würde sie eines ihrer Gläser mit eingemachten Sauerkirschen öffnen und einen fruchtigen

Nachtisch daraus machen. Der Vorschlag war verlockend. Er befreite die Frauen von dem Umstand, sich in einem Dorf, in dem es kein Geschäft für festliche Garderobe gab, ein Abendkleid besorgen zu müssen, und verführte mit der Aussicht auf häusliche Gemütlichkeit. Nur Willi war enttäuscht, denn er hätte mit den Jugendlichen des Dorfes sehr gern ein paar Böller gezündet. Mein Vater lud aus Höflichkeit die Rudinskis ein und sie sagten zu. Die Vorstellung, den Silvesterabend im selben Raum wie Rudinski zu verbringen, war ein Traum für mich. Nelly zählte nicht, es zählten nur Heinrich und ich. Ich machte mir keine großen Gedanken über meine Gefühle, sondern schloss mich in mein Zimmer ein, um zu träumen, um die Augen zu schließen und mit ihm zum Takt eines Walzers zu tanzen.

An jenem Abend erschien Nelly schon etwas angetrunken und mit dem kleinen Samuel an der Hand, der sich sogleich an Willi hängte. Rudinski hatte Noten mitgebracht und kündigte an, dass wir zum Jahresausklang ein Lied singen würden. Mein Vater nickte und fing an zu singen: »Glühwürmchen, Glühwürmchen flimmre. Glühwürmchen, Glühwürmchen schimmre. Führe uns auf rechten Wegen. Führe uns dem Glück entgegen.« Das war ein Operettenlied, das er oft anstimmte, um Rudinski zu ärgern. Es war vom Theaterkapellmeister Paul Lincke in Berlin komponiert worden und pries den technischen Fortschritt. Das Glühwürmchen, von dem darin die Rede ist, ist nichts anderes als die Glühbirne! An seinem Refrain entzündete sich die übliche verworrene Diskussion zwischen den beiden über das wahre und das falsche Licht, über den Glauben und den Fortschritt. Nelly und meine Mutter deckten den Tisch, vielmehr meine Mutter deckte den Tisch, während Nelly um sie herumflatterte und irgendwelche Geschichten aus ihrem Berliner Leben daherplapperte. Hedwin saß am Klavier und übte das Lied, das wir laut Rudinski Schlag Mitternacht zu singen hätten: *Das Jahr geht still zu Ende.* Das Wohnzimmer war recht klein, bei Tisch war es eng, aber eine allgemeine Euphorie, der Duft der gebratenen Gans, die Nähe zu Heinrich und der gute Eiswein zum Abschluss des Essens verwandelten die Enge in eine heitere Unbeschwertheit. Papa lud mich zu meinem ersten Schluck Alkohol ein, nur einen, sagte er, und willkommen in der Welt der Erwachsenen – er wusste ja nichts von dem halben Bier, das ich mit Heinrich getrunken hatte. Wir sahen uns tief in die Augen, Heinrich und ich, und die Hand in meinem Magen ballte sich zur Faust.

Das Jahr geht still zu Ende,
Nun sei auch still, mein Herz.
In Gottes treue Hände
Leg ich nun Freud und Schmerz
Und was dies Jahr umschlossen,
Was Gott der Herr nun weiß,
Die Tränen, die geflossen,
Die Wunden brennend heiß.

Mein Vater war sehr verlegen. Mir war schwindelig, aber das war nicht wichtig. Willi und Samuel grölten dermaßen, dass sogar ein so herzzerreißendes Lied lächerlich klang. Die arme Hedwin am Klavier hatte Mühe, Schritt zu halten. Sie lächelte mir zu und hieb schwitzend in die Tasten, eifrig wie ein Schäferhund, der bellt, um die Herde im Zaum zu halten. Das Jahr 1926 stand vor der Tür und mit ihm das Gefühl, dass immer noch alles möglich war, die Freuden, die Überraschungen, die Schätze, die das Leben für uns bereithielt. Mein Greif schlief über der Anrichte. Die goldenen Krallen, so hatte Rudinski erläutert, sollten bedeuten, dass das Tier genau auf dem Schatz ruht, den es bewacht: Wenn es erwachte und sich in all seiner Wildheit zeigte, dürften wir keine Angst haben. Dann sei der Schatz unser.

Warum es so viel Leiden,
So kurzes Glück nur gibt?
Warum denn immer scheiden,
Wo wir so sehr geliebt?
Dass nicht vergessen werde,
Was man so gern vergisst:
Dass diese arme Erde
Nicht unsre Heimat ist.

Nach dem Lied, während die Worte im Kopf noch nachklangen, kamen die guten Wünsche und Umarmungen. Benommen wankte ich durchs Zimmer, tauschte Glückwünsche und Liebkosungen, hoffnungsvolle Worte und Küsschen. Nachdem ich den festen und kräftigen Körper von Frau Priesnitz an mich gedrückt hatte, war Heinrich an der Reihe. Im allgemeinen Durcheinander umfingen mich seine Arme, ohne dass ich mir allzu viele Gedanken machte.

Hilf du uns durch die Zeiten
Und mache fest das Herz,
Geh selber uns zur Seiten
Und führ uns heimatwärts.

Ein improvisierter Tanz, begleitet von Hedwin, die einen vollendeten Strauss-Walzer darbot, während Samuel und Willi unter dem Gelächter aller wie die Verrückten Pirouetten drehten. Nelly halb eingeschlafen vor dem letzten Tropfen Eiswein, mein Vater und meine Mutter die Einzigen, die wirklich tanzten, und Heinrich und ich, die wir uns nur vorstellten, zusammen zu tanzen, ohne Heuchelei und Verwicklungen.

Der Winter zog vorüber wie ein lästiges Insekt. Ich erträumte Heinrichs Ankunft und Nellys endgültige Abfahrt nach Berlin. Auf dem Sofa liegend träumte ich vor mich hin, ich war zerstreut, verbrachte den Winter damit, die bis zum Sommeranfang noch fehlenden Tage zu zählen. Ich las, das ja, denn ich hatte beschlossen, mich an der Universität einzuschreiben und Medizin zu studieren, doch ich hatte anderes im Kopf. Dieser Taumel vom Jahresende ließ mir keine Ruhe.

Ich wusste nicht, konnte es mir nicht vorstellen, dass mich stattdessen ein endgültiger und dumpfer Abschied erwartete.

Dieser Sommer war schrecklich. Fast wie betrunken stieg ich aus dem Zug und suchte wie immer Heinrichs Blick. Den ich jedoch nicht fand. Rudinski begrüßte alle höflich, nur von mir hielt er sich absichtlich fern. Mein Vater ging spazieren, allerdings nur mit seinen Arztfreunden oder mit den Sievers. Ich wollte mich gern anschließen, doch das wurde mit einer höflichen Ausrede abgelehnt, der Weg sei zu steil, es müsse ein Fall unter Kollegen besprochen werden. Rudinski kam in jenem Sommer kein einziges Mal zu uns – der schlafende Greif, den ich nun immer bei mir hatte, konnte mir nicht sagen, warum, und ich verzweifelte von Tag zu Tag mehr. Mit Helene ging ich versuchsweise vor seinem Haus spazieren. Rudinski sah uns und zog die Vorhänge zu. Ich verstand es nicht und litt fürchterlich. Der Jahreswechsel war so schön gewesen, so verheißungsvoll, und jetzt, nachdem die Natur den ganzen Winter auf die Sonne gewartet hatte und nun explodierte, war zwischen uns nur ein zugezogener Vorhang. Und das weiße Band, das ich im vorigen Winter an den Strauch gebunden hatte? Erhörten die Waldfeen auf diese Weise meinen Wunsch?

An einem regnerischen Nachmittag Anfang August saß ich mit Frau Priesnitz in der Küche, während die anderen Mittagsruhe hielten. Meine Miene war wohl bedrückt. Ich hörte ein Klopfen am hinteren Fenster und dachte sofort an Heinrich. Ich vermeinte sogar zu sehen, dass er vor der angelehnten Terrassentür auf der Veranda stand. Doch als ich aufstand, um ihm aufzumachen, war er verschwunden.

»Ich dachte, es wäre der Pastor«, sagte ich.

»Nein, Anna, er kommt nicht mehr«, gab sie mit gesenktem Blick zurück.

»Und warum?« Mir standen Tränen in den Augen.

»Weil er ein verheirateter Mann ist«, sagte sie fest, »und es wird Zeit, dass er sich auch wie ein verheirateter Mann benimmt und wie ein Mann Gottes.« Die Tränen liefen mir nun in Strömen übers Gesicht. Ich ging und schloss mich in mein Zimmer ein mit einem stechenden Schmerz im Inneren, als wäre die Faust, die sich in meinem Magen ballte, voller verrosteter Nägel.

»Zerr ihn aus seinem Bau«, sagte Helene zu mir.

Wir saßen im Haus ihrer Großmutter auf der Veranda. Ich nachdenklich und in eine Decke gewickelt, denn mir war kalt, und mir gegenüber Helene, die mich zu trösten versuchte: »So kann's nicht weitergehen. Nur ein persönliches Gespräch kann die Dinge klarstellen.« Die Großmutter, die uns schweigend zugehört hatte, fügte hinzu: »Die Leute im Dorf reden, und Rudinski ist zu bekannt. Erst diese Ehefrau … dann die Geschichte mit den Goldfingers … jetzt diese seltsame ›Freundschaft‹ mit einer jungen Frau aus der Stadt … Die Leute sind nicht blind! Man erzählt sich von einem Picknick in Bad Harzburg … mit euch beiden allein und betrunken …«, sagte sie.

»Aber nein, Großmutter, Samuel war doch auch dabei!«

»Es gibt keine Ausflüchte, meine Lieben, das hier ist ein kleingeistiges Dorf. Wenn ihr diese Freundschaft vertiefen wollt«, fuhr sie fort und sah mir in die Augen, »so tut es hinter geschlossenen Türen, nicht auf dem Schützenfest.«

»Großmutter!«, platzte Helene heraus.

Niemand erwähnte Rudinski. Scheinbar hatten sich alle abgesprochen. Sie begegneten mir mit Geduld und Mitleid, wie man eine Geisteskranke behandelt. Am letzten Tag, den wir in Salzgitter verbrachten, war der Himmel von schweren Wolken verhangen. Mir blieb nur noch dieser eine Nachmittag, um die Angelegenheit zu klären, ich musste also meinen Mut zusammennehmen. Verstohlen schlich ich mich hinaus und ging zu Rudinskis Haus. Mit einem dicken Kloß im Hals klingelte ich. Es war Nelly, die mir aufmachte. »Was willst du?«, fragte sie in einem Ton, den ich noch nie von ihr gehört hatte. Mir wurde klar, dass etwas geschehen sein musste. »Ich möchte … den Herrn Pastor sprechen«, antwortete ich eingeschüchtert. Nelly blieb regungslos, doch dann hob sie den Arm und holte zu einer Ohrfeige aus. Ich wich dem Schlag aus und wehrte ihre Hand ab. »Verdammt! Haut ab, lasst meinen Mann in Ruhe!« Nelly war hager und schwach. Die Trinkerei, das zügellose Leben, das sie in Berlin geführt hatte, und die Klinikaufenthalte hatten ihren Körper ausgezehrt. Ich packte sie an den Handgelenken und stieß sie weg, doch sie verlor das Gleichgewicht und fiel hin. Dort lag sie, auf dem Fußboden, mit wirren Haaren und einem Weinkrampf. Ich wollte ihr ins Gesicht treten, ohne Mitleid, wie es Hadrian mit seinen Gegnern gemacht hatte. Ich wollte sie anbrüllen, warum, warum ich den Mann nicht sehen durfte, den ich begehrte, warum Heinrich ihr Mann war und nicht meiner. Ich bückte mich und packte sie an den Haaren: »Mit dir wird's ein böses Ende nehmen …«, zischte ich ihr zu. Dann hörte ich Schritte. Ruckartig richtete ich mich auf.

Heinrich sah seine wimmernd am Boden liegende Frau und mich stocksteif und mit flammender Schamesröte im Gesicht über ihr stehen. Ohne ein einziges Wort zu sagen zog er sie hoch und trug sie vorsichtig ins Wohnzimmer, während Nelly jammerte und mich beschuldigte, sie geschlagen zu haben. Ich rannte fluchtartig davon.

Nicht mehr gebunden an das Hier und Jetzt, bewege ich mich in der Zeit vor und zurück. Ich öffne einen Vorhang und betrete die Szene, denn ich bin die Schauspielerin, bin jenes Fleisch und Blut, aber nicht ich entscheide, wann der Vorhang wieder fallen wird. Jedes Mal verhüllt sich die Szene an einem gewissen Punkt, und ich werde zurückgeschleudert, eine Gefangene der Klinik und ihrer Krankensäle.

Und so gebt mir einen Birkenwald, nicht weit von dem steinernen Greifen, der den Reisenden Angst einflößt, und von Rotkäppchen, das ihn nicht mehr fürchtet. Nach dem Zusammenstoß mit Nelly habe ich kein Auge zugetan, und nun ist der Morgen der Abfahrt da. Als ich das Morgenrot schimmern sehe, stehe ich auf und wasche mich mit kaltem Wasser. Ein kurzer Weg nur und ich bin im Wald – um das Erwachen des Universums wahrzunehmen, seinen unsicheren Atem angesichts der welkenden Jahreszeit, einen Augenblick bevor das Sommerlicht endgültig weicht. Die Schritte tragen mich immer weiter ins Dickicht, wo die Bäume dicht an dicht stehen, Tau benetzt jedes Blatt. Ich bin eins mit dem Schattenleben der Brennnesseln und Farne, bin das Blatt, der Ast, die Sonne, die noch einmal wie ein Diamant am Himmel erstrahlt. Um mich herum ewiger Friede, in meinem Herzen der Tod. Das Gefühl, dass diese Welt zu Ende geht, ja, dass sie schon zu Ende gegangen ist. Der Sommer ist vorüber, ich muss gehen. Ich weiß bereits, dass ich im nächsten Sommer nicht mehr mit meiner Familie in den Kurort kommen, sondern in der Stadt bleiben und Mitte September zum Studium nach Göttingen umziehen werde. Es ist, als ob meine Kindheit und meine Jugend an diesem lichterfüllten Augustmorgen erlöschen sollen. Der Wald ist verzaubert – hier wird alles unverändert bleiben wie ein Schmetterling in Bernstein, egal, wann ich wiederkomme. Ich laufe zum Plünneckenbrunnen und nehme Abschied. Ich habe das Bedürfnis, noch einmal zu trinken, das Wasser fließen zu hören, das alle Wunden heilen soll. Ich beuge mich hinunter, öffne den Mund und während ich trinke, geschieht plötzlich das Wunder. Ich höre Schritte, drehe mich um und vor mir steht Heinrich. Der Schwan blickt mich ängstlich an, kommt näher und sagt: »Ich konnte nicht schlafen.«

»Ich auch nicht«, gab ich zurück. Seine Zerbrechlichkeit, seine jugendliche Stimme waren unerträglich. Ein Blick genügte, um zu erkennen, dass der Grund für die Schlaflosigkeit derselbe war. »Du darfst so etwas über meine Frau nicht mehr sagen, Anna, nicht einmal mehr denken«, sagte er, sah mir direkt in die Augen und kam näher. Er hatte mich Anna genannt und geduzt, als sei es das Normalste der Welt. Ich brannte. Wir nahmen Abschied voneinander, für immer. Ich trat zu ihm und ja, ich küsste ihn mit all der Wut, die in mir war – weil das Schicksal unsere Begegnung zu spät eingerichtet hatte, zu weit entfernt, zu betrunken, um aufrecht zu stehen. Auch er küsste mich – wie lange vermag ich nicht zu sagen, eine Stunde, drei Tage, zehn Jahre, einen Augenblick. Ich bin immer noch dort, in jenem Wald, und denke daran, dass meine Tollheit für diesen doppelt verheirateten Mann, zum einen mit einem mir unbegreiflichen Gott und zum anderen mit einer Frau, die ich hätte töten wollen, nur so enden konnte.

Hass ist ein tödliches Unterfangen. Eines, das sich in meinem Fall in einer Unheil verkündenden Prophezeiung erschöpfte, aber bis heute, bis in diese Strafe fortdauert. Was ist aus ihnen geworden? Ich hätte den Mund halten sollen. Ich hätte die Wut unterdrücken und vielleicht einfach weglaufen, sie in den Wald hinein schreien sollen und nicht Nelly entgegenschleudern. Viele Male bin ich nach meinem Tod die Stufen zu ihrem Haus hinaufgegangen und durch die angelehnte Tür eingetreten. Ich wollte ihn noch einmal sehen, wollte ihr Leben nach mir sehen. Doch es war niemand da. Ein gedeckter Tisch, Brotreste auf den Tellern, warmer Malzkaffee und umgeworfene Stühle. Glas- und Porzellanscherben auf dem Boden, ein paar offenstehende Schubladen. Der Kalender an der Wand zeigt das Jahr 1942 an, es herrscht Krieg. Von ihnen, von der Familie Rudinski, keine Spur. Ich weiß nicht, wo sie hingekommen sind, ich darf sie nicht sehen. Ermordet? Deportiert? Einfach nur geflohen? Ich weiß es nicht. *Baddeckenstedt-Tristesse*, würde Hedwin sagen, die Trauer um den versäumten Abschied.

So blieb ich auf der Schwelle der Jugend zurück, nunmehr ohne Sommer, ohne Erwartungen, ohne Heinrich. Was würde ich von da an tun? Mein Sommer war mit einem Mal eine verblasste Postkarte geworden, und übrig gebliebenen war eine große Leere ohne weitere Leidenschaft. Ich war fast neunzehn und wusste nicht, was ich aus meinem Leben machen sollte. Ich hatte keine Träume, niemanden, dem ich von meinem Alltag erzählen, mit dem ich auf Neues hoffen konnte. Würde ich mit diesem Knoten im Herz jemals heiraten? Mit der Demütigung, jahrelang eine Schlacht geschlagen zu haben, die von Anfang an verloren war?

Auf der kurzen Strecke vom Zug zum Auto wurden wir völlig durchnässt. Doch ich fühlte nichts, weder äußerlich noch in mir. Ich hatte Heinrich in dem Augenblick verloren, als ich ihm so nah wie nie gekommen war. Ich hatte den Sommer verloren und mit ihm die Fülle des Lebens. Es blieben Braunschweig, die Kälte und die geballte Faust.

ELF

Der schlafende Greif landete ganz unten im Schrank, hinter allen Kleidern. Ich wollte vergessen, dass es ihn gab, die sorgfältig gemalten goldenen Schuppen, die Hände, die eine ganze Nacht dafür gebraucht hatten, sie zu gestalten. Wenn es in meinem Leben einen Schatz gibt, so soll es nicht Rudinski sein, sagte ich mir. Ich verzieh meiner Familie das absolute und hartnäckige Schweigen nicht, das sie über die Angelegenheit gebreitet hatte. Es steckte etwas wirklich Seltsames dahinter, etwas, das sich mir entzog. Und das ich erst viel später entdecken sollte, nicht in der Welt der Lebenden, sondern im schattenhaften Dasein, das meine Anwesenheit auf dieser Erde übermäßig in die Länge zieht.

Wie ich es auch drehte und wendete, im September 1926 begann für mich ein neues Leben, ein Ergänzungsjahr, in dem ich hart arbeiten musste, um Wissen zu erwerben, das an meinem Gymnasium nicht unterrichtet worden war, und dann im Oktober 1927 das Medizinstudium in Göttingen. An dieses Jahr erinnere ich mich kaum noch. Die Nachmittage über den Büchern, mit einem Privatlehrer für Chemie und einem anderen für Physiologie und Anatomie. Der langweilige, todlangweilige Unterricht, der nach Zwiebeln riechende Atem des Lehrers, der Fünf-Uhr-Tee, der den von all der Wissenschaft verursachten Überdruss unterbrach. Mein Vater wollte natürlich, dass ich glänzte. Er hatte die privaten Nachhilfestunden minutiös geplant. »Du musst auf den gleichen Stand kommen wie die anderen«, hatte er gesagt. Und während ich in

Langeweile erstickte, besuchte Willi einen Schauspielkurs und kam jeden Tag glücklicher nach Hause. Er war fünfzehn und immer noch recht stämmig, wurde aber langsam zu einem Mann, einem jener Männer, wegen denen man auf immer und ewig den Kopf verlieren kann. Er war liebenswürdig und hatte etwas Unberechenbares und Exzentrisches an sich. Mit einer grünen Baskenmütze auf dem Kopf und einem Apfel im Mund verließ er das Haus und bei seiner Rückkehr trällerte er ein modisches Liedchen. Gentiane öffnete ihm die Tür, er küsste ihr die Hand und dankte ihr in einem gezierten und affektierten Französisch. Ich wusste nicht, ob ich lachen oder mich ärgern sollte. Mein Bruder war herangewachsen und ging leicht und unbeschwert seinen Weg. Das Problem war vielmehr ich, die ich anstelle des Herzens ein Knäuel aus nasser Wolle in mir trug. Chemie, Physiologie, Physik und wieder Chemie. »Beim ersten Leichnam wirst du ein wenig erschrocken sein, aber das geht jedem so. Niemandem gefällt es zu sehen, wie der Körper, in dem wir ein ganzes Leben verbracht haben, nach dem Tod zerfällt«, sagte mein Vater. Ich hörte ihm zu und nickte zustimmend, doch seit dem vergangenen Sommer verhinderte eine gewisse Kälte, dass ich ihn so bewunderte wie früher. Eines Abends saßen Papa und ich noch kurz vor Mitternacht im Bibliothekszimmer, während alle anderen schon zu Bett gegangen waren. Ich las in meinem dicken Chemiebuch und er füllte Patientenunterlagen aus. Es war einer jener Momente, in denen die Müdigkeit jeden Widerstand zunichtemacht. Er nahm die Brille ab, rieb sich die Augen und sagte: »Die Angelegenheit in Salzgitter … ist nicht besonders gut verlaufen. Aber … Es ist anders, als du denkst.« Ich schlug das Buch zu und wünschte eine gute Nacht. Noch heute könnte ich schwören, dass mein Vater feuchte Augen hatte.

In meinem Schrank lag nicht nur der schlafende Greif, sondern auch ein Buch mit rotem Einband, das Hadrian mir geschenkt hatte: Hitlers *Mein Kampf.* Fast jeden Abend las ich vor dem Einschlafen darin. Das Buch war in unserem Haus verboten. Hätte mein Vater es entdeckt, hätte er es zusammen mit den Buchenscheiten in den Kamin geworfen. Aber ich war vorsichtig und blätterte nur hinter verschlossener Tür darin. Meine politische Überzeugung hatte sich ausgebildet, ich glaubte an einen heroischen Begriff von Vaterland, an den ich heute nicht mehr glaube. Das beschwor zu Hause Auseinandersetzungen herauf. Ich wurde wütend, fragte mich, wie man sich nur so weit von den eigenen Wurzeln abwenden konnte, und nahm eine immer radikalere Haltung ein, die sich in meinem ganzen Dasein, von meinen politischen Einstellungen bis zu meinen Empfindungen, von meiner Kleidung bis zu meinem Gang, ausdrückte und die keinerlei Andersartigkeit mehr zuließ. Das war eine Gefahr, die mir von jeher drohte. Ich hätte sie erkennen müssen, spätestens nach dem Vortrag meines Vaters über das *Arsenicum album* oder noch früher, bei unserem nächtlichen Spaziergang, als wir den Waldkauz gehört hatten. Aber das waren Lehren, die nur kurz wirkten. Mein Charakter trieb mich dazu, Gegensätze zu verschärfen, sie unversöhnlich zu machen. Wenn Hadrian in Braunschweig war, hatte ich keine Angst mehr, auf sein Motorrad zu steigen und außerhalb der Stadt mit ihm allein zu sein. Die Küsse, die wir uns gaben, erinnerten eher an Bisse als an liebevolle Zärtlichkeiten. Wir vermaßen unsere Macht übereinander. Arm in Arm liefen wir durch die Straßen von Braunschweig und stellten eine Liebe zur Schau, die wir nicht empfanden, um sie wenigstens in den Augen der anderen zu sehen. Wenn es etwas gab, in das ich verliebt war, dann war es diese Spiegelung.

Alles war mir gleichgültig. Ich war eine leere Muschelschale, ohne Fleisch. Sogar mein Blick hatte sich verändert, er hatte den sommerlichen Glanz verloren. Helene schrieb mir, dass sie und Karl im Mai heiraten würden. Wunderbar, dachte ich, wenigstens sie ist glücklich. Mein

Lernplan war sehr voll, eine Unterbrechung war möglich, aber nicht ratsam. Ich ging also nicht zur Hochzeit und schrieb ihr einen langen Brief. Sie antwortete mir nach wenigen Tagen mit einer schlichten, aber entwaffnenden Postkarte: »Was soll's, du wirst trotzdem immer hier an meiner Seite sein. Ich umarme dich wie immer fest.«

Anfang Oktober 1927 kam ich nach Göttingen. Das Wohnheim, von dem mein Vater gesprochen hatte, war schon belegt gewesen, daher hatte er schnell nach einer Alternative gesucht. Ich würde in einer Privatpension wohnen, die sich in einer Straße mit verheißungsvollem Namen befand: Am Goldgraben. Frau Kreitsch, eine vornehme ältere Witwe, vermietete die beiden Zimmer unter dem Dach ausschließlich an Medizinstudentinnen. Ihr Ehemann war ein namhafter Augenarzt gewesen und sehr plötzlich verstorben, als sie gerade im Garten Kaffee tranken, wie sie berichtete. »Nicht dass ich es müsste … finanziell, meine ich … Aber Zimmer an angehende Ärzte zu vermieten, das hätte auch meinem Mann gefallen. Und außerdem habe ich so … durch die Mädchen ein wenig Gesellschaft!«, erläuterte sie meiner Mutter. Ein Zimmer ging nach Westen, das andere, nach Osten gelegen und mit einem schönen Fenster im Schatten einer Magnolie, bezog ich. Ich erinnere mich an den äußerst gepflegten Garten der Frau Kreitsch, an ihre Leidenschaft für Narzissen, die sie in jeden Winkel gepflanzt hatte, und für Damaststoffe in allen Farben, mit denen sie das Wohnzimmer liebevoll dekorierte. »Gehen Sie nur in aller Ruhe nach oben, das freie Zimmer ist rechts, die Tür ist offen«, sagte Frau Kreitsch. »Wenn ich die Treppe nicht raufsteigen muss, bin ich froh …« Meine Eltern und ich gingen nach oben, und ich spürte deutlich eine gewisse Anspannung. Sie wollten sichergehen, dass ich einen schützenden Bau haben würde, um mich auszuruhen und zu lernen. Meine Mutter setzte sich aufs Bett und prüfte, wie hart die Matratze war, indem sie leicht hin und her und auf und ab schaukelte. Papa versicherte sich, dass am Fenster Gardinen aus festem Stoff waren. »Es ist eine ruhige Gegend«, resümierte er, »du hast einen großen Schreibtisch, das Haus ist sauber, die Wäsche von guter Qualität. Also, wie findest du's?«

»Es ist ganz prima«, sagte ich, »und bei gutem Wetter kann ich im Garten lernen, habt ihr gesehen, da steht eine schöne Bank mit einem Tisch?« Als sie mich mit den Schecks für die nächsten Monate dort ließen, umarmte meine Mutter mich gerührt: »Schau, das ist dein neues Leben, Anna. Du wirst es gut haben … wirst schon sehen! Ruf uns morgen an, wenn das Gepäck angekommen ist, ja?« Mein Vater gab mir die Hand, wir sahen uns in die Augen und wieder spürte ich, dass ich ihm mein Herz nicht mehr so öffnen konnte wie früher.

Den ersten Nachmittag in Göttingen verbrachte ich damit, meine Sachen fein säuberlich in die Schubladen zu räumen und mir jeden Winkel des Zimmers zu eigen zu machen. Das Hochzeitsfoto von Helene und Karl stellte ich auf den Schreibtisch, das Bild von Hadrian verschwand hingegen in einem Chemiebuch. Jetzt beginnt ein neues Leben, sagte ich mir. Ich muss mich anstrengen, zu meinen guten Gewohnheiten zurückfinden und mir neue aneignen. Lesen, andere Studenten kennenlernen, mich zurechtfinden. Göttingen war ursprünglich ein großes, auf sumpfigem Untergrund entstandenes Dorf gewesen und dann zu einer kleinen Stadt gewachsen, die auf den Schultern einer bedeutender werdenden Universität immer größer geworden war. Hier war es ganz anders als in Braunschweig, es gab eine Altstadt aus unzähligen bunten Fachwerkhäusern, die reizend waren und aus Grimms Märchen hätten stammen können. Im Leben der Stadt drehte sich alles um die viertausend Studenten, die aus ganz Deutschland stammten: Feste, Ausflüge, Sonderangebote in den Geschäften, Zimmervermietungen. In meinem Viertel gab es herrschaftliche Villen aus dem 19. Jahrhundert mit herrlichen und äußerst gepflegten

Gärten. Ich machte viele einsame Spaziergänge. Fast immer endeten sie im öffentlichen Stadtpark, auf den Schillerwiesen, wo ich eine Pause machte, um die Fische in den Teichen zu betrachten und den Kindern beim Spielen auf der Wiese zuzusehen. Ich wäre gern auf die Bäume geklettert und hätte im kühlen Wasser geplanscht. Wenn ich eine Mutter wäre, sagte ich mir, würde ich mit den Kindern spielen, unermüdlicher als sie. Aber ich war nicht verheiratet und saß allein auf der Bank, mutterseelenallein.

»Sie werden schon sehen«, sagte Frau Kreitsch zu mir, »bald werden Sie Freundschaft mit Ihren Studienkameradinnen schließen. In der Medizin gibt es nur wenige Frauen, ihr findet euch rasch zusammen, wie unter Häftlingen!«

Mit der üblichen manischen Gründlichkeit hatte ich mir einen Stundenplan erstellt. Damals gab es gebührenfreie öffentliche Vorlesungen und private Lektionen, die man bezahlen musste und die oftmals im Büro des Professors, manchmal sogar bei ihm zu Hause stattfanden. Mein Vater hatte mir dringend ans Herz gelegt, sie zu besuchen, da er sie für unerlässlich hielt, um den Stoff zu vertiefen. Die Universität schrieb mindestens eine dieser Lektionen pro Semester vor. Meine erste Vorlesung war öffentlich, »Allgemeine Anatomie«, montags bis freitags von elf bis zwölf. Im Sekretariat schrieb ich mich für die Präparationsübung ein, die Begegnung mit den Toten in der Pathologie. In der Nacht vor der ersten Vorlesung tat ich kein Auge zu. Bei Tagesanbruch stand ich auf und öffnete das Fenster, um ein paar Turnübungen zu machen. Dann wusch ich mich sorgfältig mit kaltem Wasser und Seife, ging hinunter in die Küche und machte mir einen Tee und ein Brot. Die Vorlesung würde erst um elf beginnen, doch ich verließ bereits um neun das Haus. Es war ein schöner Herbstmorgen, der gelbliche Klinker der Universitätsklinik glänzte im blassen herbstlichen Sonnenlicht. Ich sah das Kommen und Gehen von Ärzten und

Krankenschwestern, Studenten und Patienten, das nach und nach auch zu meiner Welt werden würde. Es zog mich in Richtung Frauenklinik, denn ich wusste, dort würden viele der Erstsemester-Vorlesungen stattfinden, und ich wollte mir ansehen, wo die Hörsäle waren. Ich ging die Treppen hoch, ein paar Krankenschwestern grüßten mich ehrfürchtig, obwohl sie mich gar nicht kannten. Nie und nimmer wäre mir in den Sinn gekommen, dass ich ein paar Jahre später eine von ihnen sein würde.

Der Anatomiehörsaal fasste ungefähr hundert Personen. Als die vorausgehende Vorlesung zu Ende war, setzten wir uns einfach irgendwo hin, eine kleine Gruppe von nervösen und ungeduldigen Erstsemestern. »Setz dich nicht in die erste Reihe«, hatte mein Vater gesagt, »das machen nur die Streber. Aber auch nicht in die letzte, das zeugt von mangelndem Interesse am Stoff. Die besten Plätze sind die in der dritten und vierten Reihe.« Ich hörte auf ihn und sicherte mir einen schönen Platz am Fenster. Während ich den Mantel auszog, huschte ein anderes Mädchen rasch auf den Platz neben mir. Trotz der Aufregung war ich guter Laune und grüßte sie mit einem Lächeln. Sie antwortete leise unter ihrem Hut heraus: »Guten Tag«. Als die Vorlesung begann, zählte ich etwa dreißig Studenten und vier Frauen, wir beide und zwei weitere in der ersten Reihe. Es war tatsächlich so, wir waren wie Häftlinge am ersten Tag im Gefängnis: Es war unmöglich, sich nicht anzufreunden. Das Mädchen neben mir hieß Elise, die anderen beiden Marie und Christa. Marie war sogar in Begleitung ihres Vaters gekommen, der draußen auf sie wartete. Alle vier ziemlich eingeschüchtert, alle vier fürchterlich neugierig. Die erste Vorlesung bestand aus einer Litanei lateinischer Fachausdrücke. Erneut war ich meinem Vater dankbar dafür, dass er während der letzten drei Jahre auf dem Gymnasium einen Privatlehrer für mich engagiert hatte. An Mädchenschulen war kein Lateinunterricht vorgesehen. Was war an Latein nur so gefährlich, dass man es den Mädchen verbot? Auch Elise hatte Privatstunden gehabt und schrieb mit flinker Hand und ohne Schwierigkeiten mit. Am nächsten Tag saßen wir Frauen bereits in einer Reihe, eng beisammen, wie eine Legion, bereit, dem feindlichen Angriff zu begegnen.

Wenn wir in den Hörsaal kamen, konnten wir die Blicke der jungen Männer regelrecht spüren, die uns anstarrten, manche voller Vorbehalte, andere voll Verlangen, viele mit derselben Schüchternheit, die wir selbst empfanden. Eine kleine Gruppe von Studenten fing nach den ersten Wochen damit an, uns aufzuziehen. Sie nannten uns die vier Musketiere, riefen uns Schmeicheleien nach oder machten Bemerkungen über Maries eigentümliche Hüte. Mal waren sie nett, mal unausstehlich. Ziemlich schnell wurde ich von den vier Musketieren diejenige mit dem locker sitzenden Degen. Es geschah an einem Novembermorgen. Der Professor verspätete sich, und einer der jungen Männer – die Freunde nannten ihn Herbert – hatte einen Haufen kleiner Papierkugeln vorbereitet und machte sich jetzt einen Spaß daraus, Elise damit zu bewerfen. Die anderen lachten und er hörte nicht auf. Ich rückte neben Elise und fragte sie: »Warum sagst du denn nichts?«

»Ach nee ... Ich mag nicht. Lass gut sein, Professor Fuchs kommt bestimmt ohnehin gleich ...«, erwiderte sie. Ich verlor die Geduld, die Kugeln waren in der Zwischenzeit immer größer geworden und kullerten mir in den Schoß. »Würden Sie wohl aufhören, uns zu belästigen?«, sagte ich mit lauter Stimme zu Herbert und richtete mich auf. Als einzige Antwort bedachte er mich mit einem schwachsinnigen Grinsen und fuhr fort, uns zu bewerfen. Elise hatte den Kopf gesenkt, Marie protestierte und auch ein paar der jungen Männer forderten Herbert nun auf, das Feuer einzustellen. Aber er ließ sich nicht beeindrucken und fing an, vor sich hin zu singen: »Schau an, schau an, wie das Weib sich ärgern kann ...« Ich stand auf und ging mit großen Schritten die Stufen hinauf. Ich nahm eine Holzstange, die wir zum Öffnen der oberen Fenster benutzten, trat zu Herbert und bevor er reagieren konnte, versetzte ich ihm einen Hieb auf den Rücken. Einer seiner Kameraden packte mich am Arm und zog mich weg, während die anderen, die herbeigeeilt waren, um uns zu trennen, begriffen, dass sie eine Furie vor sich hatten. Ich weiß nicht mehr, was ich ihm entgegengeschleudert habe, aber die vor aller Augen erlittene Schmach ließ ihn klein werden, regelrecht zusammenschrumpfen. Sie sprachen beruhigend auf mich ein, ein paar machten Herbert Vorhaltungen, andere lachten. Marie raunte mir zu: »Gut gemacht, das nächste Mal schlage ich ihn.« Elise starrte vor sich auf den Tisch, vor Scham hochrot im Gesicht. Kurz darauf kam Professor Fuchs und bemerkte die aufgeheizte Atmosphäre. Er rief einen Studenten mit Namen auf und bat um einen Bericht über das Vorgefallene. Er sah Herbert ausdruckslos an und warf mir einen verlegenen Blick zu. Dann sagte er: »Wenn so etwas noch einmal vorkommt, werden Sie von meinen Kursen suspendiert, verstanden? Wir befinden uns hier an einer Universität, meine Herren. Und jetzt schlagen Sie die Bücher auf Seite 18 auf.«

Nach der Vorlesung beglückwünschten die anderen Mädchen mich, wir lachten lauthals über diesen Hanswurst von Herbert und gingen zusammen in die Mensa. Elise sagte, sie könne nicht mit. Sie war aus Göttingen, und ihre Familie erwartete sie zum Mittagessen. Beim Essen äußerte ich mein Erstaunen über Elises Zurückhaltung und Marie erklärte, Elise habe vielleicht schlimmere Beleidigungen befürchtet, wenn sie sich zur Wehr setzte. Schlimmere Beleidigungen sagte sie. Ich begriff nicht. Ich begriff wirklich nicht.

Von diesem Tag an fasste Elise Vertrauen zu mir. Ich beschützte sie und brachte sie zum Lachen. Wir trafen uns im Lesesaal und wiederholten zusammen die Begriffe aus der Anatomie. Es machte Spaß, mit ihr zu lernen. Marie war ebenfalls aus Göttingen, sie war die Tochter eines Eisenwarenhändlers, der mächtig stolz darauf war, dass seine Tochter als Erste aus der Familie studierte. Christa war wie ich die Tochter eines Arztes, eines Neurologen aus Dresden. Elises Vater hingegen, Professor Harn, war Altphilologe und unterrichtete an der Universität. Sie wohnte an der Hauptstraße der Altstadt, der Weender Straße, in einem dreistöckigen Haus. Die vier Musketiere waren immer zusammen, in den Vorlesungen, im Labor, in der Pathologie beim Sezierkurs. Eines Tages kam Elise zu mir, um für Physiologie zu lernen, und Frau Kreitsch begrüßte sie an der Tür nicht mit der üblichen Freundlichkeit. Wir lernten den ganzen Nachmittag lang und sprachen zwischendurch über unsere Familien, die sich durchaus ähnlich waren, wie wir feststellten. Auch sie hatte eine jüngere Schwester, die etwas kränklich war, und einen eigenwilligen Bruder. Elise wirkte wie ein furchtsamer kleiner Vogel, aber sie war witzig wie kaum eine andere. Ihre Sicht auf die Dinge, ironisch und scharfsinnig zugleich, faszinierte mich. Sie habe eine Angewohnheit, sagte sie, nämlich die, in jeder Person ein Tier zu sehen: Herbert war ein Wildschwein aus der Provinz, Marie ein bunter Tukan, Christa eine eingesalzene Sardine. Für sich selbst hatte sie das Bild einer freundlichen schwarzen Ameise geprägt. Alles war so treffend! Mit ihr habe ich zum ersten Mal, seit ich in Göttingen war, gelacht. Sie sah das Foto von Helene und Karl und sagte: »Sie ist eine Taube, er ein Adler.« »Und ich?«, fragte ich sie, »komm, sei ehrlich, was für ein Tier bin ich?« Sie dachte einen Augenblick lang nach und als sie es mir sagte, lief mir ein kalter Schauer über den Rücken.

Der Abschied von Hadrian vor meiner Abreise war sehr kühl gewesen. Er wollte nicht, dass ich studierte, allein in einer anderen Stadt lebte, in einer Männerwelt verkehrte. Für Frauen sei ein Hochschulstudium unnütz. Einmal hatte er mir erläutert, dass die Ehefrau eines zukünftigen SS-Mannes nicht arbeiten, sondern zu Hause bleiben und sich um die Kinder kümmern solle. Dieser Satz hatte mich getroffen. Ich wollte andere Träume verwirklichen, Familie konnte warten. Er wollte es nicht verstehen und faselte davon, nach Norderney auszureißen oder nach München, ohne Wissen der Eltern heimlich zu heiraten und sie vor vollendete Tatsachen zu stellen. An anderen Tagen wiederum sprach er davon, sich ganz der Politik widmen zu wollen. Einer seiner Vorgesetzten hatte ihm große Ideen in den Kopf gesetzt: Wenn Hitler und seine Partei an die Macht kämen, würde er eine Stelle in einem der neuen Ministerien erhalten. Frauen, die studierten, hielt er für hässliche, hysterische alte Jungfern. »Du wirst schon sehen, wie viele jüdische Fräuleins du an der Universität treffen wirst … Fräulein Rubenstein, Fräulein Blumenthal, Fräulein Cohen … Du wirst schon sehen!« Er erklärte, dass Frauen aus physiologischen Gründen nie dasselbe intellektuelle Niveau erreichen könnten wie Männer, und meinte das vollkommen ernst. Er wiederholte es auch in den kurzen Briefen in unsicherer Rechtschreibung, die er mir zu schicken pflegte. Ich las sie unaufmerksam und verwahrte sie ebenso gedankenlos in der Schreibtischschublade. All diese herabsetzenden Worte, während ich über Anatomietexten schwitzte, hatten jeglichen Wunsch in mir abflauen lassen, ein Leben an seiner Seite zu führen. Papa konnte ihn nicht ausstehen, meine Mutter fragte nicht mehr nach ihm. Weder Hadrian noch seine Küsse fehlten mir, die Monate vergingen und ich hatte immer weniger Lust, ihm zu schreiben. Ich wusste, dass unsere Beziehung zu Ende ging, aber ich hatte mir nicht vorstellen können, dass Hadrian nach Göttingen kommen würde, um auf eine Entscheidung zu dringen.

In Uniform und mit finsterem Blick stand er plötzlich vor der Tür. Er bat, eintreten zu dürfen, und weil es kalt war, ließ ich ihn herein. Da ich ihn ohnehin nicht mit nach oben aufs Zimmer nehme durfte, gingen wir ins Wohnzimmer. Er setzte sich aufs Sofa, wobei er gereizt einem der Damastkissen auswich. Der Zeitpunkt sei gekommen, eine Entscheidung zu treffen, erklärte er, entweder die Hochzeit und der Umzug nach München oder ein Ende unserer sogenannten Freundschaft. Einen Moment lang war ich etwas ratlos, doch dann sagte ich, dass das Studium momentan in meinem Leben an erster Stelle stehe und alles andere sich anschließend ergeben werde.

»Hervorragend«, gab er zurück, »wenn ich das von Anfang an gewusst hätte, hätte ich nicht so viel Zeit verplempert. Ein Mann muss wissen, wann es Zeit ist, eine Geschichte zu beenden. Betrachten wir uns also ab sofort als gute Freunde.« Nicht einmal das, dachte ich, das waren wir nie und werden es auch niemals sein. Ich betrachtete ihn ohne jede Gefühlsregung. Der einzige Mann, der sich jemals für mich interessiert hatte, war im Begriff mich zu verlassen, und ich war beinahe erleichtert. »Meine Liebe«, hörte ich Gentiane in mein Ohr wispern, »wenn du so weitermachst, wirst du ein Leben lang allein bleiben.« Ich brachte ihn nach draußen und dachte, dass er gehen würde, doch er drehte sich plötzlich ruckartig um, zog mich an sich und versuchte, mich zu küssen. Als ich mich befreien wollte, wurde er wütend und schlug mir ins Gesicht. Ich verlor das Gleichgewicht und fiel genau auf der Schwelle des Hauses zu Boden. Während ich mich aufrappelte, beschimpfte er mich. Dann ging er ohne sich noch einmal umzusehen davon, wobei er sich die Uniform zurechtrückte. Ich wankte in mein Zimmer, zerriss sein Foto und warf es in den Mülleimer. Ich legte mir einen Beutel mit kaltem Wasser an die Schläfe und weinte ein bisschen.

Als ich wieder erwachte, erinnerte ich mich nicht einmal mehr an das Gesicht dieses Mannes.

Zwei Wochen später schrieb mir Hedwin, Hadrian habe völlig überstürzt geheiratet: eine sechzehnjährige Verkäuferin, nichtssagend und hochschwanger.

Wir lernten eifrig und viel, wir Frauen. Denn wir wussten, dass jeder unserer Fehler mit großer Strenge bewertet wurde. Wir hatten es gewagt, in ein beinahe ausschließlich von Männern besetztes Gebiet einzudringen, und mussten nun beweisen, dass wir besser waren als die Herren der Schöpfung. Ein paar Dozenten verspotteten uns ganz unverhohlen, und wir hatten keine andere Wahl, als sie gewähren zu lassen, das Ende der Unterrichtsstunde abzuwarten, die Sache nicht allzu ernst zu nehmen. Insbesondere der Laborassistent verhöhnte uns immerzu: »Frauen und Chemie«, sagte er, »eine Liebesbeziehung, die nur in der Küche funktioniert.« Nur Mut, dachte ich, früher oder später wird sich die Lage ändern. »Wir müssen froh sein, dass wir studieren dürfen«, sagte ich eines Tages zu Marie. Unsere Großmütter hatten das nicht gekonnt.

Elise und ich präparierten zusammen einen Leichnam. Es handelte sich um eine ältere Frau, bei der ich mit Skalpell und Pinzetten eine solche Menge Fett abtrug, dass es einen ganzen Eimer füllte. Endlich konnten wir Muskeln, Gefäße und Organe ausmachen. Elise sagte: »Schau, das ist die Leber, das die Milz.« Wir betrachteten die Leiche der Frau ohne uns zu fragen, wer sie gewesen war und was sie in ihrem Leben gemacht hatte. Sie war wie eine große Puppe, vor der wir aber eine nahezu heilige Ehrfurcht hatten. Nach und nach begannen wir, ein krankhaftes Interesse an diesem Körper zu entwickeln, der uns im ersten Semester anvertraut worden war. Es war überhaupt nicht abstoßend, das hätte ich meinem Vater gern gesagt. Im Gegenteil, es war faszinierend, das Innere eines Körpers zu sehen, das Netz der Blutgefäße, die überraschende Entdeckung einer vergrößerten Leber oder einer Zyste am Rücken … Der Körper erzählte eine Geschichte, teilte uns mit, wie er gelebt hatte, wie er behandelt worden war. Elise und ich arbeiteten perfekt zusammen, still und konzentriert.

Professor Veit, der uns beide anleitete, lobte uns nach der Hälfte des Semesters für die Sorgfalt, mit der wir die oberen Gliedmaßen präpariert hatten. »Ausgezeichnete Arbeit«, sagte er. »Sie, Fräulein Alrutz, säubern jetzt bitte das rechte Bein, und passen Sie auf, hier an der Haut des Knies sind Abschürfungen. Sie, Fräulein Hahn, entnehmen noch etwas Fettgewebe aus den Oberschenkeln.« Fräulein Hahn? Nicht *Harn*, wie ich bis zu diesem Moment gedacht hatte. Elise Hahn, das war ihr Name. Mit diesem Namen war sie eindeutig ein »jüdisches Fräulein«, wie Hadrian gesagt hätte. Der Schleier fiel von meinen Augen.

Das erklärte alles, die Ausreden, warum sie nicht mit uns in der Mensa essen wollte, die Angst, beleidigt zu werden. Ich erstarrte, erledigte bis um halb sechs schweigend meine Arbeit, aber anstatt danach wie üblich auf sie zu warten, lief ich schnell nach Hause.

Jetzt, da ich ein Lufthauch bin, sehe ich Elise draußen in der Kälte auf mich warten. Sie fragt sich, wo ich bleibe, und jetzt geht sie zurück, schaut in die Umkleide, die Toiletten, sucht mich und ist traurig. Sie denkt, dass ich wohl schnell hatte nach Hause laufen müssen. Vielleicht ein Notfall. Am nächsten Tag setzt sie sich in der Vorlesung neben mich und ich kann nicht anders als aufzustehen und auf die andere Seite zu gehen, zu Marie. Sie ist unsicher, sucht meinen Blick. Dann holt sie ihren Füller hervor und schlägt das Heft auf, um mitzuschreiben, denn die Vorlesung beginnt. Elise akzeptiert, dass ich mich von ihr abwende, und wehrt sich nicht.

Elise sonderte sich immer mehr von uns ab und wir uns von ihr. Ich hatte Gewissensbisse. Ich kämpfte gegen den Drang an, zu ihr zu gehen und sie zu trösten. Es fiel mir schwer. Ich hatte sie gern und bemerkte, dass ich die ganze Zeit über auf sie aufpasste. Ich wollte nicht, dass man sie beschimpfte, war bereit, sie zu verteidigen, aber, so sagte ich mir, ich durfte mich nicht zu ungesunden Gefühlen hinreißen lassen: keine Freundschaft mit Juden, nichts zu machen, keinerlei Verbindung zwischen uns und ihnen. Früher oder später würden sie es einsehen und unser Land verlassen, nach Palästina auswandern. Im Grunde taten wir es für sie. Sie mussten erkennen, dass man in Deutschland langsam die Geduld verlor. In den nächsten Tagen überredete ich auch Christa und Marie, meinem Beispiel zu folgen. Marie sagte, dass Elises Familie in Göttingen recht bekannt sei. »Ziemlich wohlhabend«, meinte sie, »wohlhabend und überheblich, sie tun so, als hätten sie die Weisheit für sich gepachtet.« Auch wenn sie nicht mit uns lernte, ihr Vater würde einen Privatlehrer anheuern und sie würde besser vorbereitet sein als wir. Wir bräuchten kein schlechtes Gewissen haben, wenn wir sie nicht einluden. Christa hingegen war unsicher: Daran hätten wir früher denken sollen, wie könne man jetzt eine so harte Entscheidung treffen, wo wir nun schon ein paar Monate mit ihr zu tun hatten, sei das nicht ein bisschen ... grausam? Christa war die Einzige, die noch ein wenig den Kontakt zu Elise aufrecht hielt, Marie und ich grüßten sie nicht mehr.

Elise ist in ihrem Haus in Brooklyn Heights über hundert Jahre alt geworden. Sie hat einen Mann, zwei Töchter und vier Enkelkinder, die sie häufig besuchen. Ihre Gesundheit ist bemerkenswert. Wenn sie vom Studium in Deutschland erzählt, beschreibt sie in deutlichen Worten die immer stärkere Vereinsamung, unter der sie gelitten hat und die ich in solch niederträchtiger Weise ins Rollen gebracht hatte. Ohne große Gefühlsregung berichtet sie davon, dass sie das Studium 1934 abgebrochen und dann in den Vereinigten Staaten wiederaufgenommen und abgeschlossen hat. Sie vergisst nie, sich als freundliche schwarze Ameise zu bezeichnen, die ihre Arbeit einfach fortsetzt, nur eben anderswo. Wenn ich ganz nah an ihr vorbei schwebe, spürt sie etwas und denkt plötzlich an mich, an meinen blonden Zopf in der Studentenmenge. Dann streiche ich sanft über ihre Hand und spüre, dass die Erinnerung an mich liebevoll und beständig ist.

ZWÖLF

Es gibt Hass, der Hass gebiert. Und Liebe, die Liebe gebiert, ebenso wie es umgekehrt sein kann, dass Liebe Hass gebiert. Aber es gibt noch eine weitere Alchemie, wonach Hass, der Hass gebären sollte, Liebe hervorbringt.

Die ganze Beharrlichkeit, mit der ich mich von Elise abwendete, führte nicht dazu, das gemeinsame Lachen auszulöschen. Sie erinnerte sich daran, wie ich im Hörsaal gegen das Wildschwein aus der Provinz für sie eingetreten war. Sie erinnerte sich an die Nachmittage, die wir – mit dem Formalingeruch in der Nase, der einem die Sinne vernebelte – damit verbracht hatten, gemeinsam die alte Frau zu präparieren. Und mit derselben Klarheit erinnerte sie sich an das erste Mal, als ich aufgestanden war und sie in der Bank des großen Hörsaals allein gelassen hatte. Gar nicht schlecht, hat sie sich wohl gesagt. Wenigstens eine Freundin habe ich gehabt, wenn auch nur für ein paar Wochen. Wenigstens ein paar gemeinsame Nachmittage über den Büchern. Allein die Möglichkeit einer Freundschaft musste ihr sehr viel verlockender erschienen sein als die Einsamkeit, in die sie seit geraumer Zeit verbannt war. Für einen Bettler ist ein Teller Suppe ein Festmahl. Und sie erbettelte Krümel der Zuneigung, wo sie nur konnte. Die Tritte, die auf die Suppe folgten, machten ihr nichts aus. Sie war weitergegangen. Und hatte sich gerettet.

Ich schwebe an ihr vorbei, und sie spürt mich. Ich weiß, dass ihre Stunde bald kommen wird, und für sie wird es sein wie noch einmal die Heimat zu verlassen. Was ist der Tod schon anderes, als ein Land für ein anderes zu verlassen, nur dieses Mal ohne Gepäck?

»Papa«, fragte Willi eines Tages, »was ist der Tod?« Er wird vielleicht fünf oder sechs Jahre alt gewesen sein. Wir lagen in der Nähe des Bismarckturms lang ausgestreckt in der sommerlichen Hitze unter einem Baum, inmitten von Grillengezirp und leuchtenden Rapsfeldern: An einem solchen Tag war der Tod die letzte unserer Sorgen. Meine Eltern blickten sich an, unschlüssig, was sie antworten sollten, dann sagte Papa: »Der Tod ist … wie wenn man einschläft. Man macht die Augen zu und ist nicht mehr da. Paff! Verschwunden wie das Kaninchen im Hut des Zauberers.«

Willi dachte einen Augenblick lang nach und sagte dann: »So wie wenn Mama mir das russische Gutenachtlied vorsingt und mir ganz von allein die Augen zufallen … Ist es so, Papa?«

»Ja, mein Schatz«, sagte Mama und strich ihm sanft über den Kopf, »ich singe und du machst ganz langsam die Augen zu.«

»Dann ist es nicht schlimm«, gab er erleichtert zurück.

»Wir Ärzte haben ein besonderes Verhältnis zum Tod«, sagte Hartmann in einer der ersten Vorlesungen. »Aber auch zum Leben, insbesondere wir Gynäkologen. Nichts ist mit der Freude vergleichbar, zu sehen, wie der kleine Kopf eines Menschen im Schoß einer Frau zum Vorschein kommt. Das Leben ist ein Wunder, das Wunder eines Körpers, der den warmen und sicheren Bauch für eine kalte und unsichere Welt verlässt. Ein kleiner Körper, nur ein paar Kilo schwer, der sich aufmacht, ein ganzes Leben zu leben und tausend Gefahren zu bestehen, einfach um die eigene Natur zu verwirklichen. Wer von uns würde sich bewusst dafür entscheiden? Wer von uns würde auf diese innere Stimme hören? Wissen Sie, die Krankenschwestern lassen sich oft zu Bemerkungen hinreißen wie: ›Oh, wie niedlich! Wie süß und zerbrechlich!‹ Doch wenn ich das höre, widerspreche ich immer: Dieses Neugeborene, verehrte Schwestern, jedes Neugeborene, ist ein kleiner Held, ein Krieger des Lebens, von wegen zerbrechlich! Dieser kleine Held hat es geschafft, hat das Nest verlassen und stundenlang dafür gekämpft, in eine Welt zu gelangen, die ihm unbekannt ist und die nie, niemals so sicher sein wird wie der Mutterleib.«

Seit meiner Ankunft in Göttingen waren drei Jahre vergangen. Nach Braunschweig fuhr ich nur zu Weihnachten und kehrte dann rasch wieder in meinen Goldgraben zurück, um mit der Witwe Kreitsch zu plaudern oder mich mit den anderen Studenten im Ratskeller zu treffen. Das Studium fiel mir nicht besonders schwer, ich lernte pflichtbewusst in meinem Zimmer unter dem Dach. Im zweiten Jahr bekam ich die Schlüssel fürs Chemielabor sowie die Aufgabe, die Versuche für die Erstsemester vorzubereiten. Der Direktor der Klinik für Haut- und Geschlechtskrankheiten, Professor Riecke, betraute mich eines Tages sogar mit einem Test zu verschiedenen Schleimhauterkrankungen. Mein Vater war stolz auf mich, ermahnte mich aber trotzdem jedes Mal, mehr ans Studium zu denken als an die Politik. In Göttingen hatte die NSDAP großen Zulauf, war tiefer verwurzelt als in anderen Städten und erfuhr viel Zustimmung auch aus akademischen Kreisen. Ich hatte den Eindruck, dass es hier viel weniger Arbeiter gab als in Braunschweig, doch sie lebten in Wirklichkeit einfach nur im Westteil der Stadt, dem ungesündesten und sumpfigsten. Bei den wenigen Malen, als sie in Protestmärschen durch die Innenstadt zogen, wurden sie von der Polizei und der Menschenmenge ausgebuht und wie die Ratten zurück in ihre Löcher gescheucht. In Göttingen gab es eine große Anzahl Rentner und Händler aus dem kleinen und mittleren Bürgertum, alles glühende Verehrer Hitlers. Diese Tatsache führte zusammen mit dem

Abstand zu Papa dazu, dass meine bereits radikalen politischen Überzeugungen noch gefestigt wurden.

Als ich Hartmann zum ersten Mal sah, war Pierre an seiner Seite. Hartmann betrat das Auditorium maximum und unterhielt sich dabei angeregt mit ihm, ein Student im Kittel, goldblonde Locken, gebräunter Teint. Der junge Mann bekam ein paar Dias und schob sie eins nach dem anderen in einen Projektor. Hartmann stellte sich in aller Kürze vor: Er war ein Schüler von Otto von Franqué und nun seit zwei Jahren Inhaber des Lehrstuhls für Gynäkologie in Göttingen. Er listete die benötigten Lehrwerke auf und gab ein paar organisatorische Einzelheiten bekannt. Dann begann er die eigentliche Vorlesung damit, dass er uns eine Frage stellte: »Verehrte Studenten, was ist Ihrer Meinung nach die erste Pflicht eines Arztes?« Nach einem Moment des Schweigens meldete sich ein Student in der ersten Reihe und sagte: »Menschenleben retten.« »Sehr edelmütig«, gab Hartmann zurück, »doch das ist nicht die erste Pflicht eines Arztes.« Ein anderer sagte: »Die medizinische Forschung vorantreiben.« »Ja, auch das ist sehr ehrenwert«, erwiderte Hartmann schmunzelnd, »aber es ist nicht die erste Pflicht eines Arztes.« »Der hippokratische Eid«, sagte ich, der alte Bücherwurm. »Nein, verehrtes Fräulein, auch nicht«, antwortete er. Sein forschender Blick ruhte einige, endlose Sekunden auf uns, dann fuhr er fort: »Folgen Sie mir!« Die Hefte in der Hand, stiegen wir ungläubig die Stufen hinunter. Er lief den Gang entlang und grüßte die Krankenschwestern, die neugierig lächelten, und wir folgten ihm wie eine Herde verängstigter Schafe, die sich fragten, wohin der Herr Professor sie wohl führte. Auf die Toilette. Er betrat die Toilette der Operationssäle und blieb vor einem Waschbecken stehen. »Herr Heigl, wo sind Sie? Kommen Sie her und zeigen Sie unseren Studenten, was die erste Pflicht eines Arztes ist.« Der junge Mann mit den Dias trat grinsend ans Waschbecken und öffnete den Hahn, dann nahm er ein

Stück Seife und wusch sich die Hände und Unterarme.

»Meine Herrschaften!«, sagte Hartmann. »Welchen Nutzen hat der hippokratische Eid, wenn die Hände des Arztes schmutzig sind? Und wie können wir Menschenleben retten oder die Forschung voranbringen, wenn unter unseren Fingernägeln, hier, sehen Sie, genau hier, Bakterien lauern, die für ein Neugeborenes tödlich sein können? Das hier ist sie, die erste Pflicht eines Arztes, jenseits von allem Gerede, das Sie bislang gehört haben: sich die Hände waschen, gründlich, vor und nach jeder Untersuchung!« Dann schloss er: »Das genügt jetzt, Herr Heigl, ich sagte sauber, nicht gehäutet …« Wir lachten. »Jetzt gehen wir zurück in den Hörsaal. Ich werde Ihnen anhand einer Studie, die hier in Göttingen durchgeführt wurde, zeigen, wie es uns gelungen ist, die Sterblichkeitsrate bei Entbindungen einfach dadurch zu verringern, dass wir die Hygienepraxis verbessert haben.«

Ich war hingerissen, war von seiner Ausstrahlung wie vom Blitz getroffen. Hartmanns Vorlesungen wurden kleine Sternstunden der Medizin für mich. Ich lauschte ihm, schrieb jedes Wort mit und verschlang zu Hause seine Veröffentlichungen. Hartmann war nicht nur einer der angesehensten Gynäkologen Deutschlands, sondern auch eine sehr angenehme Persönlichkeit, durchaus hochmütig, aber zu den Studenten und auch zu den Studentinnen immer überaus höflich. Ich kann mich nicht erinnern, dass er in der Vorlesung jemals laut geworden wäre. Die Bilder, die er an die Wand warf, waren für uns Frauen manchmal peinlich und ließen die Männer feixen, doch Hartmann genügten eine kurze Pause und ein Blick, um wieder Ruhe herzustellen.

Eines Tages nach einer seiner Vorlesungen näherte sich mir Herr Heigl auf dem Nachhauseweg und erkundigte sich, ob ich im Hörsaal nicht etwas vergessen hätte. Ich bemerkte einen leichten französischen Akzent in einem sonst tadellosen Deutsch. »Nein«, sagte ich, »nicht dass ich wüsste … Ich denke, ich habe alles mitgenommen, warum fragen Sie?«

»Sind Sie sicher, dass Sie nicht vielleicht ein Adjektiv, eine Erläuterung vergessen haben … oder ein Räuspern von Professor Hartmann … Sagen Sie, schreiben Sie auch mit, wie oft er sich räuspert?« Ich war fassungslos. Was erlaubte er sich, so mit mir zu sprechen, er kannte mich ja nicht einmal? Ich sah ihn verärgert an. »Sehr witzig«, sagte ich, ließ ihn stehen und machte mich mit großen Schritten auf nach Hause. Er schob sein Fahrrad, lächelte mich an und folgte mir im Abstand von etwa zwanzig Metern. Ich fand heraus, dass er in der Nähe des Goldgrabens wohnte, am Ende der Steigung, im Düsteren Eichenweg, in einem blau-weißen Fachwerkhaus. Von diesem Tag an wiederholte sich diese seltsame Prozession nach jeder Vorlesung von Hartmann, er mit dem Fahrrad, einer Zigarette im Mundwinkel und dem bewährten Sicherheitsabstand und ich zu Fuß vorneweg, manchmal genervt, manchmal amüsiert, manchmal mit den Gedanken einfach anderswo. An einem Tag Ende Januar hatte ich Schwierigkeiten, mich auf den Beinen zu halten, denn auf der Straße hatte sich eine Eisschicht gebildet. Ich musste mich an den Gartentoren der Häuser festhalten und bewegte mich mit großer Vorsicht. Mit einem Mal hörte ich hinter mir einen dumpfen Aufprall und ein metallisches Geräusch. Ich drehte mich um. Herr Heigl war gestürzt. Erstaunt blieb ich stehen. Er lag reglos mit dem Gesicht nach unten unter seinem Rad. Als mir klar wurde, dass er sich verletzt haben könnte, ging ich ganz langsam zurück, um ihm zu helfen. Er richtete sich benommen auf und betastete sein Gesicht. Ich hörte ihn auf Französisch fluchen, dann entschuldigte er sich bei mir auf Deutsch. Er hatte eine Schwellung am Jochbein, die Hand war aufgeschürft und er sagte, ihm sei etwas schwindelig, daher nahm ich ihn mit nach Hause und verarztete ihn unter dem besorgten Blick von Frau Kreitsch in der Küche. »Wie konnte mir das nur passieren?«, meinte er. »Ich hab mich einfach noch nicht an dieses Eis gewöhnt.«

»Das will ich meinen«, sagte die Witwe, »mit diesen Schühchen eines französischen Edelknaben! Man braucht festes Schuhwerk, möglichst von einer deutschen Marke! Nicht solche eitlen Dinger à la Pariser Opernhaus!« Ich musste lachen, und als Frau Kreitsch ihn zum Mittagessen einlud, nahm er die Einladung an. Später fand ich eine Nachricht auf Französisch im Briefkasten: Er entschuldigte sich für die verursachten Umstände und lud uns für Sonntagnachmittag zu sich nach Hause ein, damit wir seine berühmten *crêpes alsaciennes aux poires* nach einem Rezept seiner Großmutter probieren konnten.

»Gehen Sie nur«, sagte Frau Kreitsch, »er scheint mir ein anständiger Junge zu sein. Ich gehe bei diesem Eis nicht vor die Tür. Ach, es wäre wohl besser, in einen Dornröschenschlaf zu fallen und erst im Frühjahr wieder aufzuwachen …«

Die Einladung machte mich neugierig. Nicht so sehr wegen Herrn Heigl selbst – er war ein durchaus attraktiver junger Mann mit einer schönen Stimme und einem aufrichtigen Lächeln –, doch mein Interesse galt etwas anderem. Ich wollte an Hartmann herankommen, dessen Assistent er vermutlich war. Vielleicht würde auch ich mit ihnen arbeiten können, vielleicht gab es eine Möglichkeit. Ich zog einen dicken karierten Mantel an, setzte eine Wollmütze auf und marschierte über die spiegelglatten Bürgersteige. Es war drei Uhr nachmittags und der Himmel war so düster und hing so tief, dass ich fürchtete, er würde mich zu Boden drücken. Die Straßen waren menschenleer, in den Öfen brannten die Feuer, mein Deutschland, das sich sonntags zu Hause verkroch wie ein trauriges Tier und schon an die Arbeit vom Montag dachte. Mit roten Wangen und eiskalten Händen kam ich bei Pierre an. Er öffnete die Tür nur einen Spalt breit und zog mich schnell ins Haus. Ich werde den Duft, der mich drinnen umfing, niemals vergessen, nicht einmal wenn ich ein weiteres Mal sterben müsste. Dieser Duft war Pierre, die reifen Birnen, direkt über dem Feuer karamelisiert und in Butter und Calvados geschmort. Die frisch gemachten und im Ofen warmgestellten Crêpes und der Zimt, der die Zimmer des seltsamen Studentenhauses mit Freude erfüllte.

Und siehe da, ich bin wieder dort und verliere mich in diesem Duft, vielleicht dem leckersten meines ganzen – kurzen – Daseins. Wir saßen auf einem alten senffarbenen Sofa, vor uns heißer Kaffee und seine himmlischen Crêpes, und unterhielten uns, als würden wir uns schon seit Jahren kennen. Ohne Verstellung, unverblümt und bald, sehr bald duzten wir uns, Anna und Pierre.

Von Anfang an etablierte sich Pierre in meinem Leben als Kumpel, ein Freund zum Pferdestehlen, ein Peter Pan, mit dem man fliegen konnte und von dem man allerlei Überraschungen erwarten durfte, nur nicht die der Liebe. Jetzt, da ich ein Lufthauch bin, weiß ich, dass diese Frage sich auch für ihn im Laufe eines Nachmittags gestellt und geklärt hatte. Als wir über Politik sprachen, sah ich, wie er den Blick senkte und leicht den Kopf schüttelte. Die Crêpes waren jedoch zu köstlich, als dass ich einen Streit über Hitler anfangen wollte, daher gingen wir zu einem anderen Thema über. Pierre studierte schon zu lange Medizin. Er schaffte es einfach nicht, das Studium zu Ende zu bringen, schob seit Jahren Prüfungen und Tests vor sich her. Hartmann habe Gefallen an ihm gefunden und versuche, ihn zum Arbeiten zu bringen, ihn anzuspornen, aber es helfe nichts, er sei wie blockiert, erklärte er mir, fast als habe er Angst davor, das Studium abzuschließen und die Arbeit ernsthaft aufnehmen zu müssen, mit echten Patienten, mit der echten Verantwortung.

»Und welche Fachrichtung willst du einschlagen?«, fragte ich ihn, während ich mir die Hände an der Kaffeetasse wärmte.

»Tja, auch da bin ich unentschlossen … vielleicht Dermatologie … Aber ich weiß es noch nicht … und du?«

»Gynäkologie«, sagte ich und war vielleicht selbst am meisten von dieser Antwort überrascht.

Hitler setzte auf die Frauen, seine Regierung würde uns keine Hindernisse in den Weg legen, im Gegenteil, sie würde unsere Laufbahn mit Reformen und Fördermitteln begünstigen. Neue Schulen, neue Studienfächer, Stipendien: Die deutschen Akademikerinnen würden der Stolz der Nation sein! Und ich, die ich unverheiratet war und höchstwahrscheinlich nie im Leben Kinder bekommen würde, ich könnte sie auf diese Weise wenigstens zur Welt bringen helfen, konnte das neue Leben wenn schon nicht schenken, so doch wenigstens begleiten, ihm Beistand leisten, mich darum kümmern. An jenem Nachmittag, im Angesicht von Pierres Crêpes wurde plötzlich alles klar: Ich würde Gynäkologin werden und an der Seite von Professor Hartmann arbeiten.

Die Sonntage bei Pierre wurden zur Gewohnheit. Er war als Sohn einer elsässischen Krankenschwester und eines deutschen Arztes in Paris geboren worden und aufgewachsen. Sein Vater hatte gesagt, es sei besser, wenn er in Deutschland studiere, und zwar in keiner anderen Stadt als Göttingen, seiner Meinung nach die Wiege der besten Köpfe des Landes. Pierre sagte, er werde nie einer dieser Köpfe werden, es mangele ihm an Ehrgeiz und, so seltsam es klinge, auch an Zeit. In jenem kleinen Fachwerkhaus, fünfhundert Meter von meinem entfernt, pflegte Pierre den uralten Traum von einer Art Muße als literarischer Bauer. Er verschlang Romane und Novellen und schrieb Rezensionen, Aufsätze und Feuilletonartikel für literarische Nischenzeitschriften. Da sein Vater von dieser Leidenschaft nichts wissen durfte, schrieb Pierre unter einem Pseudonym: *Merlin le magicien*. Ich fragte ihn einmal, welche Magie er denn beherrsche, und da zeigte er mir einen Nutzgarten, in dem er zusammen mit den anderen Studenten seines Hauses Gemüse anbaute. Lauch, Kartoffeln, Karotten, Wirsing, Blumenkohl, Mangold. Alles auf einem Fleckchen Erde hinter dem Haus. Ein Stück weiter weg eine Obstwiese mit drei Bäumen, ein Kirsch-, ein Apfel- und ein Pflaumenbaum und unter der Kirsche eine hellblaue Holzbank, auf der er im Sommer saß und seine schönsten Texte verfasste. Alles andere als Medizin! Sie hatten eine kleine Landwirtschaftskooperative gegründet. Was sie nicht selbst verbrauchten, verkauften sie samstags auf dem Markt, und vom Erlös kauften sie Zigaretten und Alkohol. Im Winter kochten sie regelmäßig einen großen Topf Suppe aus Kartoffeln und Wirsing, die sie in Altenheime und Waisenhäuser der Umgebung brachten. »Je mehr du gibst, desto mehr wirst du bekommen. Das ist nicht aus der Bibel, das ist ein Naturgesetz. Es funktioniert immer.« So sprach er, während er die Kartoffeln mit den Händen eines Chirurgen schälte, der er nie sein würde.

Es sagte, dass er eine Verlobte in Frankreich habe und eine in Bayern und dass er beide gleichermaßen liebe, ohne Unterschied. Ach, und er verkehrte regelmäßig mit einer Studentin der Kunstgeschichte, einer gewissen Veronika mit feuerroten Haaren. Ja, und dann war da noch diese Theaterschauspielerin, wie hieß sie noch gleich, Leonie Berger, die, ja, die war eine Frau mit Stil. Und schließlich traf er sich noch mit dem Fräulein Henriette, der Tochter eines Oberleutnants, ein Mädchen aus bestem Hause, der er erotische Romane vorlas. Das war Pierre. Seine Liebesgeschichten regten mich nicht auf, im Gegenteil, ich fand sie amüsant. »Dir kann ich diese Sachen ja erzählen«, meinte er eines Tages, als wir auf seiner Bank saßen und Pflaumen für die Marmelade entsteinten, anstatt für die Anästhesieprüfung zu lernen. »Im Grunde besteht zwischen uns so etwas wie eine Männerfreundschaft, eine Art Kameradschaft. Aber sag mal«, fuhr er fort, »ich seh dich oft mit anderen Studenten … Ist da keiner dabei, der dich interessiert? Es kann doch nicht sein, dass immer nur ich dir von meinen Liebesgeschichten erzähle?«

»In meinem Herzen ist niemand, Pierre«, sagte ich.

»Das glaub ich nicht«, antwortete er, »los, sag schon. Wozu ist ein leeres Herz denn nütze? Das kann man doch gleich begraben, oder?«

»Es begraben … Ja, vielleicht hab ich meins schon begraben. Lang her. Wirklich lang her …«

»Und ist etwas draus gewachsen, aus diesem Herzen … gebrochen und begraben?«

»Du bist der Meister der Aussaat, Pierre, sag, was denkst du, was für ein Baum ist aus meinem Herzen geworden, als ich es ausgesät habe?« Es war eigentlich keine Frage, sondern eher ein Rückzug. Ich flüchtete mich in einen Birkenwald, verfolgt von der Angst, zu viel von mir preiszugeben, mich an den Schmerz zu erinnern, der von den goldenen Krallen tief unten in meinem Schrank ausging. Als Pierre mich ziemlich ernst ansah, während er über die Antwort nachdachte, hatte ich den Eindruck, als könne er in mich hineinblicken und alle Wunden sehen, von denen ich dachte, ich hätte sie für immer versteckt.

»Nein, ich sehe keinen Baum«, erwiderte er. »Eher einen Brunnen.«

Pierre ist das erste Glied der Kette, die mich aus diesem Leben reißen sollte.

Ich bin zurück in Göttingen, das Sommersemester neigt sich dem Ende zu, ich habe alle vorgesehenen Prüfungen bestanden, muss nur noch eine psychiatrische Auswertung abgeben und habe dann das dritte Studienjahr Medizin abgeschlossen. Der warme Wind zerzaust mir die Haare, ich spaziere gut gelaunt zusammen mit Pierre durch die Straßen von Göttingen. Wir treffen Hartmann und seine Frau. Hartmann begrüßt mich, beglückwünscht mich zur letzten bestandenen Prüfung, sagt zu Pierre, er solle sich ein Beispiel an mir nehmen, und ich fühle mich wie mit Lotte in der Grundschule. Frau Hartmann lädt uns für den folgenden Samstag zum Abendessen ein. Ich nehme gern an, für Pierre ist es nicht das erste Mal. An jenem Samstag betrete ich aufgeregt das Wohnzimmer der Hartmanns und überreiche der Dame des Hauses einen Blumenstrauß, den Frau Kreitsch hübsch zusammengestellt hat. Sie lassen mich Platz nehmen, und die Blumen werden sogleich in einer Kristallvase ans Fenster gestellt. Frau Hartmann betrachtet sie zufrieden, dann geht sie weg, kommt mit einer Schere zurück und schneidet vor meinen Augen einfach so die zwei oder drei Blüten heraus, die schon etwas welk sind. »Sehen Sie, ohne die ist der Strauß wirklich makellos«, sagt sie und zeigt ihn mir mitsamt den geköpften Stängeln. Zum ersten Mal habe ich das Wohnhaus des Chefarztes der gynäkologischen Klinik, Professor Doktor Julius Hartmann, betreten, meines Mentors, meiner Leitfigur, meines neuen Vaters. Es ist der 10. August 1930. Genau drei Jahre später würde ich wieder zu ihm kommen, um über das Gesetz zur Verhütung erbkranken Nachwuchses zu sprechen, den ministeriellen Erlass, der die grausame Sterilisation von Männern und Frauen mit Erbkrankheiten anordnete.

»Sehen Sie, ohne die ist der Strauß wirklich makellos«, hatte Frau Hartmann gesagt.

DREIZEHN

Das letzte Mal, als ich zu Hause in Braunschweig gewesen war, war mir bewusst geworden, was ich lange Zeit nicht hatte wahrhaben wollen: Meine Schwester Hedwin erblühte und verblühte zur selben Zeit, wie eine Rose, die im Herbst aufblüht.

Ausgezehrt ernährte sie sich von Partituren und Stickereien. Sie hatte jeden Appetit auf feste Nahrung verloren, aß nur noch Suppe und püriertes Obst. Sie ging sehr früh zu Bett und hatte dennoch morgens Mühe aufzustehen. Ihr Klavierspiel wurde immer kraftloser, sie ermüdete schnell und regte sich darüber auf, sie sollte sich eine halbe Stunde aufs Sofa legen und blieb den ganzen Nachmittag liegen. Sie starrte an die Decke und seufzte, schloss die Augen und weinte leise. Jeden Tag diesen Zustand ihrer kranken Königin sehen zu müssen, hatte meine Mutter in eine tiefe Traurigkeit gestürzt. Sie war von Schuldgefühlen zerrissen: Die Krankheit, die sie vererbt hatte, wobei es ihr selbst recht gut ging, wütete in Hedwins Körper ohne Erbarmen. Sogar die Stimme meiner Schwester hatte sich verändert und als Medizinstudentin wusste ich auch warum. Hereditäre pulmonale Hypertonie, sagte mein Handbuch. Hedwins rechte Herzkammer musste bereits stark geschwächt sein, da sie pausenlos Atemnot hatte. Der Rekurrensnerv war zusammengedrückt und hatte ihre Stimme dunkler und heiser gemacht. Das war Hedwins Krankheit. Unsere kranke Königin schrieb die letzten Kapitel ihres Lebens.

Wenn die fruchtbaren Jahre meiner Mutter ein paar Jahrzehnte später, im »Dritten Reich« gelegen hätten, wäre sie mit Sicherheit sterilisiert worden. Ihre Erbanlagen waren eindeutig: ihre Mutter kränklich, ihre Schwester im Alter von zwölf Jahren gestorben, verschiedene weitere Krankheitsfälle im Rest der weitverzweigten Familie. Hätte ich auch meiner Mutter diese unsinnigen Fragen stellen müssen, die wir den zu sterilisierenden Frauen stellten? Oder hätten wir, Hartmann und ich, direkt zum Operationsbesteck gegriffen? Die Vorstellung, dass meine Mutter diesem Eingriff unterzogen worden wäre, dieser Pein einer Sterilisation, die von der Gemeinschaft zum Wohle der Allgemeinheit beschlossen worden war, ist heute grauenvoll. Hedwin wäre nicht geboren worden, vielleicht wäre nicht einmal ich geboren worden. Jedes Kind bedeutete, das Schicksal herauszufordern. Nicht einmal mein pummeliger Bruder hätte je existiert, das Gesetz hätte am Schreibtisch des Erbgesundheitsgerichts bestimmt, alle unsere Sommer, unser Lachen, unsere Ausflüge, unsere Schultage auszulöschen. Wie konnte ich nur so blind sein, als ich mich den Ideen des Führers anschloss? Muss man denn erst sterben, um den Strudel zu erkennen, der uns verschlang?

Ich packte den Koffer, denn ich wollte ein paar Wochen bei meiner Familie verbringen. Es war Ostern, das Wetter war in jenem Jahr mild und angenehm, der Frühling erblühte an jeder Ecke. Ausgerechnet unter diesem Himmel voller Licht betrat meine Schwester den Weg des Untergangs: Jedes Mal, wenn sie hustete, spuckte sie Blut. Die Tulpen in den Parks von Braunschweig, die lauen Sonnenstrahlen und die gelbgoldenen Osterhasen, die die Kinder in die Fenster gehängt hatten, waren Ohrfeigen für unsere Traurigkeit. Es herrschte Frühling, und ich war im Begriff, meine Schwester zu verlieren, meine kleine große Verbündete, die unversehrte Seele unserer Familie. Am Ostermontag brachten wir sie ins Städtische Krankenhaus nach Hannover, in eine auf Lungenkrankheiten spezialisierte Station. Sie sollte auf Anraten von Doktor Graf drei Monate dortbleiben, um eine letzte Therapie auszuprobieren. Mein Vater starrte ausdruckslos vor sich hin. Meine Mutter musste sich von Krankenhäusern fernhalten, kam daher nur für ein paar Stunden am Tag und ergriff anschließend die Flucht, ein Taschentuch auf den Mund gepresst.

Ich teilte meinem Vater mit, dass ich in Hannover bleiben wolle, um mich um Hedwin zu kümmern. Meine Bücher hatte ich dabei, und es würden sich keine größeren Verzögerungen ergeben, wenn ich ein paar Wochen den Unterricht verpasste. In diesem Jahr gab es nur noch wenige Prüfungen und eine Menge Zeit für die Vorbereitung. Willi musste ja zur Schule und da seine Noten nicht gerade herausragend waren, konnte er nicht gut wegbleiben. Papa murmelte eine Art Zustimmung, mit den Gedanken war er anderswo.

Hedwin schlief fast den ganzen Tag. Wenn sie wach war, unterhielten wir uns, vor allem über die Vergangenheit, die Ferien, die schönen Dinge, die wir gemeinsam erlebt hatten und die sie nun zurücklassen musste, worüber sie sich vollkommen bewusst war.

»Und Helene, hast du nichts mehr von ihr gehört?«, fragte sie mich einmal.

»Sie hat Karl geheiratet, ich denke, es wird ihr gutgehen. Aber sie hat mir nicht mehr geschrieben. Sie wohnt noch in Kiel, glaub ich. Sie wird wohl jetzt ein anderes Leben führen, wer weiß.«

»Um ihre Großmutter hat es mir leidgetan: Das ganze Dorf war bei der Beerdigung … So eine kluge Frau, so gebildet …«, fügte sie hinzu und wurde traurig.

»Hast du das mit Lotte gehört?«, wechselte sie das Thema.

»Ja, Willi hat's mir erzählt … der Sohn vom Apotheker, blind wie ein Maulwurf, wie heißt er noch, Peter Hubertus … oder Hubertus Petrus …? Immer das Gleiche mit

Lotte …« Hedwin musste lachen, woraufhin ihr Körper von Krämpfen geschüttelt wurde. Sie presste sich eine Hand auf die Brust und hustete heftig. Wir mussten zu starke Erregung vermeiden. Jede Gefühlsregung kostete sie Luft und sie hatte doch keine Luft mehr. Es war schwierig für mich, mich um sie zu kümmern. Wenn wir uns unterhielten, versuchten wir immer, die Balance zwischen Lachen und Weinen zu halten, in einem Dazwischen zu bleiben, das trübe, aber herzlich war. Jedes Husten konnte das letzte sein. Der behandelnde Arzt, ein gewisser Doktor Ernst von Reucklingen, war die Überheblichkeit in Person. Doktor Graf hatte uns vorgewarnt: »Er ist gut, deshalb braucht er nicht freundlich zu sein.« Das war ein Satz, der meinen Vater missmutig stimmte, der eher dachte: Gerade weil er gut ist, sollte er auch freundlich sein. Aber Papa war ein junger Idealist und dieser von Reucklingen ein zynischer Alter. Als er kam, um Hedwin zu untersuchen, und mich aus dem Zimmer schicken wollte, antwortete ich, dass ich Medizinstudentin sei und gerne dableiben wolle. Er verzog das Gesicht und untersuchte meine Schwester, wobei er fortwährend vor sich hin murrte. Willi fand ihn unerträglich und ging auf den Gang hinaus, sobald er ihn kommen hörte.

»Fräulein Doktor«, spottete er eines Tages, »sagen Sie Ihrer Schwester, dass sie ihr Nachthemd weiter aufknöpfen soll, so kann ich sie nicht abhören.« Ich trat ans Bett und knöpfte ihr behutsam das Hemd auf: Die Haut darunter war schweißnass. »Nein, Fräulein, weiter! Na los, ich habe keine Zeit zu verlieren mit solchen weibischen Ziereréien!« Ich biss die Zähne zusammen und öffnete noch mehr Knöpfe, aber am liebsten hätte ich ihm das ganze Bett an den Kopf geworfen. Hedwin wurde sorgfältig abgehört, aber die Therapie, die der Arzt anordnete, war so sinnlos, als würde ein Feldmarschall dem Federgewicht eines Spatzen Befehle erteilen. Eines Tages machte er mir ein Zeichen, ihm zu folgen, als er, begleitet von der wie üblich schweigenden Schar

Krankenschwestern, aus dem Zimmer ging. »Sie studieren Medizin, haben Sie doch gesagt, oder? Wissen Sie, ich hege keine großen Sympathien für Frauen, die sich einem Hochschulstudium widmen. Die Wissenschaft schadet ihnen, macht sie hochmütig und … frigide. Aber deshalb habe ich Sie nicht herausgerufen. Was ich Ihnen sagen wollte ist: Ihre Schwester ist nicht mehr zu retten. Wir können sie noch ein paar Wochen halten, wenn wir die Dosis erhöhen. Aber ich fürchte, bald müssen wir sie entlassen. Finden Sie sich damit ab. Damit sie wenigstens die letzten Tage ihres Lebens in Ruhe verbringt. Wann könnte ich denn mit Ihrem Vater sprechen?«

»Mein Vater kommt am Freitagnachmittag, Herr Doktor, er müsste gegen zwei Uhr hier sein.«

»Ich werde ihn dann erwarten. Über manche Dinge muss man unter Männern sprechen.« Dann ging er weg.

Willi hatte sich in eine Ecke verkrochen. »Was hat dieses Scheusal zu dir gesagt?«, fragte er im Näherkommen. »Das, was wir schon wissen, seit sie auf der Welt ist. Es brauchte kein … Scheusal, um es zu erfahren.« Ich versuchte, ruhig zu bleiben. »Sie hat nicht mehr lange, Willi. Ab Montag werden sie die Dosis erhöhen. Ich weiß nicht, ob ihr Körper das verkraftet. Ich nehme an, Papa soll die Zustimmung zur Fortführung der Therapie unterschreiben. Wir werden es Mama sagen müssen.«

»Das mache ich«, sagte Willi. »Bleib du hier bei ihr. Ich bin nicht gut in solchen Sachen, und außerdem ist es wohl einfacher unter Frauen.« Ich sah ihm direkt in die Augen und dieses stille Bild von ihm mit seinen großen dunklen Augen hat sich in meine Seele gebrannt. Er berührte mich sanft, fast ängstlich an der Schulter, nahm den Rucksack und verabschiedete sich. Ich ging zurück zur kranken Königin.

Während sie in kleinen Schlucken eine wässrige Kohlsuppe zu sich nahm, sagte Hedwin, dass der Herr Doktor wirklich kein sonderlich freundlicher Mann sei, dass

Frau Meinhardt und ihre Krankenschwestern sie aber gut behandeln würden.

»Und wer ist diese Frau Meinhardt?«, fragte ich sie.

»Hm, ehrlich gesagt ... Ich weiß es gar nicht genau ... Ich glaub, sie ist ihre Lehrerin, die Oberschwester vielleicht ... Auf jeden Fall gibt sie immer die Anweisungen ... Sie erklärt ihnen den Zustand der Patienten ... Sie weiß ganz viel, weißt du? Sie spielt auch Klavier. Einmal ist sie nachmittags nach der Visite noch einmal zurückgekommen und wir haben uns ein bisschen über Musik unterhalten ...« Ich wischte ihr den Mund ab wie einem Kleinkind, und sie ließ mich machen, dankbar für jede kleine Aufmerksamkeit. Nach dem Abendessen erzählte ich ihr von meinem Studium, von meinem Zimmer unter dem Dach, von Hartmann und den Chemielaboren, von Pierre, der mein bester Freund geworden war, und von den fantastischen Süßspeisen, die er zubereiten konnte. »Wenn ich hier rauskomme«, sagte sie ganz vergnügt, »dann bringst du mich nach Göttingen und dort essen wir dann Pierres Crêpes. Versprochen?«

»Versprochen«, log ich sie an und konnte nur mit Mühe die Tränen zurückhalten.

»Ach Anna«, sagte sie, »sei nicht traurig. Ich hab euch in diesen zwanzig Lebensjahren so viele Umstände gemacht ... Wenn ich gehe, müsstet ihr alle erleichtert sein, nicht traurig.«

»Red keinen Unsinn, Schwesterchen«, sagte ich und deckte sie zu.

Das Krankenhaus bot für die Verwandten von Patienten Pensionszimmer in der näheren Umgebung an. Papa mietete ein möbliertes Zimmer für mich, fünfzig Meter vom Krankenhauseingang entfernt. Er und Willi kamen immer am Samstagnachmittag und blieben bis zum Montagmorgen. Jedes Mal redeten wir uns ein, dass es Hedwin besser gehe, dass sie es vielleicht schaffen würde, dabei wussten wir alle drei, dass das nicht stimmte. Hedwin sprach inzwischen auf keine Behandlung mehr an, es ging nur noch darum zu warten, einfach zu warten, langsam auf den Tod einer Zwanzigjährigen zu warten. Wenn wir in ein Gasthaus gingen, um endlich einmal etwas anderes zu essen als Krankenhauskost, endete das Essen jedes Mal in einem Streit. Eines Sonntags öffnete Willi meine Handtasche, um ein bisschen Kleingeld herauszuholen, und sah den Mitgliedsausweis der NSDAP. Mit einem spöttischen Lächeln fragte er mich, ob ich vielleicht auch in Behandlung müsse – in psychiatrische, präzisierte er. Ich wehrte mich und warf ihm eine Unmenge Gemeinheiten an den Kopf – wie früher – und als mein Vater mich zur Vernunft zu bringen versuchte, überschüttete ich auch ihn mit üblen Worten. »Deutschland braucht keine Träumer wie euch«, sagte ich, »es braucht Menschen, die zu einem heroischen Opfer bereit sind.« Willi lachte mir ins Gesicht, er sagte, ich würde klingen wie ein Propaganda-Flugblatt. An einem anderen Sonntag wurde der Wortwechsel mit meinem Vater so heftig, dass ich mitten beim Essen aufstand und die beiden allein ließ. Wie war es möglich, dass sie nicht verstanden, was für mich so offen auf der Hand lag: Nur ein Revolutionär wie Hitler konnte das Schicksal Deutschlands wenden. Wir stritten uns, während meine Schwester entschwand.

Ich hatte beschlossen, das Studium eine Zeit lang zu unterbrechen. Ich würde das Sommersemester aussetzen und im Oktober wieder anfangen. Ich wollte mich Hedwin ganz widmen, die Medizin konnte warten. Mein Vater war nicht einverstanden, aber da ich auch mit ihm nicht einverstanden war, blieb ich bei meiner Entscheidung. Papa war müde. Er war dabei, seine jüngere Tochter zu verlieren, sein Widerstand war durch einen lange hinausgezögerten, inzwischen jedoch unausweichlichen Tod ermattet, und er hatte keine Lust, mit mir zu streiten. Zudem hatte er zu Hause viel zu tun. Nicht zuletzt war da die schwierige Aufgabe, diesen Tod seiner Frau zu erklären, die auf dem Klavierhocker saß, Hedwins Platz, und sich vor Schmerz verzehrte, unfähig, sich das Ende vorzustellen.

Inmitten all der wirren und widerstreitenden Gefühle telefonierte ich wie im Fieber mit Pierre, der mir aus einem Leben erzählte, dem Studentenleben, das mir inzwischen unverständlich war. Während Hedwin schlief, lernte ich, doch ich hatte Schwierigkeiten, mir die Dinge einzuprägen, die ich las. Von Reucklingens unangenehme Zoten verdarben mir die letzte Lust darauf, Ärztin zu werden. Die liebevolle Pflege durch die Krankenschwestern war der einzige Schimmer Menschlichkeit an diesem trostlosen Ort. Jeden Tag Suppe, Obst nur eingekocht und zu Brei püriert. Ich hatte den Eindruck, ein Leben zu führen, das ebenso grau und sinnlos war wie das Essen, das es hier gab.

Eines Tages jedoch wendete sich das Blatt.

Es war Mitte Juni, doch der Himmel war an diesem Tag bleiern. Ein staubiger Wind kündigte ein Gewitter an. Ich blickte hinunter zum Eingang des Krankenhauses und sah einen Mann aus einem Taxi steigen: Rudinski. Er hatte einen Blumenstrauß in der Hand und ging mit großen Schritten zum Eingang. An der Pforte fragte er etwas. Mein Herz begann zu rasen. Ich wollte ihn nicht sehen, durfte ihn nicht sehen. Ich drehte mich um, Hedwin las. Kurz zuvor hatte ich sie gekämmt, sie war sauber und sah ordentlich aus, trug ein rosafarbenes Nachthemd. Ich sagte in aller Eile zu ihr: »Hedwin, ich geh runter und esse was, bin gleich wieder zurück, ja?« Sie schaute mich leicht verwundert an, erwiderte aber nichts. Ich nahm meine Tasche und den Schal, doch als ich aus dem Zimmer trat, sah ich Rudinski bereits im Flur. Er fragte gerade eine Diakonisse, in wenigen Augenblicken würde er Hedwin finden. Hastig drehte ich mich um und lief in die andere Richtung. Ich hätte einen Berg erklommen, nur um ihm nicht zu begegnen, aber Hedwins Zimmer lag am Ende des Flurs, der einzige Ausweg war die Terrasse. Ich öffnete die Glastür und stürzte nach draußen.

Schau an, da bin ich, habe mich auf der Terrasse eines Krankenhauses verkrochen, es ist als ob mein Körper nach einem langen Dämmerzustand wieder zu sich kommt. Heinrich ist nur ein paar Meter entfernt, und ich fliehe, bin mir sicher, einem Feind zu entfliehen, einer Falle, einem Schatz.

An jenem Nachmittag lernte ich Erna Meinhardt kennen. Es schien beinahe, als ob sie mich, geduldig ans Geländer gelehnt, erwartete. Eine vornehme Frau um die fünfzig, grüne Augen, wie die einer Katze, und lockige Haare, die ihr Gesicht umrahmten. Sie trug schlichte, aber sehr gepflegte Kleidung, eine grüne Bluse, einen braunen Rock, dunkle Strümpfe. Als sie meine Anwesenheit bemerkte, musterte sie mich von Kopf bis Fuß. Was machte wohl eine wie ich hier, die offenbar weder eine Patientin noch eine Krankenschwester war? Dann blickte sie wieder nach unten. Wir befanden uns im vierten Stock und unter uns konnte man das Hin und Her der Leute betrachten, die aus Angst vor dem Gewitter ihre Schritte beschleunigten. »Es fängt gleich an zu regnen«, sagte sie, »wir hatten einen wundervollen Frühling, aber der Sommer ist dieses Jahr einfach nur erbärmlich.« Ich war immer noch völlig außer Atem, und in meinem Kopf tobte ein regelrechtes Gefühlsgewitter: »Ein schöner Frühling, ja«, erwiderte ich mechanisch. Ein Blitz, ein paar Augenblicke später ein Donner. »Gehen wir wieder rein, kommen Sie«, sagte sie und legte mir eine Hand auf den Rücken, »es wird gleich schütten wie aus Kübeln …«

»Nein … Ich möchte lieber hier draußen bleiben … ein bisschen frische Luft schnappen.«

»Mein Fräulein«, sagte sie streng, »reden Sie keinen Unsinn, kommen Sie, mit diesen Blitzen, das ist gefährlich.« Ich folgte ihr, blieb aber auf der Terrasse und drückte mich unter der Traufe an die Wand. Sie schüttelte den Kopf und ging hinein. Es begann zu regnen, und meine Füße und Beine wurden von einem schmutzigen Sommerregen durchnässt. Ich dachte: Alles besser als Rudinski zu sehen, lieber Wasser als Feuer. Die Tür ging erneut auf, und die Frau kam mit einer Tasse dampfenden Tees in der Hand wieder heraus: »Nehmen Sie, wenn Sie schon partout nicht hereinkommen wollen«, sagte sie, »sehen Sie zu, dass Sie wenigstens nicht krank werden. Wir haben schon genug Patienten hier. In zehn Minuten komme ich wieder und werde Sie zwingen, hineinzugehen, mein Fräulein. Diese Terrassentür wird abends abgesperrt.« Ich nahm die heiße Tasse in beide Hände, es war ein Kräutertee, angenehm und süß. Ich trank ihn gierig und er tat mir gut. Auf die Minute pünktlich kam die Frau zurück: »So, Fräulein, jetzt ist Schluss, kommen Sie endlich rein!« Ich wagte keine Widerrede, und als wir drin waren, raunte die Frau mir zu: »Ich mag auch keine Pfaffen. Kommen Sie, ich zeige Ihnen ein sicheres Versteck.« Sie machte mir ein Zeichen, ihr zu folgen, und brachte mich heimlich in ein Behandlungszimmer. Der Stationsarzt war um diese Zeit schon weg, es waren nur noch die diensthabenden Ärzte im dritten Stock da. »Um diese Uhrzeit kommt niemand mehr«, sagte sie.

»Ich danke Ihnen, entschuldigen Sie bitte die Umstände …«, erwiderte ich mit einem unverbindlichen Lächeln. »Ach was! Von hier aus gesehen ist das ganze Leben ein einziger Umstand … Aber sagen Sie, sind Sie die Schwester von Fräulein Hedwin Alrutz?«

»Ja, das bin ich, Anna Alrutz, die große Schwester.«

»Aber, mit Verlaub, Sie gleichen sich überhaupt nicht!«

»Das stimmt, nein, sie kommt nach meiner Mutter, ich nach meinem Vater.« Ihr Lächeln löste sich in Traurigkeit auf: »Haben Sie schon mit dem Herrn Doktor gesprochen?«

»Ja, wir kennen die Prognose.« Ohne zu wissen, wen ich vor mir hatte, und mit der üblichen Pedanterie, sprach ich über die Krankheit meiner Schwester. Ich benutzte Fachausdrücke, das fiel ihr auf. »Sagen Sie nicht, dass Sie Medizin studieren!?«

»Doch, in Göttingen«, antwortete ich.

»Ach, wie wunderbar! Eine zukünftige Ärztin! Herrlich! Sie werden sehen, es werden bedeutende Dinge passieren hier in Deutschland ... Oh, ich habe mich noch gar nicht vorgestellt, mein Name ist Meinhardt, Erna Meinhardt. Ich bin die Leiterin der Schwesternschule ... oder besser gesagt, ich versuche aus diesem wilden Durcheinander von Krankenschwestern eine Einheit zu formen. Haben Sie gesehen, wie viele Schwestern es hier gibt, wie viele unterschiedliche Trachten? Weiße, hellblaue, Diakonissen, Ordensschwestern, Äbtissinnen ... Rette sich, wer kann! Ich habe die Aufgabe, eine einheitliche fachgerechte Ausbildung zu schaffen, verstehen Sie?«

»Sicher, ich verstehe. Die Schwestern sind ein echter Trost für meine Schwester ...«

»Ah ja, natürlich, wenn sie nur in der Hand dieses verrückten von Reuck... Oh, Verzeihung, das steht mir nicht zu.«

»Ich bitte Sie ... Sie würden mir nichts Neues erzählen, das ist hier doch allgemein bekannt.«

»Ich hoffe, Ihre Professoren sind anders ...«, sagte sie und sah mich mütterlich an.

»Ach, die meisten sind nett. Ab und an müssen wir einen ... überflüssigen Scherz ertragen, aber ... Ich bin widerstandsfähig ...« Meine Stimme zitterte, Frau Meinhardt hatte den Finger in eine offene Wunde gelegt. Ich erzählte ihr von den Sprüchen der Studenten, den überaus hart erarbeiteten Noten, der aus meiner Sicht ungleichen Beurteilung von ihnen und uns und von den Vorbehalten, die ich bei Gleichaltrigen wahrnahm, wenn ich mit ihnen über Medizin sprach. Einmal, so erzählte ich ihr, hatte ich eine Wade präpariert, ich war müde gewesen und mit dem Skalpell abgerutscht, sodass ich zu viel Gewebe abgeschnitten hatte. Der Professor war zu mir getreten und hatte gefragt: »Können Sie wenigstens kochen?« Und alle anderen hatten beflissen gelacht. Er hatte mich gefragt, ob ich wenigstens kochen könne – denn seiner Meinung nach würde ich es als Chirurgin nicht weit bringen. Das war doch unerhört, oder? »Und wir Mädchen halten den Blick gesenkt, ducken uns weg und lassen uns jeden Tag demütigen.« Frau Meinhardt war empört und schien derartige Schikanen gut zu kennen. »Wirklich unerhört! Als Frauen werden wir im medizinischen Bereich nie ernst genommen werden. Es wird Hunderte von Jahren brauchen! Und eine radikale Veränderung in der Politik ... Ich sage meinen Krankenschwestern immer: Verschafft euch Achtung und achtet die Patienten! Die Achtung der Herren Doktoren wird eines Tages kommen, wenn es einen Anführer gibt, der euch beschützt und der mächtiger und bedeutender ist als der Chefarzt! Wenn ihr für ein anerkanntes und unverzichtbares Ziel arbeiten werdet.«

Wir sprachen über eine Stunde lang miteinander. Frau Meinhardt hatte ziemlich klare Vorstellungen davon, wie die Ausbildung der Krankenschwestern aussehen sollte. Damals hörte ich zum ersten Mal von den braunen Schwestern. Sie arbeitete daran, eine neue Art von Pflegepersonal einzuführen, die sogenannten nationalsozialistischen oder NS-Schwestern. Sie sollten eine Art Elite-Schwestern sein, die speziell ausgebildet waren und weiterreichende und bedeutendere Kompetenzen erhalten sollten als bislang üblich. Sie sprach darüber, als sei es ihre Lebensaufgabe. Sie hatte Hitler persönlich getroffen, erst in München, dann in Berlin. Auch sie sah in diesem Mann das Heil. »Schauen Sie sich doch um: Krankenschwestern, die wie Nonnen aussehen, Krankenschwestern in Röcken, die zu eng zum Laufen sind, mit Stoff geradezu umwickelte Diakonissen, Oberinnen mit einem Kruzifix um den Hals anstatt eines Stethoskops! Nein! Wir müssen vereinheitlichen, einheitliche, staatliche Lehrbücher erstellen, die Krankenschwestern nach einem verpflichtenden theoretischen und praktischen

Lehrplan ausbilden! Eine gute Krankenschwester ist der Kern: Sie ist das Auge und das Ohr des Arztes … Sie sieht die Dinge, bevor er sie sieht, und handelt, wenn er nicht da ist. Die Gesunden- und Krankenpflege ist keine Meinung, sondern eine Staatsangelegenheit.« Der Eifer einer so begeisterten Frau hatte wieder etwas von meiner Vitalität zurückgebracht. Sie öffnete mir die Tür und sagte: »Gehen Sie nur, der Pastor ist sicher weg. Dieses Mal sind Sie der Predigt entwischt.«

Als ich wieder ins Zimmer trat, war Hedwin eingenickt. Ich sah den Blumenstrauß, der mehr schlecht als recht mit einem Schnürsenkel zusammengebunden war, vielleicht das Werk der armseligen Nelly. Ich dachte daran, dass das alles nichts mehr mit mir zu tun hatte. Hedwin murmelte im Halbschlaf: »Rudinski war da, Rudinski.« »Schlaf, meine Kleine, das erzählst du mir morgen.« »Er hat eine Nachricht für dich dagelassen, Anna … hier auf dem Nachttisch …« Eine Nachricht für mich? Was hatte der Herr Pastor mir nach all diesen Jahren des Schweigens wohl mitzuteilen? Ich nahm den Zettel und strich Hedwin sanft über die Stirn. »Er wollte wissen … warum du nicht mehr nach Salzgitter gekommen bist?« Schlafe, Schwesterchen, du bist müde. Hedwin hielt meine Hand und schlief ein, sie wirkte unbeschwert. Nach ein paar Minuten verließ ich sie. Mit dem Zettel in der Tasche trat ich auf den Flur und ging zu einem angeschalteten Licht. Der Zettel war klein, passte in meine Hand. Es war ein Blatt aus Hedwins kariertem Heft, in das sie auch die Stickvorlagen zeichnete. Auf der Rückseite hatte ich seine große und seltsame Schrift sofort erkannt. Dort stand »Anna«, und dass er nur meinen Vornamen benutzte, zog mich wie schon viele Jahre zuvor unmittelbar in den Bann. Mit klopfendem Herzen faltete ich den Zettel langsam auseinander. Ganz langsam.

Vergeblich.

Das Blatt war leer, nur mein Name stand auf der Rückseite. Ein leeres Blatt Papier, ein Brief ohne Worte. Das

Zeichen, mit dem sich Rudinski endgültig aus meinem Leben verabschiedete: Ein Brief ohne Worte. Er hatte mich gerufen, um mir nichts zu sagen. So ging eine nie gelebte Liebesgeschichte in aller Stille zu Ende.

Der Rest ist ein großes Fragezeichen.

So viele Male bin ich nach meinem Tod die Stufen zu ihrem Haus hinaufgegangen und durch die angelehnte Tür eingetreten. Ein gedeckter Tisch, Brotreste auf den Tellern, der Malzkaffee noch warm und die Stühle umgeworfen. Der Kalender an der Wand zeigt das Jahr 1942 an.

Meine Vermutung hatte sich leider als richtig erwiesen. Hedwins Körper verkraftete die erhöhte Dosis nicht. Sie war in eine Art Agonie verfallen, ihre Stunden waren gezählt. Die Krankenschwestern, die dieses zarte und zauberhafte Wesen ins Herz geschlossen hatten, hatten aufgehört zu arbeiten und warteten zusammen mit mir und meinem Vater auf das Ende. Willi und Mama waren im Wartesaal und verbrachten Augenblicke, die zu Stunden wurden, endlos und grausam. Auch Frau Meinhardt war gekommen: Aus Erfahrung wusste sie, dass Hedwin den Morgen nicht mehr erleben würde, und die klinischen Daten besagten das Gleiche. Unsere Wache am Sterbebett war sehr gefasst. Eine einzige Lampe, die auf dem Boden stand, um Hedwin nicht zu blenden, beleuchtete unsere Gesichter von unten wie in einer schlechten Theateraufführung in der Schule: Wir waren nicht mehr wir selbst, hatten die Maske aufgesetzt, eine Maske der Würde angesichts des Todes, des so schmerzvollen wie befreienden Endes. Hedwin versuchte, etwas zu sagen: »Wenn ich sterben sollte …« – du stirbst, Hedwin, es geschieht in diesem Moment, kleine Schwester – »Anna, hörst du mich?«

»Ja, Schatz, ich bin da«, sagte ich mit brüchiger Stimme zu ihr. »Wenn ich sterben sollte« – du bist schon tot, Hedwin, es ist bereits passiert – »denk dran, dass … dich in den letzten Monaten wiedergesehen zu haben, mein

Leben schön gemacht hat ... wie früher. Die Schwestern ... danke den Schwestern ... Sie waren so gut zu mir ... hatten ... Geduld ...« Eine von ihnen brach in Tränen aus und ging hinaus in den Flur, Frau Meinhardt sah ihr nach. Hedwin starb, kaum dass sie das Wort ausgesprochen hatte, das ihrem Wesen wie kein anderes glich: Geduld. Ich sah zu meinem Vater, um mich davon zu überzeugen, dass der Moment wirklich gekommen war, er fühlte ihr den Puls und hielt ihr Handgelenk in beiden Händen. Dann bedeckte er sich die Augen, stand auf und ging hinaus. Ich hörte Mamas Schrei aus dem Wartesaal und brach zusammen.

Wo geht die Sonne auf?
Warum wird es Tag und Nacht?
Warum gehen die Kinder in die Schule?
Wozu sind die Gerichte da?
Woher kommt der Kaffee?
Erkläre den Unterschied zwischen: Irrtum und Lüge, Geiz und Sparsamkeit, Bach und Teich.
Warum lernt man?
Für wen spart man?
Weshalb darf man auch sein eigenes Haus nicht anzünden?

Sinnlose Fragen. Fragen, die schon bald ein Teil meines Lebens sein würden. Als braune Schwester in der Frauenklinik, die mein ewiges Gefängnis geworden ist. Und manchmal nachts, wenn ich durch die leeren und dunklen Flure irre, höre ich sie immer noch, diese unsinnigen Fragen, höre die Frauen antworten, manchmal spöttisch, manchmal zitternd. Es stimmt nicht, dass nur die Lebenden die Stimmen der Toten hören. Ich bin tot, und ich höre in der Klinik immer noch den Widerhall ihrer Stimmen, alle Antworten, die sie gaben, um möglichst normal zu wirken. Oft sagten sie aus Angst, aus Schüchternheit, aus Fügsamkeit etwas Falsches. Ich würde sie hier gerne noch einmal treffen, hinter einer dieser Türen, all diejenigen, die wir nicht retten konnten. Ich würde ihnen gerne sagen, dass ich von einer ungeheuerlichen Idee besessen war, die ich für richtig und nützlich hielt. Dass ich mich verirrt hatte, vollkommen geblendet war, und dass mein Vater und Willi recht damit gehabt hatten, diesem Wahnsinnigen zu misstrauen.

Hedwin starb, ich kehrte nach Göttingen zurück, um das Studium wieder aufzunehmen, doch ich scheiterte. Ich schaffte es nicht einmal mehr, eine halbe Seite zu lesen, in den Vorlesungen schaute ich lustlos zum Fenster hinaus und zu Hause schlief ich fast vierzehn Stunden am Tag. Ich ertrug die Professoren nicht mehr, die Männer, empfand übertriebenen Widerwillen gegenüber Despoten wie von Reucklingen, die behaupteten, ein Studium mache die Frauen frigide. Gleichzeitig verspottete ich Idealisten wie meinen Vater, die glaubten, dass mein Werdegang genauso einfach sei wie der eines Mannes. Ich wusste, das Jahrhundert, in dem ich lebte, würde all meine Wünsche zunichtemachen, und das machte mich zornig und mutlos. Außerdem, wozu waren von Reucklingens Kenntnisse denn am Ende nütze gewesen? Nur dazu, das, was von meiner Schwester noch übrig war, zu zerstören, ihr ihre letzten Tage zu vergällen. *Er ist gut, deshalb braucht er nicht freundlich zu sein.* Zum Teufel, warum sollte er denn nicht freundlich sein müssen? Hedwin hatte von Geduld gesprochen, als sie gestorben war, nicht von seiner Geduld, sondern von der der Krankenschwestern. An diese hatte sie im Moment des Todes gedacht, das musste doch etwas zu bedeuten haben, sagte ich mir. »Beistand ist wichtiger als Behandlung«, hatte Erna Meinhardt erklärt, »warum der Körper plötzlich beschließt, gesund zu werden, das weiß niemand, das können Sie mir glauben. Aber dass der Körper beim Heilungsprozess Beistand braucht, das ist eine Tatsache.«

Ich konnte nicht mehr. Eines Tages beschloss ich, zu Pierre zu gehen und ihm zu sagen, dass ich alles abbrechen wollte. Er würde mich verstehen, würde nicht versuchen, mich zum Durchhalten zu überreden. Er war nicht zu Hause, ich fand ihn nirgends. *Baddeckenstedt-Tristesse*, hätte Hedwin gesagt. Ohne große Förmlichkeiten verabschiedete ich mich von Frau Kreitsch. Ich beglich die Miete für den gerade angebrochenen Monat, und mit dem restlichen Geld mietete ich in Hannover ein Zimmer in der Nähe des Krankenhauses. Vom Goldgraben blieb in den folgenden Wochen nicht mehr als eine blasse Erinnerung. Alles, ich wollte einfach alles niederbrennen, was zuvor gewesen war, und an der Seite anderer Frauen ein neues Leben beginnen.

Als Frau Meinhardt mich sah, sagte sie: »Ich wusste, dass Sie wiederkommen. Kommen Sie, wir haben viel zu tun.«

VIERZEHN

So kam ich an die Schule von Erna Meinhardt und brach fast alle Verbindungen zu meiner Familie ab. Willi, mein lieber und mir unverständlicher Bruder, war seltsamerweise der Einzige, mit dem ich noch Briefe tauschte, der einzige Zugang zum Leben meiner Familie, die inzwischen von der Trauer gebrochen und ganz auf sich selbst bezogen war. Hedwins Klavier hatten sie einer Musikschule geschenkt, und Willi schrieb mir, dass die Stille unerträglich sei. »Mama wandert nachts durchs ganze Haus und sucht nach Hedwin. Manchmal finden wir sie morgens in ihrem kleinen Zimmer, den Kopf auf dem nassen Kissen, mit verschwollenen Augen. Liebe Anna, ich weiß nicht, wie wir dieser Trauer entkommen sollen. Papa versucht, uns Mut zu machen, ich habe, wie du weißt, die Schule und all die anderen Dinge, aber Mama, was soll nur aus ihr werden? Bald ist es endlich Sommer! Papa hat beschlossen, dass die beiden länger in Salzgitter bleiben. Vielleicht tut ihr die Luft dort ja gut. Ich hoffe es, ich hoffe es inständig.«

In der Schwesternschule war ich Schülerin und Lehrerin zugleich. Ich wusste ja schon alles, was uns erklärt wurde. Wenn die Ärzte eine Frage stellten, blickten sie immer zu mir. Ich gab die richtigen Antworten, beschrieb die Symptome korrekt und verwendete eine andere Sprache, passender und präziser. Nach und nach wurde mir bewusst, welches Privileg es war, in eine wohlhabende Familie hineingeboren worden zu sein. Ich hatte das Gymnasium besucht, war ins Theater gegangen, beim Abendessen hatten wir uns über Literatur und Geschichte unterhalten und meine Mutter sprach vier Sprachen fließend. Die anderen Mädchen sahen voll Ehrfurcht zu mir auf. Wenn wir zusammen waren, gaben sie sich Mühe, ein korrektes Deutsch zu sprechen, und ich versuchte, umgänglich und weniger zurückhaltend zu sein. Ich wollte, dass wir eine Familie waren, eine Gruppe von Gleichen. Im besten Fall jedoch hielten sie mich für ein Fräulein aus der guten Gesellschaft, das einer enttäuschten Liebe wegen das Studium aufgegeben hatte und auf den Beruf der Krankenschwester ausgewichen war. Meine Kameradinnen kamen aus armen Familien, die oftmals nach dem Krieg noch ärmer geworden waren. Sie waren Töchter von Bauern, kleinen Händlern oder Handwerkern. Sie hatten gerade so die Volksschule absolviert und machten beim Schreiben peinliche Fehler. Durch die Ausbildung zur Krankenschwester kam ich einer Realität nahe, von der ich kaum wusste, dass es sie tatsächlich gab. Ja, Papa hatte oft mit uns darüber gesprochen, aber die Welt aus einem der zahlreichen Fenster unserer großen Wohnung zu betrachten oder jeden Tag unmittelbar mit ihr in Kontakt zu kommen, waren zwei verschiedene Dinge. Das, was dort draußen im Deutschland der Dreißigerjahre herrschte, war pure Armut und Verzweiflung.

Hedwin war damals direkt in den vierten Stock des riesigen Krankenhauses eingeliefert worden. Dort hatte jeder Patient ein Einzelzimmer und bekam eine individuelle Behandlung. Im dritten wiederum lagen mindestens zwei oder drei Kranke in einem Raum, abgetrennt durch dichte Leinenvorhänge. Aber im zweiten und ersten Stock reihte sich in halb verwahrlosten Schlafsälen Bett an Bett – oftmals waren es nicht einmal richtige Betten, sondern eher Pritschen. Sie standen auf den Gängen oder wurden sogar in die Räume gequetscht, die eigentlich als Behandlungszimmer dienten. Frau Meinhardt, die anderen Krankenschwestern und ich, wir liefen durch diese verlorenen Gänge und versuchten ein wenig Trost zu spenden, die ein oder andere Wunde zu desinfizieren, die Medikamente regelmäßig zu verabreichen. Die blitzblanken Universitätskliniken von Göttingen waren weit, weit weg. Ich lernte Verbände anzulegen, einem Kranken das Bett zu machen, intime Körperstellen zu waschen, ohne dabei Ekel zu empfinden. Für Frau Meinhardt war ich wohl tatsächlich eine Musterschülerin, eine neue Krankenschwester, wie sie sie sich vorstellte. Mir vertraute sie sich abends nach dem Unterricht an. Oft lud sie mich zu einem Gläschen Rosenlikör ein, der nach ihren Worten »die Spannung in den Beinen löst und die Erholung fördert«. Wenn sie beim Ministerium Mittel beantragen musste, ließ sie mich jede Zeile korrigieren. Einmal stellte sie mich drei Tage vom Unterricht frei und bat mich, in dieser Zeit eine Beschreibung der NS-Schwestern zu verfassen. Sie ließ mir eine Schreibmaschine bringen und wies mich lächelnd an: »Sie kommen hier nicht raus, bevor sie nicht Ihre Hausaufgaben erledigt haben!« In meinem Zimmer eingeschlossen, arbeitete ich ohne Unterbrechung, schlug in Richtlinien des Ministeriums nach, las in dicken Büchern zur Geschichte der Medizin und prüfte Lehrpläne. Es kam ein Dossier von dreizehn Seiten dabei heraus, das ich Frau Meinhardt nicht ohne einen gewissen Stolz überreichte. Am darauffolgenden Tag lud sie mich zum Mittagessen in ein Gasthaus in der Innenstadt ein und teilte mir mit, dass wir mit diesem Schriftstück zum neuen Chefarzt, Doktor Hennecke, gehen und alle Mittel erhalten würden, die wir wollten, dessen sei sie sicher. Wir stießen auf Hitler an, und weitere Tische im Gasthaus schlossen sich uns an: Ich erinnere mich an die erhobenen Gläser der Gäste, nur hier und da war ein verwunderter Blick zu sehen. Wir befanden uns in einem Strudel, waren voller Euphorie, in glühender Erwartung, und gingen mit erhobenen Kelchen unter.

Ich verbrachte viel Zeit damit, zu putzen und meine paar Habseligkeiten zu ordnen. Mein Zimmer war in kurzer Zeit so steril und leer geworden wie eine Isolationszelle. Eine harte Matratze, blütenweiße Laken, allerdings ohne jeden Duft, ein leerer Schreibtisch, kein einziges Foto, kein Bild an der Wand. Das Zimmer hätte irgendjemandem gehören können, der gar nicht wirklich dort wohnte. Nichts fiel ins Auge, kein persönliches Stück, nichts, was einfach so herumlag. Und dabei hatte mein Vater mich zuletzt noch einmal ausdrücklich gebeten, die Kur mit dem *Arsenicum album* wiederaufzunehmen und eine minimale Dosis Unordnung zu ertragen. Ich ging sehr früh zu Bett, als fürchtete ich die Dunkelheit und die Träume, die sie brachte. Jeden Tag rettete mich das Morgengrauen.

Am 30. Januar 1933 wurde Hitler als neuer Reichskanzler vereidigt. Nicht einmal einen Monat später titelten die Zeitungen: *Der Reichstag in Flammen.* Die Stunde der Abrechnung war gekommen. Im Krankenhaus und auf der Straße wurde nur noch über Politik gesprochen. Die SA ging jeden Tag auf ihre Gegner los, verprügelte sie und verschleppte sie ins Zuchthaus. Frau Meinhardt und ich sagten uns: endlich. Jäten wir das Unkraut, merzen wir es aus!

Auch im Winter morgens um fünf der Wecker, eine halbe Stunde Gymnastik im Hof, man hält durch, auch wenn es kalt ist, ein karges Frühstück und dann zum Unterricht. Nachmittags im Krankensaal, bis die Beine nachgeben. Abends früh zu Bett, freitags ein Rosenlikör bei Frau Meinhardt.

Drei Jahre meines Lebens verbrachte ich auf diese Weise. Mein Körper – und meine Seele – waren hart geworden, alle Empfindungen erstickt. Der Körper bildet Hornhaut, um den Schmerz nicht mehr zu spüren. Die Seele bedient sich ähnlicher Schutzmechanismen, sie verdichtet sich, verschließt sich, erlischt und überlässt sich dem Nichts, der Abwesenheit jeglichen Verlangens. Von der Freude, die ich an manchen klaren Sommertagen empfunden hatte, war nichts mehr in mir. Ich hatte raue Hände und Ellbogen, und beim Blick in den Spiegel fragte ich mich nicht mehr, ob ich schön war, sondern ob alle Haare unter der Haube waren.

Allerdings hatte das Verhältnis absoluten Vertrauens, das ich zu Frau Meinhardt hatte, in den letzten Monaten zu bröckeln begonnen. Ich bestand die Prüfungen mit Bravour, und die anderen Mädchen gratulierten mir, sie jedoch ignorierte mich. Die Aufmerksamkeit, die Doktor Hennecke mir schenkte, gefiel ihr nicht. Aber man darf das nicht missverstehen, es war keine Eifersucht, nicht einmal Neid. Es war Angst, die Furcht, verdrängt zu werden. Frau Meinhardt fürchtete, dass Hennecke sie, wenn ihre Aufgabe beendet war, wegschicken und durch eine Frau ersetzen würde, die vorzeigbarer war. Sie war im Grunde eben eine Oberschwester, die durch die täglichen Mühen ergraut war. Vielleicht wollte Hennecke sie durch jemanden ersetzen, der etwas mehr Kultur besaß, der in der Lage war, in der Öffentlichkeit klar und präzise zu sprechen, und selbst das neue Modell der NS-Schwester verkörperte. Es waren allein ihre Ängste, ich teilte sie nicht. Ich befolgte all ihre Anweisungen und erledigte meine Aufgaben mit gleichbleibender Hingabe. Wenn ich sie vor der Flasche Rosenlikör sitzen sah, erschöpft, abgekämpft, aber immer noch stolz, hatte ich sie gern, ich verstand sie und unterstützte sie. Aber sie begann mich zu fürchten.

Es wurde gemunkelt, dass die hannoversche Schule in einen ganz neuen Klinikkomplex nach Dresden verlegt werden solle. Eine Fachklinik für Pflanzenheilkunde und Homöopathie, die der neuen, vom Führer gewünschten Richtung entsprach, der die Schulmedizin für »verjudet«

hielt. Frau Meinhardt wurde damit beauftragt, die beiden besten Schwestern unseres Jahrgangs mitzunehmen und dort eine Schule nach demselben Modell wie in Hannover ins Leben zu rufen. Alle anderen Mädchen waren sicher, dass ich eine der beiden sein würde, und auch ich hoffte das sehr. Aber Ende März 1933 rief Frau Meinhardt uns zusammen und gab die beiden Namen bekannt. »Sina Jordan Höhn und Magdalena Hoppe werden mit mir nach Dresden kommen. Meine Damen, ich möchte sie morgen früh um sieben Uhr in meinem Büro sehen. Wir beginnen sofort.« Bestürzt verließ ich den Raum.

Am 26. April 1933 feierten wir den Abschluss des ersten Ausbildungsjahrgangs, und aus Anlass der Zeugnisübergabe wurde ein offizieller Empfang ausgerichtet. Hennecke wollte Werbung für die Schwesternschule machen, und so kamen Zeitungsredakteure und Politiker, Ärzte mit ihren juwelenbehängten Gattinnen und alle, die irgendwie an der Sache interessiert waren. Autos aus Hamburg, Braunschweig und auch aus Göttingen fuhren vor. Der Bürgermeister sah diese Zurschaustellung zwar nicht gern, aber sein Handlungsspielraum war angesichts der Kräfte, die dabei waren, gegen solche wie ihn vorzugehen, sehr begrenzt. An diesem Abend sah ich viele Uniformen und viele Feldzeichen, meine Kameradinnen spähten scheu ins Publikum. Die Zeugnisübergabe bestätigte mich offiziell als »persönliche Assistentin« von Frau Meinhardt. Während des Empfangs nahm ich mir hier und da etwas zu essen und stieß mit Magdalena und Sina an, nicht ohne einen kleinen Stich Neid zu verspüren. Dann zog ich mich mit einem Glas in der Hand in eine Ecke des Saals zurück und versank in trübe Gedanken. Ich schwenkte das Glas und betrachtete das leuchtende Rot des Weins. Noch wusste ich nicht, dass mein Leben hier und jetzt eine schroffe Wendung nehmen würde. Ich spürte eine Hand auf der Schulter. »Fräulein Alrutz, aber … Sie sind es also wirklich?« Es war Hartmann. Ich wurde puterrot, senkte beschämt den Blick und als ich ihn wieder hob, klopfte mir das Herz bis zum Hals. »Wer hätte das ge… Sie, die beste unserer Studentinnen … ist Krankenschwester geworden?« Ich wusste nicht, was ich sagen sollte. Die Aufregung schnürte mir die Kehle zu. Daher sprach er weiter: »Tja, was soll man da sagen … Auch da werden Sie bestimmt die Beste sein! Glückwunsch und … Heil Hitler!« Wir stießen an und ich konnte die Tränen nicht mehr zurückhalten. Hartmann war gerührt und fragte nach, wie es mir gehe, ob ich von Frau Meinhardt gut behandelt würde und was ich nun vorhätte. »Ich wäre gern nach Dresden gegangen«, sagte ich, »aber ich wurde nicht ausgewählt.«

»Ach, vergessen Sie Dresden!« Er trank den Wein in einem Zug aus und als hätte er reinen Mut geschluckt, sagte er dann, beinahe flüsternd: »Hätten Sie nicht Lust, wieder nach Göttingen zu kommen? Vielleicht sogar wieder in unsere Klinik … Eine braune Schwester wäre, wie soll ich sagen … eine Ehre für uns.« Mein Blick bedeutete ihm Zustimmung. Er bat mich, mich einen Augenblick zu gedulden, und ging weg. Ich sah, wie er sich in die Gespräche der Offiziere und Kollegen einschmuggelte, wie er die Frauen von befreundeten Ärzten höflich grüßte und ihnen zuprostete. Dann stand er mit einem Mal in einer Ecke und tuschelte mit Frau Meinhardt, die beifällige Gesten machte und lächelte. Irgendwann richtete Hartmann seinen Blick wieder auf mich. Er wusste ganz genau, wo ich stand. Ich hatte ihn nicht aus den Augen gelassen, aber er mich auch nicht: Er bedeutete mir, zu ihnen zu kommen, und so ging ich hinüber.

Nur eine Woche später verließ ich die Schule in Hannover mit einem Einstellungsschreiben von Hartmann im Koffer. Ich verabschiedete mich von Frau Meinhardt und hoffte auf ein letztes Lächeln von ihr, das sie mir jedoch nicht schenkte. Sie gab mir die Hand, sagte mir, ich solle der Schule Ehre machen, und ging dann eilig wieder hinein, da es wie bei unserer ersten Begegnung in Strömen regnete. Ich nahm den Zug nach Göttingen, meine persönlichen Dinge hatten in zwei kleinen Koffern Platz. Die Schule hatte mich hoffnungslos genügsam und bescheiden gemacht.

»Hier bitte, das ist Ihr Zimmer, Fräulein Alrutz«, sagte Frida und stieß die Tür zu dem Raum auf, in dem ich wohnen würde – und sterben. »Auf dieser Seite geht die Sonne auf ... Wenn Sie dichtere Vorhänge brauchen, um sich besser ausruhen zu können ... nach den Nachtdiensten, wissen Sie ... müssen Sie es einfach nur Moritz sagen. Er wird sich blitzschnell darum kümmern, nicht wahr, Moritz?«

»Jawohl, Fräulein, gewiss.« Moritz stellte die Koffer ab und verabschiedete sich mit gesenktem Kopf. Ich sagte weiterhin nichts, und das steigerte Fridas Nervosität. »Brauchen Sie noch was? Soll ich Ihnen zeigen, wo sich unsere Kantine befindet ... die Waschräume mit den Duschen ...?«

»Ich möchte mich ein bisschen frisch machen«, sagte ich energisch, »und dann würde ich gerne Professor Hartmann guten Tag sagen.«

»Ah, ja, ich kann Sie hinbringen, wenn Sie wollen. Sein Büro ist ...«

»Ich weiß sehr gut, wo es ist, danke. Ich habe hier studiert.«

Frida machte große Augen und verstummte. Hektisch verabschiedete auch sie sich und schlich auf Zehenspitzen hinaus. Heute weiß ich, dass sie in die Kantine gegangen ist, um den anderen zu erzählen, dass ich eine widerwärtige alte Jungfer sei. Frida, meine Liebe! Das jüngste von zwölf Kindern, ein Mädchen, das eigentlich dafür bestimmt war, in einer gottverlassenen Gegend in Thüringen die Erde umzugraben ... Frida war mit fünfzehn von zu Hause weggelaufen und hatte angefangen, sich um wohlhabende ältere Damen aus der Stadt zu kümmern, wodurch sie in kurzer Zeit das Geld für die Krankenschwesterausbildung zusammenhatte. Sie war sehnig und konnte hart arbeiten, wie ich bald feststellen würde. Eine kesse und aufgeweckte junge Frau, flink, mit einem losen Mundwerk, schwarzen Locken und sehr heller Haut. Unter der Adlernase trug sie ein Spitzbubenlächeln. Den Flaum auf ihren Armen bleichte sie mit reichlich Wasserstoffperoxid, und wenn sie in die Stadt ging, um einzukaufen, rieb sie sich zuvor mit einem Stück Rote Bete über die Lippen.

Meine Mutter hatte mir ein paar persönliche Sachen für den Winter geschickt: Eine indigoblaue Decke, die mir sogleich gefiel, dicke Kniestrümpfe, einige Wollpullover und eine Mütze. Als ich die Decke auseinanderfaltete, sah ich, dass sie Rudinskis Bild, den Greif mit den goldenen Krallen, darin eingeschlagen hatte. So viele Jahre hatte ich das Bild nicht gesehen, und mich überraschte die Sorgfalt, mit der das Tier gemalt worden war, nicht der kleinste Fehler, keine einzige Nachbesserung. Ich fand es grandios und lächelte darüber: Sieh an, das Gute, das von einem bitteren Ende geblieben ist, sagte ich mir und hängte es am Fußende des Bettes auf.

Von Hartmann hatte ich erfahren, dass man Frau Meinhardt der Untreue bezichtigt hatte. Sie war vor Gericht gestellt, aber nach ein paar Anhörungen entlastet worden. Doch sie hatte sich nicht wieder gefangen und alle Tätigkeiten aufgegeben, war fortgegangen und hatte zu niemandem aus Hannover mehr Kontakt. Ihre Stelle war von einer gewissen Ilse Scheiper übernommen worden, einer jungen Hitler-Anhängerin, die schwülstige Reden halten konnte, von Medizin aber rein gar nichts verstand, wie Hartmann erzählte. Helenes Großmutter war ein paar Wochen nach der Hochzeit ihrer Enkelin, als das junge Paar gerade auf Hochzeitsreise in Venedig war, verstorben. Helene ging es gut, wie sie mir einige Jahre zuvor geschrieben hatte, aber sie wurde immer häufiger von einer unerklärlichen Traurigkeit befallen. Sie wünschte sich sehnlichst ein Kind, doch leider stellte sich trotz der beruhigenden Worte der Ärzte kein Nachwuchs ein. Inzwischen waren ihre Briefe immer seltener geworden. Zusammen mit dem letzten hatte sie ein Foto von sich und Karl im Urlaub in Montpellier geschickt; sie sah wie immer wunderschön aus, aber in ihrem Blick machte ich eine mir aus der Kindheit nicht bekannte Wehmut aus. Willi war inzwischen ein vielversprechender Schauspieler. Nach dem Gymnasium hatte er sich an einer Schauspielschule eingeschrieben und bekam nun ab und zu kleinere Rollen. Meine Eltern waren stolz auf ihn und auch ich freute mich darüber, dass mein dicklicher Bruder, wenn schon nicht sein Idealgewicht, so doch immerhin seinen Traumberuf gefunden hatte. Lotte hatte einen gewissen Hubertus Pickler geheiratet, einen Apothekersohn mit dicker Brille, und seitdem tat sie nichts anderes als zu gebären. Sie hatte bereits vier Kinder, aber das reichte noch nicht und bald war sie mit dem fünften schwanger, schrieb Willi mir. Seit Hitlers Rede an jenem Abend in Braunschweig hatte sie keinen Fuß mehr in ein Theater gesetzt, aber ihre Sprösslinge hießen doch tatsächlich Alberich, Wotan, Brünnhild und Freja. Von Kuba hatte man nichts mehr gehört. Die erneuerte Baracke hatte jahrelang leer gestanden, bis die Gemeinde sie schließlich abgerissen hatte. Es hieß, er sei nach Polen zurückgegangen, andere behaupteten, die Goldfingers hätten eine feste Anstellung in einem Bergwerk. Meine Mutter hatte eine Leidenschaft aus der Jugend wieder aufgenommen, die Sprachen. Sie war Mitglied in einem Fremdsprachenverein und nahm Italienisch- und Englischunterricht. Mein Vater verbrachte seine Tage damit, einen Abriss über die Homöopathie zu verfassen. Nach und nach hatte er die klassischen Heilmittel aufgegeben und behandelte nun nur noch mit Globuli und Tropfen.

Und ich? Ich war eine braune Schwester im Dienst von Professor Hartmann. Seine Handbücher zur Gynäkologie hatten mein Studium erleuchtet. Jetzt arbeitete ich mit ihm zusammen. Ich konnte zufrieden sein. Als ich im

Mai 1933 nach Göttingen zurückgegangen war, war ich fünfundzwanzig Jahre alt und hatte nicht vor, mich noch einmal zu verlieben oder gar zu heiraten. Mein Herz war zu einer Dörrpflaume vertrocknet, die ich unter dem Plünneckenbrunnen begraben hatte. Dort hatte ich zum letzten Mal sein Klopfen gespürt.

Der Wind trägt mich wieder zurück nach Salzgitter, in die Nähe des Weihers mit den Binsen, wo ich Helene kennengelernt und mitten in der Nacht zum ersten Mal den Waldkauz gehört habe. Aber jetzt ist es Tag, es ist Frühling.

Was macht denn mein Vater hier, nervös sitzt er auf einem Baumstumpf und wartet offensichtlich auf irgendetwas?

Er betrachtet das kalte Wasser, wirkt nachdenklich, bedrückt. Er vernimmt ein Geräusch, steht auf und schaut entschlossen in eine Richtung. Und dort taucht Rudinski auf, zögerlich, er schaut sich mehrmals um, um sicherzugehen, dass sonst niemand da ist. Die beiden gehen aufeinander zu, geben sich die Hand und halten sie länger als üblich fest. Dann zieht die Hand den Arm des anderen, der Arm zieht den Körper und ... sieh an ... sie umarmen sich, mein Vater und Rudinski umarmen sich ... Aber nicht nur für einen Moment ... die Umarmung dauert so lange, dass ich begreife und erschauere. Ich will fliehen, wegfliegen und mich ganz weit weg flüchten. Ich bitte den Wind, mich wegzutragen, doch er hüllt mich sanft ein und hält mich fest, ich muss zuschauen, muss es erfahren. Die beiden verharren lange in der Umarmung, und mein Vater küsst Rudinski beinahe flüchtig auf den Hals. Ein paar Meter weiter beobachten Thomas und Hendrik in einem Gebüsch versteckt die Szene und machen sich hämisch und voller Arglist Zeichen, still zu sein. Rudinski bemerkt sie und löst sich abrupt aus der Umarmung. Dann trocknet er sich die Stirn und bleibt vor meinem Vater stehen, der den Blick senkt und ein paar Schritte zurückweicht.

Heute weiß ich, dass es zarte Strömungen zwischen den Menschen gibt, Schwingungen, die sie verbinden und in einen Wohlklang versetzen wie die Saiten einer Harfe. Wenn wir jemanden kennenlernen, spüren wir im Grunde unserer Seele sofort, wer diese Person ist und welchen Platz sie in unserem Leben einnehmen wird. Im Kindesalter ist die Intuition stärker, im Erwachsenenalter dauert sie zwar fort, wird aber von den gesellschaftlichen Normen und von unserer hochgeschätzten Vernunft getrübt. Wie wir die Schwingungen auch nennen würden, die meinen Vater und Rudinski miteinander verbanden, ihre Natur würden wir dennoch nicht verstehen. Ich war ein Abbild meines Vaters, hatte die gleichen Augen, seine helle Haut, seine breiten Schultern und den gleichen energischen Gang. Es war ganz natürlich, dass mein Fleisch, mein Blut und mein ganzes Wesen denselben Reizen erliegen würden, denen mein Vater erlegen war. Rudinski, der zarte weiße Schwan mit der Stimme eines Heranwachsenden, die ewige Unsicherheit und die farbenprächtigen Bilder … All das war unwiderstehlich. Mein Vater litt genau wie ich den ganzen Winter über. Mein Vater sehnte genau wie ich den Sommer seines Lebens herbei. Seine Liebe war genauso verboten wie meine. »Lasst meinen Mann in Ruhe«, hatte Nelly auf der Türschwelle gebrüllt, und ich hatte dem feinen Unterschied keine Beachtung geschenkt. »Die Angelegenheit in Salzgitter ist nicht besonders gut verlaufen«, hatte mein Vater gesagt. »Und es ist anders, als du denkst.«

Wer hätte sich unsere Sommer auch als eine lange, unanständige Lüge vorstellen können?

FÜNFZEHN

Sieh an, nun bin ich im Operationssaal.

Seit meiner Ankunft sind ein paar Wochen vergangen, und nun operiere ich an Hartmanns Seite. Gerade entfernen wir einen Uterus, ich stille die Blutung und reiche ihm die Instrumente an, als könnte ich seine Anweisungen schon im Voraus erahnen. Wir arbeiten im Einklang, Hartmann und ich. Jene Sympathie, die bereits während meines Studiums entstanden war, dauerte fort, bestätigte sich aufs Neue und wurde dadurch stärker. »Fräulein Alrutz, Sie sind ein Segen im Operationssaal«, sagte er hinterher zu mir, als er todmüde den Kittel auszog.

»Sagen Sie mal ... erinnern Sie sich eigentlich noch an Herrn Heigl?« »O ja«, gab ich zurück, »sicher erinnere ich mich an ihn.« Ich sah ihn erschrocken an, weil ich schlechte Neuigkeiten befürchtete.

»Na ja, er hat das Studium ebenfalls abgebrochen, wie Sie ...« Nichts Schlimmes also, ich war erleichtert. »Nur dass die Medizin in seinem Fall, anders als bei Ihnen, Fräulein Alrutz, keinen großen Arzt verloren hat ...«, sagte er augenzwinkernd. »Aber zum Glück ist es uns gelungen, ihm eine ehrliche Arbeit hier in der Klinik zu beschaffen ... Er ist Fahrer, fährt den Krankenwagen, manchmal auch den Wäschewagen ... Er ist flink, zuverlässig und ... leidet an Schlaflosigkeit, deshalb übernimmt er immer die Nachtschichten, die sonst keiner machen will. Wir hatten Glück. Gehen Sie doch mal bei ihm vorbei, er erinnert sich sicherlich auch noch an Sie.«

Pierres Schicht begann um zehn Uhr abends, was für mich damals eigentlich zu spät war. Aber ich machte eine

Ausnahme und ging hinunter in den Hof hinter der Klinik. Dort standen die beiden Krankenwagen. *Merlin, le magicien!* Unser gemeinsames Schicksal bestand darin, das Studium abzubrechen und uns schließlich dort wiederzutreffen, wo wir uns begegnet waren: unter den Fittichen von Professor Hartmann. Wir waren wie Geschwister, Pierre und ich, durchaus sehr verschieden, aber einander durch eine zwanglose Zuneigung verbunden. Ich freute mich darauf, ihn wiederzusehen, und als ich die Treppe hinunterging, fragte ich mich, ob die Jahre ihn wohl hatten altern lassen. Er saß am Steuer des einen Krankenwagens, das Fenster war heruntergekurbelt. Er starrte unverwandt in den blau schimmernden Junihimmel und zog bedächtig an einer Zigarette. »Rauchen ist hier strikt verboten!«, bellte ich. Vor Schreck zuckte er zusammen und ließ die Zigarette fallen. Dann fuchtelte er wild mit den Händen herum, um den Rauch zu verjagen. Als er den Mut fand sich umzudrehen, hatte er Mühe, mich in der hereinbrechenden Dunkelheit zu erkennen.

»He, du Faulpelz… Ich bin's, Anna, Anna Alrutz!«

»Anna!«, rief er und stieg aus. »Verdammt nochmal, was hast du mich erschreckt! Du hast dich gar nicht mehr gemeldet, bist einfach verschwunden ... Aber was hast du denn da an? Was ist das denn für eine Tracht?« Ich erzählte ihm von den braunen Schwestern, und sofort verfinsterte sich sein Gesicht genauso wie das meines Vaters. »Du weißt, dass ich so was nicht gut finde ...«

»Ja, Pierre, aber das ist mein Weg, und ich bin froh, dass ich mit Hartmann arbeiten darf. Es vergeht kein Tag, an dem ich nicht irgendwas lerne.« Nachts war es noch recht kühl. Wir stiegen in den Krankenwagen und unterhielten uns in der Fahrerkabine wie in alten Zeiten. Der Himmel war klar und fast überwältigend, tausende Sterne, hell und funkelnd. »Ich hab keinen Kontakt mehr zu meiner Familie«, sagte Pierre, »als ich meinem Vater geschrieben habe, dass ich das Studium abbrechen würde, hat er einen Herzinfarkt bekommen. Er hat sich nie mehr gemeldet.«

Ab und zu bekam er noch Briefe von seiner Mutter, aber er verstand sich inzwischen als Ziehsohn von Hartmann. Ihm verdankte er alles, die Nachsicht, mit der er die bescheidenen Studienleistungen hingenommen hatte, und diese Stelle als Fahrer, die es ihm erlaubte, in seinem natürlichen Rhythmus zu leben, also nachts. Er schrieb immer noch eifrig für die geliebten Zeitschriften in Frankreich, und mit dem Aufstieg Hitlers gab es immer mehr als genug Material … »Weißt du, was mein allergrößter Wunsch ist? In Ruhe gelassen zu werden, einfach nur das. Ich will, dass mich alle in Ruhe lassen, dass die Welt sich nicht um mich schert, ich will nur eine ehrliche Arbeit, mein Gemüse und ein Heft voller Notizen.«

»Und deine zahllosen Bewunderinnen? Was ist denn aus denen geworden?«, fragte ich grinsend.

»Alles vorbei, es gibt jetzt nur noch eine einzige.«

»Pierre … du musst mir nichts vormachen.«

»Nein, wenn ich's dir doch sage, es stimmt … Stell dir vor, es ist eine von deinen Krankenschwestern …«

»Minna?«, fragte ich. Er schüttelte den Kopf. »Lass mich überlegen … Ach, die Neue, Helga, vielleicht?«

»Nein. Letzter Versuch, los.« Ich überlegte einen Augenblick und sagte dann, sicher, den richtigen Namen erwischt zu haben: »Olga! Es muss Olga sein!«

»Falsch! Nichts zu machen … Das bedeutet, dass ich dir an einem der nächsten Abende das Geheimnis enthüllen werde …«

»Ich bin wirklich neugierig …«, sagte ich und wünschte ihm eine gute Nacht ohne Zwischenfälle, aber mit vielen Notizen.

»Träum schön, braune Schwester, du schwankst ja schon vor lauter Müdigkeit.«

Er gab mir einen Kuss auf die Stirn, nach so langer Zeit wieder ein Kuss von einem Mann, er ließ mich erschaudern. Als ich zu meinem Zimmer ging, musste ich bei jedem Schritt gähnen. Auf dem Flur traf ich Frida, die Lippen mit Roter Bete geschminkt.

In der Klinik war ein angenehmer Alltag eingekehrt. Die Krankenschwestern befolgten alle meine Anweisungen, sie betrachteten mich als Hartmanns persönliche Assistentin und wagten keinen Widerspruch. Seine erste Lektion hatte sich mir eingebrannt: die Sauberkeit von Mensch und Räumlichkeiten. Akribisch kontrollierte ich jede Ecke der Operationssäle, die Ablagefächer für die Medikamente und den Verbandsmull, die Kittel der Ärzte und die Trachten der Schwestern. Wehe eine Haarsträhne lugte unter dem Häubchen hervor, der Rocksaum hatte genau achtundzwanzig Zentimeter über dem Boden zu enden, keinen mehr und keinen weniger, die Wöchnerinnen mussten sorgfältig gewaschen werden, bevor sie ihre Kleinen auf den Arm nehmen durften. Ich hatte die peinlichen Rechtschreibfehler einiger Krankenschwestern bemerkt und Hartmann um die Erlaubnis gebeten, einen Kurs für medizinische Fachbegriffe anbieten zu dürfen. Er willigte ein und der Unterricht war ein großer Erfolg. Ich war aufrichtig daran interessiert, das Leben dieser armen Mädchen zu verbessern. Ich wollte ihnen die Liebe zur Literatur vermitteln, die meine jungen Jahre erfüllt hatte und die sie, erschöpft von der Arbeit oder von Haushaltspflichten, nie erfahren hatten. Es bildeten sich Lesegruppen, die sich nach dem Abendessen trafen und zusammen gängige Werke lasen, die ihrem Bildungsstand entsprachen, oft waren es Kinderbücher, aber die Ausdauer, die sie dabei an den Tag legten, erstaunte mich. Es war eine wahre Freude, zu sehen, wie sie sich für das Lesen begeisterten. Frida war diejenige, die diese Herausforderung am begierigsten annahm, so aufgeweckt und neugierig … Bald löste sie sich aus der Gruppe, weil sie schneller las als die anderen und mit mehr Verstand. Daher bildeten wir eine Zweiergruppe in meinem Zimmer. Ich hatte eine Eckbank mit einem schönen Tisch aus dunklem Holz, dort setzten wir uns mit einer Tasse Malzkaffee hin und lasen die Klassiker der deutschen Literatur. Ich erinnere mich an ihre Begeisterung für Fontanes *Effi Briest*. Sie hatte ein paar Sätze daraus in ein Heft übertragen, und während der Nachtdienste las sie diese erneut durch und hielt am Rand ihre Gedanken dazu fest. Manchmal las sie mir ein paar davon vor, wenngleich mit großer Befangenheit, und ich staunte über die Tiefe ihrer Gedanken, eine Tiefe, die ich hinter ihrer frechen Art nie vermutet hätte. Auch ihre Feinfühligkeit überraschte mich: Als ich ihr von meiner Familie und von Salzgitter erzählte, stellte sie mir sofort eine unbequeme Frage, die ich mir schon längst selbst hätte stellen müssen. Warum verbringt eine so wohlhabende Familie die Ferien immer am selben Ort – und obendrein an diesem Ort, fügte sie hinzu –, einem gottverlassenen Flecken im Vorland des Harzes? Frida bemerkte, dass meine Augen traurig wurden, als ich einen gewissen Pastor Rudinski erwähnte. So beichtete ich ihr meine Gefühle für ihn und erzählte ihr auch von unserem flüchtigen Kuss am Plünneckenbrunnen. »Wenn ein Mann so außergewöhnliche Umstände nicht ausnützt«, meinte sie, »dann stimmt was nicht.« An jenem Abend erklärte ich Frida den Hintergrund des Greifenbildes und offenbarte ihr, wer es gemalt hatte. Früher oder später würde das Tier erwachen, sagte ich zu ihr. Wenn der Moment gekommen sei, dürften wir keine Angst haben, der Schatz würde unser sein.

In meinem ersten Jahr in Göttingen hatte ich nur selten Nachtdienst. Es war zwar ein ungeschriebenes Gesetz, dass diejenigen, die zuletzt angefangen hatten, die anstrengendsten Dienste bekamen, da ich aber Oberschwester war, machte ich lediglich einen pro Monat. Eines Nachts, es muss im Spätsommer gewesen sein, war der Dienst dermaßen ruhig, dass mir beinahe die Augen zufielen. Bei den Wöchnerinnen war es ruhig, es stand keine Entbindung an, es gab keinen Notfall. Ich ging in den zweiten Stock hinauf, um einen Kontrollgang auf der Neugeborenenstation zu machen. Als die diensthabende

Hebamme mich sah, sprang sie auf und begrüßte mich mit »Heil Hitler!« Ich sagte, sie solle sich wieder beruhigen und sich ein wenig die Beine vertreten, ich würde mich um die Neugeborenen kümmern. Ich zog den Kittel an, setzte die zusätzliche Haube auf und ging hinein. Der Duft der Neugeborenen war jedes Mal eine Wohltat. Alle schliefen friedlich, manche hatten die Händchen zu kleinen Fäusten geballt, andere hatten die geöffneten Handflächen gen Himmel gerichtet. Sie sind Heilande, sagte ich mir, die jungen Heilande meiner Nation, die kleinen Helden, wie Hartmann gesagt hatte, die den warmen Mutterleib für eine kalte und unsichere Welt verlassen hatten. Ich schritt durch die Reihen, zupfte Decken zurecht und wünschte mir sehnlichst, dass eines dieser Kleinen meins wäre: ein kleiner weicher Körper, den ich in den Armen wiegen und beschützen konnte. Schon an ihren Gesichtszügen konnte man häufig das Geschlecht erahnen und manchmal auch den Charakter. Auf den Bändchen, die um die Handgelenke gebunden waren, las ich etwa zehnmal den Namen Adolf. Die kleinen Heilande, benannt nach dem großen Wolf.

Als ich in jener Nacht also die Schilder an den Bettchen las und im herrlichen Duft der kleinen Körper versank, entdeckte ich beim Fenster plötzlich ein neugeborenes Mädchen, das unruhig war und hustete. Ich ging zu der Kleinen hin, prüfte ihren Puls und nahm sie auf den Arm. Sie schmiegte sich vertrauensvoll an mich. Beinahe sofort schlief sie wieder ein. Als ich sie zurück in ihr Bettchen legte, wollte ich lesen, was auf dem Armband stand, aber es war so schlampig beschriftet, dass ich nur mit Mühe den Nachnamen und die Zahl entziffern konnte, Schneider und 12. Als die Hebamme zurückkam, wies ich sie an, das Armband der Nummer 12 neu zu beschriften. Sie nahm eine Liste und suchte: »Ja ... also ... die Nummer 12 ist ... ein Mädchen, sie heißt ... Schneider, Hedwin Schneider.«

Diesen so vertrauten Namen wieder laut ausgesprochen zu hören, erschütterte mich. Schweigend verließ ich die Station und ging die Treppe hinunter. Fast wie von allein richteten sich meine Schritte zum hinteren Ausgang, wo ich Pierre zu finden wusste. Auf leisen Sohlen ging ich hinaus und suchte in den beiden geparkten Krankenwagen nach ihm. Als ich in die Fahrerkabine schaute, war der Blick einer zu Tode erschrockenen Frida das Erste, was ich sah – dann Pierres liebevollen Arm um ihre Schultern.

In jener Nacht entstand ein einzigartiges Bündnis zwischen Pierre, Frida und mir.

Frida erfuhr von meinem Geheimnis, der Erbkrankheit, die zum vorzeitigen Tod meiner Schwester geführt hatte. Und ich erfuhr von ihrem, ihrer Beziehung zu Pierre, die vor den anderen und vor allem vor Hartmann geheim gehalten werden musste, da er eine während des Nachtdienstes ausgelebte Liebschaft weder verstanden noch geduldet hätte. Und Pierre erfuhr von meiner besonderen Freundschaft mit Frida – wenn wir allein waren, duzten wir uns inzwischen bereits –, einer unangemessenen und nicht ratsamen Freundschaft zwischen einer braunen Schwester und dem frechen Mädchen des Krankenhauses. Wir hatten alle drei etwas zu verbergen. Das war unser Schicksal und zugleich die Richtung, die die Ereignisse wenig später einschlagen sollten.

Da ist er wieder, der Wind.

Gegen Ende des Sommers finde ich mich erneut in Hartmanns Wohnzimmer ein. Es ist heiß in Göttingen, die Nacht wird wohl feucht werden, ein Gewitter kündigt sich an. Hartmann blickt aus dem Fenster, nimmt ein Blatt Papier und fächert sich Luft zu. Er ist nervös und nachdenklich. Es klingelt, und Hartmann sagt zu seiner Frau: »Ich gehe schon« und als er die Tür öffnet, sehe ich mich selbst auf der Schwelle stehen, seine Nachricht in der Hand und mit fragendem Blick.

Der Tee, den er mir anbot, war achtlos aufgegossen worden und sehr bitter. Frau Hartmann empfing mich wie üblich mit hochgezogener Augenbraue: »Ach, da ist sie ja wieder … die Hitlerschwester! Julius, sei so lieb und entschuldige mich bei unserem Gast, ich muss mich um die Kinder kümmern.« Sie verschwand im hinteren Teil des Hauses, aus dem Kinderstimmen zu hören waren. »Sie spüren die Spannung in der Luft«, sagte Hartmann, »und sie sind aufgeregt. Aber setzen Sie sich doch, es tut mir leid, dass ich Sie so spät am Abend hergerufen habe. Schauen Sie, ich wollte an einem ruhigen Ort mit Ihnen sprechen …«

Das Thema hieß Sterilisation.

Wir sterilisierten jeden Tag Messer, Operationszangen, Tische, Lupen, Laken, Skalpelle und Riemen. Und wie Messer, Operationszangen, Tische, Lupen, Laken, Skalpelle und Riemen sollten wir nun auch Frauen sterilisieren. In der Schwesternschule in Hannover hatten wir oft darüber gesprochen. Wir hatten sogar schon bei Sterilisationen assistiert, denn sie waren auch nach der bisherigen Gesetzgebung erlaubt, allerdings brauchte man das Einverständnis der Patientin oder des Patienten. Der Führer jedoch brauchte überhaupt nichts. Die Frauen wurden sterilisiert und fertig. Ich erinnerte mich an die Worte von Frau Meinhardt: »In jeder Gruppe werden die Schwachen ausgemerzt.« Außerdem, so sagte sie, pickten auch die Adler ihre missgebildeten Küken blutig. Die Sterilisation kranker Frauen sei ein Instrument, um die Art zu erhalten und vor Schwächung zu schützen. Der Schwache hemme die Gruppe. In der Natur würden nur die Kräftigsten überleben und sich fortpflanzen. Deutschland könne wahrhaftig keine Schwachsinnigen, Krüppel und Säufer brauchen. Die Asozialen kosteten den Staat Millionen und Abermillionen von Reichsmark, warum sie also nicht sterilisieren? Des Führers Traum sei es, aus Deutschland ein kraftvolles Gefüge ohne Schwächen zu machen, das Ergebnis einer sorgfältigen Auslese gesunder Individuen. »Die Gesundheit des Geistes ist eine ziemlich komplizierte Angelegenheit«, sagte Hartmann. »Geistig gesund zu sein bedeutet auch, die bürgerlichen Pflichten zu erfüllen. Also wer zum Beispiel arbeitet und die Aufgaben, die ihm die Gesellschaft auferlegt, erledigt, gut, der ist auch als geistig gesund anzusehen. Wer aber nicht in der Lage ist, sich selbst zu versorgen, wer keinerlei Beruf ausüben, sich also allgemein nicht in die Gemeinschaft einfügen kann, den kann man als behindert, als gestört bezeichnen, als jemanden, der auf Kosten der anderen lebt.« Er ließ mich das Rundschreiben lesen, nahm dann die Brille ab, um mich besser ansehen zu können, und erläuterte: »Das wird eine flächendeckende Sache sein, Fräulein Alrutz. Wir werden alle verpflichtet sein, es zu melden, wenn wir eine Erbkrankheit vermuten, alle. Schauen Sie hier«, sagte er und wies auf eine Stelle des Schreibens: »Zahnärzte, Masseure, Hebammen, Naturheilkundler, Direktoren öffentlicher und privater Krankenhäuser, Bezirkskrankenschwestern … einfach alle.« Ich warf einen kurzen Blick auf das Schreiben und fragte ihn, wie der Ablauf konkret aussehen sollte. »Es wird folgendermaßen sein: Verantwortlich für die Sterilisationen werden bei den Amtsgerichten die sogenannten Erbgesundheitsgerichte sein, die aus einem Amtsrichter sowie zwei ausgewählten Ärzten bestehen. Ärzte, die mit der Erbgesundheitslehre vertraut sind … und natürlich nationalsozialistischer Gesinnung … Wir werden dabei nichts anderes tun, als … sagen wir mal … ausführen, ja, den Beschluss, den andere zuvor gefasst haben, umsetzen. Nur Ausführende also.« Er lauerte auf eine Reaktion von mir. Was erwartete er? Eine Bekundung nationalsozialistischer Überzeugung? Hilfe, Unterstützung bei der Umsetzung des Schreibens? Oder war es einfach Angst, die ihn dazu brachte, mich so anzustarren? Angst vor was? Fragte Hartmann sich, ob ich auch angesichts so belastender Aufgaben als braune Schwester auftreten würde? Aber warum zweifelte er daran? War ich denn mit der braunen Kleidung, die ich trug, nicht offensichtlich die größere Nationalsozialistin als er?

So abwegig mir das heute auch erscheinen mag, ich muss zugeben, dass mich damals nicht so sehr die Frage der Sterilisationen traf, sondern vielmehr der übertriebene Eifer Hartmanns. Er war wie ein Schauspieler, der seine Rolle auswendig gelernt hatte, ohne wirklich hineinzuschlüpfen. Wenig glaubwürdig, schulmeisterlich, peinlich. Schweigend ging ich zurück in mein Zimmer und fiel in einen tiefen und traumlosen Schlaf.

»Hartmann hat keinen Ariernachweis«, sagte Frida, als ich ihr am nächsten Tag beim Essen von der Unterredung erzählte. »Unsinn«, gab ich zurück. »Nein, es stimmt«, erwiderte sie ärgerlich. »Seine Großmutter war Jüdin und er versucht, es um jeden Preis zu verheimlichen. Jeder weiß das, hier in Göttingen ist das allseits bekannt. Deshalb will er das Rundschreiben auch Wort für Wort umsetzen. Er hat Angst, schreckliche Angst.« »Schluss damit«, sagte ich, »wenn du so weitermachst, muss ich dich melden. Ich dulde keine Verleumdung des Chefarztes!« Ich stand auf, ging davon und ließ die bestürzte Frida mit einem Apfelschnitz in der Hand zurück.

Eifrig wie die Klassenstreber begannen Hartmann und ich im Januar 1934 mit den Eingriffen, und am Jahresende hatten wir bereits über hundert Frauen sterilisiert. Ich war seine persönliche Assistentin. Ohne mich operierte er nicht, sodass alle, die er sterilisierte, auch durch meine Hände gingen. Das Erbgesundheitsgericht ließ uns einen Aufklärungsbogen zukommen, den mussten wir den zu sterilisierenden Frauen und ihren Familien geben. Ich musste ihn oft vorlesen – viele waren Analphabeten –, und während ich las, versuchte ich einige Ratschläge besonders hervorzuheben, um ihren Sinn zu verdeutlichen. Manchmal hielt ich inne und erläuterte den Willen des Führers in einfacheren Worten. Ich glaubte daran, ja, glaubte fest daran und wollte die Frauen davon überzeugen, dass dieser

Eingriff im Sinne des Allgemeinwohls notwendig war. Auf dem Aufklärungsbogen stand: »Betrachte die Sterilisation nicht als Strafe oder gegen die Ehre deiner Sippe gerichtet.« Erbkrank zu sein, sei nur ein bedauernswertes Unglück, habe der Führer in *Mein Kampf* geschrieben. Es sei jedoch, so ging es weiter, ein Verbrechen, aber auch zugleich eine Schande, dieses Unglück einem unschuldigen Wesen wieder aufzubürden. Ein Akt des puren Egoismus. Der Leibesfrucht dieses Unglück jedoch zu ersparen, sei ein Gebot wahrer Menschlichkeit, niemals Strafe. Die Hinweise gingen dann auch auf Alkoholiker ein: Warum sollte ein Säufer, der seine Kinder nicht ernährt, noch immer Kinder dazubekommen, auf die Gefahr hin, dass sie eines Tages genauso werden wie er? »Füge dich freiwillig und aus innerer Bereitschaft einer Entscheidung, die dein Bestes will und einen großen Dienst an deinen Angehörigen sowie an deinem ganzen Volk leistet. Die Kosten der Sterilisation übernimmt der Staat. Bedenke außerdem, dass du verpflichtet bist, Stillschweigen zu bewahren über das gesamte Verfahren, andernfalls machst du dich strafbar.« Die Ausführungen endeten mit Punkt 17, einem Aufruf, den ich auswendig konnte, den ich aber nie laut vorlas: »An die rassisch Wertvollen und die Erbtüchtigen dagegen ergeht die Mahnung, den zahlenmäßigen Ausfall durch Erhöhung der Geburten auszugleichen.«

Ich gehörte nicht zu den rassisch Wertvollen. Meine Mutter litt an einer Erbkrankheit, die rein zufällig auf Hedwin übergegangen war und mich und Willi verschont hatte, die sich aber vielleicht in unseren gesunden Zellen verbarg. Immer wenn dieser Gedanke mich streifte, schob ich ihn weg und sagte mir, dass ich ohnehin nie heiraten und Kinder bekommen würde, die Frage sich also gar nicht stellte. Und selbst wenn sie sich stellen sollte, würde ich selbst um eine Sterilisation bitten, für den Führer und für die große Nation, die wir aufbauten.

Ich war eine braune Schwester, Dienstnummer 271207. Ich war die einzige in der gesamten Klinik und die erste in Göttingen. Deshalb riefen sie mich auch in andere Krankenhäuser, um die Schwestern dort in Rassenlehre zu unterweisen. Im Jahr 1934 war meine Überzeugung am stärksten. Am Tag der Zeugnisübergabe hatte ich dem Führer die Treue geschworen, und ich war mir sicher, dass von diesem Moment an mein ganzes weiteres Leben der Gesundheit der deutschen Nation gewidmet sein würde. Auch Hartmann leistete 1934, gegen Ende des Sommers, den Eid. Noch am selben Abend ging ich zu seinem Büro, um ihm zu gratulieren. Ich hatte ein gerahmtes Foto des Führers dabei, das man auf den Schreibtisch stellen konnte und das ich ihm schenken wollte. Ich klopfte, trat ein und sah ihn mit trauriger und besorgter Miene am Schreibtisch sitzen. Er sah mich an, bemerkte das Bild in meiner Hand und senkte dann den Blick wieder auf das Buch, in dem er las. Er seufzte und bat mich mit einer Handbewegung, wieder zu gehen. »Ich habe starke Kopfschmerzen«, sagte er entschuldigend. Bevor ich hinausging, stellte ich das Foto aufs Regal.

Die Sterilisationen waren im Grunde einfache Eingriffe. Schwierig war hingegen die Aufnahme der Patientinnen. Manchmal wurden die Frauen von der Polizei gebracht, und wir mussten sie sofort sedieren. Die Aufsässigsten von ihnen wurden in einen Raum eingeschlossen, der im Untergeschoss direkt neben der Hausmeisterwohnung lag. Der Raum war recht ordentlich, und Moritz hatte einen Sessel sowie einen kleinen runden Tisch hineingestellt. Nachts musste er ihr Gejammer mitanhören, ihre Schreie, ihre vergeblichen Versuche, die Tür einzutreten und davonzulaufen. Der Hausmeister und ich waren die Einzigen, die einen Schlüssel hatten. Das Fenster des Raums war weit oben und vergittert. Keine Bettlaken, nur feste Wolldecken, die man nicht zusammenknoten konnte. Alle scharfen Gegenstände waren gewissenhaft entfernt worden: »Wir sollen sie sterilisieren, nicht zu Selbstmörderinnen machen«, sagte Hartmann.

1934 wurde das gesamte Klinikareal eingezäunt. Am Kirchweg bewachten zwei Soldaten den Eingang, häufig hatten sie auch einen Hund dabei. Im Winter, wenn es sehr kalt und die Luft schneidend wurde, brachten die diensthabenden Krankenschwestern den Soldaten eine heiße Suppe und ein paar Zigaretten. Manchmal warfen sie dem Hund die ausgekochten Knochen zu, der dann glücklich mit dem Schwanz wedelte.

Eines Nachts kamen die Wachen aufgeregt in den Flur gelaufen. Aus dem Raum im Untergeschoss waren verdächtige Schreie zu hören. Hertha weckte mich, damit ich nachschauen kam. In Nachthemd und Morgenrock nahm ich den Schlüssel und eilte hinunter. Ich wollte gerade hineingehen, da wurde ich von der Frau umgerannt. Ich fiel zu Boden, sah sie in Richtung Ausgang flüchten, rappelte mich auf und rannte ihr hinterher. Sie war barfuß und hieß Marta, Marta Ruprecht, ich werde ihren Namen nie vergessen. Ich erwischte sie im Treppenhaus. Sie war groß, gelenkig und wehrte sich mit dem Mut der Verzweiflung. Sie kämpfte, wir kämpften auf der Treppe wie zwei Furien, ich hielt ihre Arme fest, schlug ihr ins Gesicht und versetzte ihr Seitenhiebe, zog sie so stark an den Haaren, dass ich ganze Büschel herausriss. Als ich ihr schließlich den Arm auf den Rücken drehte und sie wieder zurück in ihr Gefängnis stieß, heulte sie Rotz und Wasser. Bei jedem Stoß, den ich ihr gab, beschimpfte ich sie, der Wolf tat das, und als Moritz schlaftrunken im Pyjama aus seiner Wohnung trat, machte ich ihm Vorhaltungen. »Ich hab Fieber, Fräulein Alrutz, ich bin krank …«, sagte er fast schluchzend. »Dann gehen Sie wieder zurück ins Bett, Moritz, schöne Träume! Halten Sie sich fern von diesem hysterischen Weib, morgen wird sie operiert.« Bei diesen Worten versuchte die Frau erneut, sich zu befreien, und ich verlor die Geduld. Mit all meiner Kraft schleuderte ich sie aufs Bett. Sie fiel unglücklich, schlug mit dem Hinterkopf an das Eisengestell des Bettes und begann zu bluten. Ich sperrte die Tür doppelt ab, rannte zu Pierre und wies ihn an, den kleinen Erste-Hilfe-Koffer mitzunehmen. Als wir den Raum betraten, war das Kopfkissen blutgetränkt und die Frau zitterte und heulte noch heftiger als zuvor. Pierre wollte wissen, was los war, und ich sagte, dass keine Zeit für Erklärungen sei. Er hielt sie fest, ich gab ihr ein Beruhigungsmittel und machte ihr einen festen Kopfverband. Als Pierre verstört wieder ging, band ich Marta Ruprecht fest, die Handgelenke ans Kopfstück und die Fußgelenke an den Lattenrost. So würde sie keinen Ärger mehr machen. Dann ging ich wieder hinauf, doch zuerst sagte ich noch den Wachmännern Bescheid, dass alles in Ordnung war. Der Schäferhund fixierte mich und fing an zu bellen, was er noch nie zuvor getan hatte: Er kannte mich inzwischen, wusste, wer ich bin. »Er riecht das frische Blut«, sagte einer der beiden Soldaten, während er ihn an der Leine zurückzuhalten versuchte. »Welches Blut«, fragte ich. »Na ja, Schwester, schauen Sie sich doch mal an, Sie sehen aus, als hätten Sie grade ein Lamm geschlachtet.«

Ich brachte die ganze Nacht damit zu, den Morgenrock und das Nachthemd mit Seife und heißem Wasser zu säubern und mich über die Hartnäckigkeit von Martas Blut zu wundern.

»Manisch-depressiv«, sagte ich am nächsten Abend zu Pierre, als seine Schicht anfing. »Das ist ihre Diagnose, deshalb wurde sie heute Nachmittag sterilisiert.« Pierre steckte sich eine Zigarette an und betrachtete die Sonne, die gerade hinter dem Turm der Wäscherei unterging. Er sagte nichts, rauchte und dachte nach, und seine Gedanken waren dermaßen schwer und kantig, dass sie selbst mich schmerzten.

»Aber sie wollte es nicht«, sagte er schließlich, als er die Zigarette zu Ende geraucht hatte.

»Das zählt nicht«, antwortete ich, »was zählt, ist das Wohl des Volkes, nicht der Egoismus eines einzelnen Menschen.« Sein Blick war ausdruckslos, ich konnte keine Gefühlsregung darin erkennen. »Wir zählen nichts? Ich und du, Anna, wir zählen nichts?«

»Nein«, antwortete ich und wurde immer harscher, »wir vergehen. Die deutsche Nation bleibt. Schreib das mal auf, in deine Notizen, heute Nacht: Das, was zählt, ist der absolute Geist.«

»Das Einzige, was hier absolut ist, ist euer Wahn«, sagte er und ging in Richtung Toilette davon.

Es fiel mir schwer, in den Schlaf zu finden. Ich musste wieder an Marta Ruprecht denken, und das ärgerte mich. Meine Überzeugung begann zu bröckeln, ich war mir dessen aber noch nicht bewusst.

Irgendwann war der Sonnenaufgang da und tauchte jeden Winkel des Zimmers in ein zartrosa Licht. Ich öffnete die Augen, setzte mich im Bett auf und blickte nach draußen. Auf dem Fenstersims saß ein kleines frierendes Rotkehlchen. Es pickte an den Kürbiskernen herum, die ich für die Vögel dort ausgestreut hatte. Als es mich auf der anderen Seite des Fensters bemerkte, flog es nicht weg. Sein Hunger war größer als seine Angst. In die warme Decke gehüllt und an die Wand gelehnt, beobachtete ich es weiter. Die Scheibe war beschlagen, nur in der Mitte war ein Fleckchen frei, und in diesem verschwommenen Rahmen saß das Rotkehlchen und hob sich wie ein magisches Geschöpf vom Morgengrauen ab. Ich betrachtete den goldenen Widerschein des Sonnenlichts auf seiner roten Brust, war verzaubert und beinahe gerührt. Ich erinnerte mich an die Legende über die Rotkehlchen, von der Mama uns erzählt hatte, als wir Kinder waren. Zunächst seien es einfach irgendwelche Spatzen gewesen, sagte sie, doch als Jesus ans Kreuz geschlagen wurde, habe einer der Vögel angesichts seines Schmerzes Mitleid gehabt. Er sei auf seinen Kopf geflogen und habe ihm mit dem Schnabel einen Dorn aus der Stirn gezogen. Das hervorquellende Blut habe den kleinen Vogel befleckt. Seitdem trage das Rotkehlchen bis in alle Ewigkeit das Zeichen seiner Barmherzigkeit. Dieses Rotkehlchen war also sicher ein gutes Omen. Es war ein kleiner Zauber, ein Wink des Schicksals. Sollte bald etwas Schönes geschehen? Ich wünschte es mir von ganzem Herzen. Im Bett zusammengekauert wünschte ich mir, dass eine schöne Überraschung mein Leben erwärmen würde.

Nachdem es die Kerne aufgepickt hatte, flog das Rotkehlchen fort. Es war Ende Oktober 1934. Genau zwei Monate später erfüllte sich mein Wunsch.

SECHZEHN

Das Leben schenkte mir einen letzten Frühling, auch wenn ich keinen verdient hatte.

Der Wind kommt mich holen und lässt mich in einen Abend Mitte September fallen. Es ist das Jahr 1934, und Hartmann ist gerade damit beschäftigt, den Fahnenabzug seines neuen Handbuchs der Gynäkologie durchzusehen. Zwei seiner Doktoranden haben ihn bereits kontrolliert, doch er braucht auch noch meine Augen, »die alles sehen«, wie er erklärt. Es ist Sonntag, nach dem Abendessen, Frau Hartmann hat einen Johanniskrauttee für uns gemacht und in jede Tasse zwei Teelöffel Kastanienhonig eingerührt. Hartmann und ich sitzen in seinem Arbeitszimmer am Tisch und suchen den Text nach Fehlern ab, in friedlichem und vertrautem Schweigen. Der Verleger wartet ungeduldig, die Fahnen müssen dringend nach Leipzig geschickt werden. Manchmal zeigt Hartmann mir eine Abbildung und beschwert sich darüber, dass nicht alle Bilder für sittlich genug gehalten worden sind. Dann setzt er seine Brille wieder auf und korrigiert weiter. Ich finde bei der Durchsicht allerlei Fehler.

»Ihnen entgeht wohl nichts, oder? Sie haben hundert Augen wie der Riese Argos!«, sagte er und lächelte mich an. Auch ich lächelte zufrieden. Ich wünschte mir nichts anderes als sein Lob, nichts als an der Seite meines Lehrmeisters zu arbeiten. »Ich wette, auch Sie machen wie Argos nie alle Augen zu, wenn Sie schlafen wollen … Außer vielleicht …«, fügte er hinzu und warf mir durch die dicken Brillengläser hindurch einen Blick zu, »es nähert sich Pan mit seiner Flöte! Dann ja, dann schließen Sie bestimmt alle Augen.«

»Damit Sie mir den Kopf abschlagen … vielen Dank!« Wir lachten herzlich und lehnten uns erschöpft zurück: Pause. Hartmann öffnete das Fenster, ein Windstoß fuhr frech herein und zerzauste ihm das Haar. Schnell machte er die Fensterflügel wieder zu, drehte sich zu mir um und fragte: »Hieß der Hund von Odysseus nicht auch Argos?«

»Stimmt, er war der Einzige, der ihn erkannte, als er nach Ithaka zurückkehrte …«

»Ein leuchtendes Beispiel für Treue«, sagte er mit einem ironischen Gesichtsausdruck. Er wollte mir etwas sagen, etwas sehr Wichtiges, etwas Entscheidendes. »Fräulein Alrutz, wenn ich Göttingen verlassen sollte, würden Sie dann mitkommen?« Ich war entsetzt. Wie weggehen, warum? Und wohin?

»Man hat mir einen Lehrstuhl in der Schweiz angeboten … in Zürich. Ein vorteilhaftes Angebot. Meine Frau steht schon zum Kofferpacken bereit, die Kinder werden es nicht einmal großartig merken. Soll ich auch Ihren Namen nennen, Fräulein Alrutz, wenn ich mit dem Dekan verhandle?«

»Aber Herr Doktor, Sie wollen Göttingen ausgerechnet jetzt verlassen? Ausgerechnet jetzt, wo das Vaterland Wissenschaftler wie Sie braucht?«

»Ach, ich bitte Sie! Können wir denn wirklich sicher sein, dass das Vaterland mich braucht? Im Moment werden die Dinge kompliziert … für mich und für meine Familie! Man hat in meinen Unterlagen gewühlt … Wie es scheint war eine meiner Großmütter … jüdischen Glaubens, bevor sie zum Christentum übergetreten ist … Ich ahnte nichts davon … Ich bin in einer unangenehmen, schwierigen Lage …«

»Sie haben doch Verdienste aus dem Krieg, haben dem Vaterland gedient, was können sie Ihnen denn schon anhaben, Herr Doktor?«

Er schüttelte den Kopf. »Sie haben meine Frage nicht beantwortet«, sagte er dieses Mal in einem strengeren Tonfall.

»Ich würde überall mit Ihnen hingehen«, hörte ich mich sagen. Er setzte die Brille wieder auf und sagte, den Blick bereits wieder auf dem Papier: »Gut. Ich wusste, dass ich auf Sie zählen kann. Wenn Sie in die Schweiz kommen, werden Sie diese ... Schwesterntracht ... die werden Sie natürlich hierlassen.« Damit fuhr er fort zu korrigieren, als wäre nichts vorgefallen.

Der Wind bläst mich wieder aus dem Arbeitszimmer hinaus und ich verliere mich in der trüben Luft. Das Schicksal hatte uns einen Ausweg aufgezeigt, der mir in diesem Augenblick unwahrscheinlich und beinahe beschämend erschien. Deutschland gerade in dem Moment zu verlassen, in dem Hitler an die Macht gekommen war und die Dinge besser wurden? Und dann diese Sache mit dem Ariernachweis ... was für ein Unsinn. Schließlich war seine Großmutter konvertiert, oder? Und die Kriegsverdienste? Zählten die denn etwa nicht? Ja, Hartmann übertreibt, sagte ich mir. Es ist seine Frau, die ihm die Angst einredet. Es wird ihm nichts passieren, es ist undenkbar, dass sie ihn wegen dieser Kleinigkeiten entlassen.

Der Wind trägt mich fort, und ich finde mich unter einem anderen Himmel wieder. Ich sehe Hartmann und mich am Ufer eines Sees spazieren gehen. Zürich, Sommer, jener Sommer, der mein Leben hätte sein können, den es aber nicht gab. Meine Haare sind an den Schläfen schon leicht ergraut, Hartmann geht schwerfällig und stützt sich auf meinen Arm. Beide sind wir alt geworden, aber wir sind gesund. Der Krieg ist schon eine ganze Weile vorbei. Er und ich in einem neutralen Land in Sicherheit. Seine Frau ist schon vor Jahren gestorben, jetzt bin ich seine wichtigste Vertraute. Arbeit und Privatleben lassen sich nicht mehr trennen. Ich betrachte den See, zu blau und zu leuchtend, um wahr zu sein. Ich werde nie mehr nach Deutschland zurückgehen, überlege ich, und den Rest meines Lebens dort, am Ufer dieses verzauberten Sees, verbringen.

Hartmanns Traum platzte wegen der Spannungen zwischen Deutschland und der Schweiz. Die Universität Zürich zog ihr Angebot zurück. Der Führer hatte den Wissenschaftlern befohlen, in Deutschland zu bleiben, hatte die Überlegenheit des wissenschaftlichen Fortschritts der arischen Rasse gepriesen, und die Schweiz hatte als einzige Reaktion darauf jeglichen akademischen Austausch mit Deutschland aufgekündigt. All das erfuhr ich von Pierre, denn Hartmann verlor kein Wort mehr darüber. Wir blieben also beide in Göttingen, ich hielt es für einen Segen und Hartmann für einen verhängnisvollen Wink des Schicksals.

Nun bin ich wieder hier, vor seinem Arbeitszimmer. Vor den großen Fenstern, durch die er seine Kinder zur Schule gehen sah, oder seine Frau, die sich in ihrem schwarzen Mantel auf den Weg in die Stadt machte. Aber Hartmann ist nicht mehr da und kaum dass ich den Wunsch verspüre, ihn wenigstens für einen kurzen Augenblick wiederzusehen, da höre ich den Wind säuseln, meinen Freund, den Wind.

Ich komme voran mit den Lektionen und weiß, dass ich meine Schule der Erinnerungen bald ein weiteres Mal beenden werde. Ich weiß, dass nicht mehr viel fehlt bis zu meinem Tod. Nur noch ein gutes Jahr. Ein eiskalter Morgen Ende November, im Jahr 1934. Im dritten Stock gibt es in dem Flügel, der für die Krankenschwestern reserviert ist, ein Gemeinschaftsbad mit drei Duschen. Ich dusche nicht gern zusammen mit den anderen, deshalb wähle ich immer die unmöglichsten Zeiten, um mich zu waschen. Frida hat mich ein paar Stunden zuvor abgelöst. Sie könne nicht schlafen, hat sie gesagt, dann könne sie auch gleich anfangen zu arbeiten. Ich bin todmüde. Wir hatten zwei Notfälle, ich habe die Nacht im Operationssaal verbracht, noch dazu ausgerechnet zusammen mit einem Arzt, den ich nur schwer ertragen kann, Doktor Brink. Die Beine tragen mich kaum noch. Ich will nur noch die ganze Anspannung der Nacht abwaschen und mich dann ins Bett legen. Ich betrete das Bad, ziehe mich aus, hänge die Kleider an den Haken und drehe das Wasser auf. Lauwarmes Wasser, dann wird es immer wärmer. Ich spüre es über die Haut laufen, sehe, wie ich die Augen schließe, und denke: Du bist alt. Eine alte Jungfer. Eine fast dreißigjährige alte Jungfer, die niemanden hat, Anna. Das Wasser vermischt sich mit den Tränen – das muss die Erschöpfung sein, tröste ich mich –, ich kann nicht aufhören zu weinen. Zum Glück ist sonst niemand da. Niemand darf die Tränen einer braunen Schwester sehen. Entkräftet trete ich aus der Dusche, trockne mich sorgfältig ab und stelle dann fest, dass jemand ohne mein Wissen auf der Innenseite der Spindtür einen Spiegel angebracht hat. Das Bild, das von dort zurückgeworfen wird, jagt mir einen Schrecken ein wie der Anblick eines Gespenstes. Ich gehe zurück in mein Zimmer, und obwohl ich noch nasse Haare habe, schließe ich die Vorhänge und krieche ins Bett. Draußen eine bleierne Wolkendecke.

Das Leben besteht aus Millionen von Belanglosigkeiten, in die ab und zu bedeutende Tage eingepasst sind. Alles ist miteinander verwoben. Der Apfel strotzt vor Süße nach einem Winter fahler Säure. Als ich mir an jenem Morgen unter der Dusche die Ellbogen abrubbelte und mein Leben beweinte, wusste ich nicht, dass sich gerade in einer anderen Straße der Stadt der Mann, der mein Schicksal werden würde und der nichts von meiner Existenz ahnte, die Brille aufsetzte und sein Tagwerk begann. Und dass jeder Schritt, den wir gingen, uns einander näher brachte, im Leben wie im Tod.

Jetzt wehe ich in sein Zimmer, sehe, wie er fröstelnd seinen Morgenmantel sucht. Er wickelt sich einen Schal um den Hals und geht noch ganz verschlafen in die Küche. Er füllt Wasser in einen Topf und stellt ihn auf den Herd. Thierry, *mon amour*, nach einer Ewigkeit sehe ich dich wieder. Du warst noch so jung und so weit entfernt von allem, was ich bis dahin für verführerisch gehalten hatte. Ich sehe deine feingliedrigen Hände, die nach der Kaffeedose suchen, deinen dunklen Lockenkopf und den verdrießlichen Blick. Dein Zimmer war ein Zerrbild von meinem: Papier, Bücher, auf kleine Zettel gekritzelte Gedichte, die an der Wand hingen, zusammen mit Skizzen von Brücken, weiblichen Akten, Stillleben. Heruntergebrannte Kerzen auf dem Schreibtisch, ein Aschenbecher voller Zigarettenstummel, eine fast leere Flasche Likör. An einigen Stellen löste sich die Tapete von der Wand und er steckte getrocknete Blumen hinein, statt sie wieder anzukleben. Kaum ein freier Winkel, sein Zimmer existierte jeder Idee von Ordnung zum Trotz, in einem Zustand irgendwo zwischen einem Trödelladen und dem Kabinett eines Genies. Jener Tag begann wie jeder andere, Thierry, und keiner von uns wusste, dass unsere Begegnung schon ganz nah war. Wir waren unvorbereitet, wie wir es angesichts von bedeutenden Tagen immer sind, weil wir nichts davon wissen, rein gar nichts, welche Wunder sie für uns bereithalten.

In jenem Winter kam mein Geburtstag wie aus heiterem Himmel. Es schneite schon seit Wochen, und die Klinik lag unter einer weißen Decke, wie in weiche Watte gepackt. Am zweiten Weihnachtsfeiertag hatte ich die Ärmel hochgekrempelt und Moritz beim Schneeschippen geholfen. Ich hatte auch Frida und Hertha herbeizitiert, doch Letztere war nach zehn Minuten mit rotem Gesicht und gefrorenem Damenbart wieder getürmt. Frida hingegen arbeitete wie eine Verrückte. Ihre Wangen glühten, aber ohne meine Anweisung hörte sie nicht auf. »Ich habe morgen Geburtstag«, sagte ich zwischen zwei Schaufelladungen zu ihr. »Hast du Lust, bei Cron & Lanz einen Kaffee mit mir zu trinken … einen richtig guten? Aber sag den anderen nichts, nur du und ich.« Sie drehte sich um, strahlend, das Gesicht hob sich vom Weiß des Schnees ab, mit leuchtenden Augen. »Ja sicher, klar … morgen … Um welche Uhrzeit?«

Pfefferkuchen von Gentiane, ein von meiner Mutter bemaltes Lesezeichen, Wollstrümpfe von Papa und Willi. Die Weihnachtsgeschenke hatten die tägliche Dosis Zuneigung, die ich zu verdienen und ertragen zu können glaubte, bei Weitem übertroffen. Vor dem Kaffee würden Frida und ich zu Lünemann gehen, wo gelegentlich auch Lavendelseife verkauft wurde – für meine Verhältnisse bereits ein außergewöhnlich mondänes Programm. Keine Feier, keine Torte, keine Kerzen. Der letzte Geburtstag, an den ich mich erinnerte, war der achtzehnte in Salzgitter. Die anderen waren Staub und wie Staub waren sie davongeweht worden.

Der Abend des 26. Dezember 1934 verlief anders, als ich erwartet hatte. Ich blickte aus dem Fenster auf den Kirchweg und sagte mir, dass eine so verschneite Nacht nur eine ruhige Nacht sein konnte.

Es klopfte an die Tür.

Jemand kicherte.

»Herein!«, sagte ich.

Nichts.

Sie klopften noch einmal und dann noch einmal.

Ich verlor die Geduld und riss die Tür auf. Frida, Wilhelmine, Rose und auch die dicke Hertha, die mich umarmen wollte und dabei das Gleichgewicht verlor, stürzten sich auf mich. Wir landeten alle fünf auf dem Boden. Ich fing aus vollem Hals an zu lachen. Wie lange hatte ich nicht mehr so gelacht! Wir kugelten uns auf dem Boden. In dieser Nacht waren wir jung, junge Frauen in Morgenmänteln. Den Tränen nahe umarmte ich jede einzelne von ihnen. Frida füllte ein Glas mit Apfelwein. Ich machte ihr ein Zeichen, dass ich nur einen kleinen Schluck wollte, ich musste gleich zum Dienst, doch Frida interessierte das nicht. Und ich trank das Glas in einem Zug leer und hielt es ihr dann wieder hin, damit sie nachschenkte. Der Wein war so lecker, so süß ... Augenblick für Augenblick, Schluck für Schluck verwandelte sich die eingeschneite Klinik in das Schloss der weißen Feen. Mir war schwindelig, aber es fühlte sich gut an. Ich wurde siebenundzwanzig Jahre alt, zum Teufel mit dem Dienst, Frida gib mir noch einen Schluck, den letzten aber, um Gottes willen. Die braune Fee, die ich war, sah in jener Nacht zwei Elfen in ihr Zimmer treten: Pierre, der mir auf Französisch gratulierte, und Pierres Freund mit der Brille, den Elfen namens Thierry. Thierry betrat die Szene, als ich eine verträumte Fee mit einem Glas in der Hand war, umringt von einer sonderbaren Familie, die gerade noch in einem großen Durcheinander auf dem Teppich gelegen hatte. Eine Familie, die es möglich gemacht hatte, dass ich meinen siebenundzwanzigsten Geburtstag wie die Sechzehnjährige feierte, die ich nie gewesen war.

»Das ist der Bruder der besten Freundin meiner Schwester«, sagte Pierre.

»Viel zu kompliziert!«, riefen die anderen lachend. »Der junge Mann wird doch wohl einen Namen haben, oder?« Der junge Mann schritt schüchtern über die Schwelle meines Zimmers und trat in mein Leben.

»Ja, ich heiße Therence Picard, für meine Freunde aber nur Thierry, das ist einfacher.« Ich musterte ihn ganz unverhohlen von Kopf bis Fuß, wie es sich für eine Frau nicht gehörte – aber eine Frau sollte auch nicht so viel Apfelwein trinken, insbesondere vor dem Dienst. Thierry stand kerzengerade und hochgewachsen in der Mitte des Zimmers, in einem braunen, gut geschnittenen Mantel, die Schuhe voller Schnee und mit einem Päckchen in der Hand. »Sind Sie, *Mademoiselle*, die Jubilarin?«, fragte er mich und sah mir dabei direkt in die Augen. »Ich weiß nicht, kommt drauf an, was in dem Päckchen ist!«, sagte die braune Fee und weder sie selbst noch die anderen erkannten sie wieder. Hertha hörte nicht auf zu lachen, Frida war ganz aufgeregt. »Dann öffnen sie's doch, *Mademoiselle*, und entscheiden Sie dann, ob Sie die Jubilarin sind.«

»Das ist von mir«, sagte Pierre und stellte eine Flasche Champagner auf den Tisch. Die beiden setzten sich auf die Bank, und dann begann der Reigen der Vorstellungen. Frida, die sich neben mich gesetzt hatte, stand auf und holte noch mehr Gläser. Thierry rutschte neben mich, so nah, dass sich unsere Oberschenkel berührten. Mir war schwindelig. Ich hatte Mühe, das Päckchen zu öffnen, denn der Apfelwein verlangsamte meine Bewegungen und machte sie unbeholfen. Ein Bund getrockneter Lavendelblüten, mit einem roten Samtband zusammengebunden. »Das Band können Sie für die Haare verwenden, *Mademoiselle*«, sagte Thierry mit einem Blick zu meinem Kopf: »Ihr Haar muss sehr lang sein.« Die anderen Mädchen wussten nicht, ob sie lachen oder verlegen sein sollten. Der Elf Thierry hatte gerade eine sehr persönliche Bemerkung über die unpersönlichste aller Krankenschwestern gemacht, über die braune Fee. Die sich noch Apfelwein einschenkte und antwortete: »In der Tat, sehr lang, *merci*! *A votre santé*!«

Auch braune Feen erwachen irgendwann und werfen die Elfen hinaus. Alle verschwanden kichernd und tuschelnd wie Geister in der Dunkelheit. Thierry und Pierre gingen mit mir den Flur entlang und die Treppe hinunter, doch als Thierry durch den Haupteingang hinausgehen wollte, als wäre nichts, hielt Pierre ihn am Arm zurück und rettete ihn rechtzeitig. Zwei Männer, die um diese Uhrzeit angetrunken und leicht torkelnd das Krankenhaus verließen, hätten Verdacht erregt. Ich wollte nicht, dass sie Schwierigkeiten mit den Wachen am Eingang bekamen. Pierre ging zur Toilette, um sich das Gesicht zu waschen. Auch seine Schicht begann und er machte mir ein Zeichen, dass ich seinen Freund nach unten bringen sollte. Ich führte ihn in den Keller zu einem Gang, den kaum jemand kannte. Dort gab es eine beschädigte Glastür, die aussah wie abgesperrt, es aber nicht war. Ich schob ihn in den Gang und bedeutete ihm zu gehen. Bevor er das Feenschloss verließ, drehte er sich noch einmal um, zog seinen Mantel zurecht und verabschiedete sich nach allen Regeln der Kunst mit einem Handkuss und einer Verbeugung. Dann entschwand er, und noch eine ganze Weile spürte die braune Fee den samtweichen Blick des Elfen auf ihrer Haut.

»Er ist reich, aus Paris, stammt aus einer Arztfamilie, er ist hergekommen, um seine Facharztausbildung zu machen, und die Leute aus der medizinischen Abteilung lassen ihn hier einfach alles machen: vom Operationssaal bis hin zu den Wäschekarren. Er wohnt mit den anderen Franzosen zusammen in der Stadt, in einer winzigen Wohnung am Papendiek. Er trinkt, er raucht und man weiß nicht recht, ob er eigentlich ein Genie oder ein Dummkopf ist. Ach, und dann heißt es noch, dass er Halbjude ist, von mütterlicher Seite.« Frida hätte den ganzen Nachmittag weitergemacht und die Geschichte mit kleinsten Details ausgeschmückt, offensichtlich alle erfunden. Wir hatten bei Lünemann eingekauft und saßen im vornehmsten Café der Stadt, bei Cron & Lanz. Hingebungsvoll verspeisten wir ein Stück Linzertorte, unsere Lieblingstorte, vielleicht die einzige Gemeinsamkeit zwischen Frida und mir. »Aber er spricht gut Deutsch«, sagte ich und bemerkte, dass ich mich bereits auf seine Seite schlug. »Oh ja«, gab Frida zurück, »ich hab dir doch gesagt, er ist Jude: Er kann sich die besten Lehrer leisten! Diese Geldsäcke«, seufzte sie.

Anfang Januar sah ich ihn wieder, bei Tageslicht und im Kittel. Er ging mit Doktor Brink durch die Gänge und schob den Medikamentenwagen. Mein Herz begann schneller zu schlagen, ich versuchte, ruhiger zu atmen, aber ich fühlte das Pochen bis in die Ohren. Ich senkte den Blick und gab vor, ihn nicht wiederzuerkennen. »*Bonjour, mademoiselle*«, flüsterte er mir im Vorbeigehen zu.

»Guten Morgen«, antwortete ich und lief davon. Ein paar Tage später ging ich zu Pierre, um mir eine Unterschrift von ihm zu holen und fand Thierry bei ihm. Sie rauchten hinter einer kleinen Mauer versteckt wie zwei Diebe. »Warum ist Ihre Tracht anders als die der anderen?«, fragte er mich unvermittelt.

»Weil sie zur ... Elite des Führers gehört«, stichelte Pierre.

»Ich bin eine nationalsozialistische Krankenschwester«, sagte ich stolz. Ich sah, wie sich ein Schatten über Thierrys Blick legte, und mein ganzer Stolz erschlaffte wie ein Segel in der Flaute. Seine Augen waren schwarz wie Pech, ein leichter, kaum wahrnehmbarer Silberblick hinter der strengen Brille. »Aber eine nationalsozialistische Krankenschwester sollte doch zumindest ein Bild des Führers im Zimmer haben, oder?«, begann er.

»Ich verstehe nicht«, gab ich zurück.

»*Mais oui*, ein Bild des Führers ... Sie scheinen sich jedoch mehr für mythologische Tiere zu interessieren, wenn ich nicht irre ... Ist das nicht ein Greif, das Bild, das über ihrem Bett hängt, *Mademoiselle*?« Ich war sprachlos. »Was hat denn ein Greif mit dem Führer zu tun?« Pierre lachte, Thierry blies mir sanft eine Wolke Zigarettenrauch ins Gesicht. Hustend und mit knallroten Wangen ging ich weg.

Ein paar Wochen später wies Brink mich an, eine Liste der Medikamente anzufertigen, die bestellt werden mussten. Eine todlangweilige Aufgabe. »Nicht allein«, stellt er klar. »Ich schicke Ihnen einen Arzt, sobald einer verfügbar ist.« Als Thierry den Lagerraum betrat, fühlte ich mich wie ein Tier im Käfig. Doch er nahm den Vordruck und teilte die Arbeit recht kühl auf: »Sie kümmern sich um diese Schränke, ich übernehme die rechts. Wenn wir uns diesen Ärger aufteilen, sind wir schneller fertig.« Im Gegensatz zu Brink vertraute er mir. Wir verbrachten fast eine Stunde im selben Raum ohne ein Wort zu wechseln. Allein, in diesem schlecht beleuchteten Lager, das kratzende Geräusch seines Stifts auf dem Papier, sein Atem, die Wärme, die von ihm ausging. Ich fühlte mich, als hätte ich wieder Apfelwein getrunken. Ich schrieb die Medikamente auf und dachte die ganze Zeit: Nur Mut, sag etwas zu mir, sprich mit mir. Doch er arbeitete konzentriert weiter. Ich schloss die Flügeltür des letzten Schranks und war mit meiner Seite fertig. Dann setzte ich mich an den Tisch und kontrollierte noch einmal rasch die Liste der Arzneimittel. Ich nahm ein Formular und übertrug die Namen. Da setzte Thierry sich mir gegenüber, rieb sich die Augen und sagte: »Ich bin auch fertig.« Erneut spürte ich das Blut in den Ohren rauschen. »Was lesen Sie, *Mademoiselle*, wenn sie mal keine Medikamentenlisten schreiben? Wofür interessieren Sie sich?«, fragte er so nüchtern, als würde er einen Schüler befragen. Und wie ein Schüler antwortete ich: »Ich war auf dem Gymnasium, dann habe ich drei Jahre lang Medizin studiert.«

»Aber Sie haben nicht auf meine Frage geantwortet«, beharrte er.

»Ich habe eine Schwäche für die griechische Tragödie … besonders für Euripides … dann die deutschen Klassiker … Hoffmann zum Beispiel … Ach, und ich hab auch euren Zola gelesen … aber zur Zeit nur Fachbücher … Ich habe wenig Zeit.«

»Und das wäre? Verraten Sie mir, welches Buch auf Ihrem Nachttisch liegt?« Zögerlich antwortete ich: »*Die Bedeutung von Blut und Boden für das deutsche Volk*, ein Werk von Ministerialrat Gütt.«

»*Die Bedeutung von Blut und Boden für das deutsche Volk*? Das lesen Sie gerade?«

»Ja, in der Tat«, antwortete ich und verlor an Boden.

»Würden Sie's mir ausleihen, *Mademoiselle*? Im Ernst, es interessiert mich … Könnte ich's für ein paar Tage haben?« Ich lief in mein Zimmer und brachte es ihm. Es war ein dünner Band mit wenigen eng beschriebenen Seiten, die wichtigsten Stellen hatte ich angestrichen. Thierry steckte es sorgfältig in die Tasche. »Ich hoffe, Sie haben bald eine Gelegenheit, das rote Band zu benutzen, das ich Ihnen geschenkt hab. Ich hoffe, es gefällt Ihnen«, sagte er lächelnd. »Ja, es ist sehr hübsch«, antwortete ich, dachte aber zugleich, dass ich es wohl nie benutzen würde.

Es war Februar, ein milder, frühlingshafter Februar in jenem Jahr: zahlreiche Krokusse zierten bereits die Beete, und auch die Magnolien würden schon bald erblühen. So wie auch ich, in meinem ganz persönlichen Frühling. Ich sagte zu Thierry, dass ich das Buch von Gütt zurückhaben wolle, und er antwortete mit einer Einladung zu sich nach Hause. Ich lehnte ab, denn es gehörte sich nicht, dass eine Frau allein in die Wohnung eines Mannes ging. »Dann behalte ich das Buch«, meinte er lächelnd. »Nein, ich brauche es wirklich.« »Kommen Sie es doch heute Nachmittag um fünf Uhr abholen. Wenn Sie nicht hereinkommen wollen, kann ich es Ihnen vom Fenster aus zuwerfen.« Ich stimmte zu, widerwillig zwar, doch ich stimmte zu. Auf dem Weg zum Papendiek, einer kleinen Gasse in der Innenstadt, stellte ich fest, dass ich schwitzte und schwer atmete. Es war schon dunkel, und ich war viel zu früh dran. Es blieb mir nichts anderes übrig, als ab und zu stehenzubleiben und mir die Schaufensterauslage eines Geschäftes anzusehen. Der Himmel war wolkenlos und klar, die Luft mild, sie duftete zart nach Blumen, stieg mir in die Nase und schien mir neue Energie zu verleihen. Ich hatte mir das Band von ihm in die Haare gebunden und trug zum ersten Mal seit langer Zeit wieder Zivilkleidung, einen blauen Mantel über einem purpurroten Kleid. Ich war nervös, unruhig und hatte vor Aufregung rote Flecken am Hals. An der angegebenen Adresse blieb ich stehen, es war Punkt fünf. Er machte das Fenster auf und begrüßte mich sehr fröhlich:

»Kommen Sie doch rein, ich habe Tee gemacht … und Kekse!«

»Nein, danke, ich habe Ihnen ja schon gesagt, dass ich nicht reinkommen werde … Geben Sie mir jetzt das Buch, seien Sie so gut.«

Thierry ließ nicht locker: »Aber ich bitte Sie, *Mademoiselle*, nur für zehn Minuten!« Einen Moment lang zögerte ich. Ein Schritt in Richtung Tür, dann nein, ich blieb stehen und wiederholte, dass ich das Buch wolle, jetzt sofort und ohne Umschweife. Da gab Thierry nach: »Einverstanden, ich packe es ein und komme dann runter, warten Sie.« Einen Augenblick später war er mit einem grauen Bündel in der Hand zurück am Fenster und sagte: »Hier bin ich, *Mademoiselle*!«

Konfetti.

Eine Unmenge Konfetti, das sich in den Haaren verfing, am Mantel, auf den Lippen hängen blieb. Ich dachte zuerst an einen Streich, schließlich war bald Karneval. Aber als ich mir die tausend kleinen Schnipsel vom Leib schüttelte, erkannte ich in ihnen das Buch von Gütt. Tausend respektlose Fetzen.

Wieder erwachte der Wolf und rannte die Stufen des alten Hauses hinauf. Zum Teufel, das ist zu viel, zu viel! Ich stieß die angelehnte Tür auf und betrat das Narrenschiff, das seine winzige Wohnung war. Ich trampelte über ein Buch und ein paar auf dem Boden liegende Papiere und fragte wutentbrannt: »Wie können Sie es wagen? Gütts Text so zuzurichten! Ich habe Ihnen ein Buch ausgeliehen und Sie haben es komplett zerstört?«

»Das war das, was es verdient hatte, *Mademoiselle*, glauben Sie mir«, sagte er und begann zu lachen. »Kaum zu glauben, wie viele Dummheiten in einem so schmalen Bändchen Platz haben …«

»Dummheiten? Diese Dummheiten sind meine Arbeit, sind die Arbeit der Krankenschwestern des Führers.«

»Hören Sie auf mit diesem Führer! Er ist wahnsinnig, krank und bringt eine ganze Nation vom rechten Weg ab … Machen Sie doch die Augen auf, *Mademoiselle*!« Bei diesen Worten ging ich wutschäumend auf ihn los. Ich wollte ihn ohrfeigen, doch er wehrte meinen Arm in der Luft ab: »Die germanische Rasse, die Auswahl einer gesunden genetischen Erbmasse, sechs Millionen … wie werden sie noch genannt … *minderwertige, asoziale Menschen, mit geistig und körperlich krankhaften Erbanlagen* … Gehöre ich auch zu dieser Gruppe, *Mademoiselle*? Sind Sie sich der Folgen dieser Worte bewusst?«

»Wir sterilisieren die Träger von Erbkrankheiten, das ist alles! Was ist daran falsch?«

»Verstehen Sie denn nicht, ist Ihnen denn wirklich nicht klar, dass das nur der Anfang ist … Sterilisationen werden nicht genügen … Sie werden alle ausgelöscht werden … Wir werden alle ausgelöscht werden, wenn wir nicht der Norm entsprechen!« Wir kämpften weiter, mit Worten, mit den Armen, mit dem ganzen Körper. Er wollte mir nicht wehtun und versuchte lediglich meine Schläge abzuwehren. Thierry war genauso groß wie ich, aber viel schmächtiger. Ich konnte mich losreißen und zur Tür laufen. Doch er war schneller als ich und schlug sie zu: »*Restez*«, sagte er. »Ich bitte Sie, gehen Sie nicht.« Er umarmte mich von hinten, schlang die Arme fest um meine Taille. Dann küsste er mich verzweifelt auf den Nacken.

Dieser Kuss weckte mich auf. Seine Wärme weckte meine, sein Mund biss meinen. Seine Hände glitten über meine verschwitzte Haut, suchten die Knöpfe des Kleides, die Brüste unter dem Hemd und die Pobacken, die an die Tür gedrückt waren. Mein Körper gab sich hin. Ich löste mich in einem warmen Meer aus Düften, uralten Gerüchen auf. Ich ließ mich betrachten und betrachtete selbst auch die Nacktheit des Mannes, den ich begehrte. Sein heißer Atem brannte in der Kuhle meines Halses.

Bis zu diesem Nachmittag wusste ich herzlich wenig von der Welt. Man kann das Leben ohne die Weisheit des Körpers, der den Weg zum Kern der Dinge kennt und ihn uns ganz unmittelbar zeigt, nicht verstehen, das weiß ich jetzt. Jetzt, da ich keinen Körper mehr besitze, sehne ich mich nach ihm zurück. Nur durch ihn habe ich verstanden, dass ich etwas ganz anderes brauchte als abgeschmackte politische Reden. Ich suchte nach Wärme und Vergebung, meine Hände strebten im selben Maß nach Trost und Leidenschaft, meine Augen schlossen sich, wenn Thierry in mich eindrang und öffneten sich jedes Mal in einer neuen Welt. Bald wurde ich abhängig von seiner Wärme: Ich suchte ihn in der Klinik, wartete vor seiner Wohnung auf ihn. Und wenn er nicht da war, lag ich in meinem Bett im dritten Stock der Klinik und sehnte mich nach ihm.

»Du und Thierry, seid ihr zusammen?«

Ein paar Wochen später stellte mir Frida diese Frage, als wir nach einer dreistündigen Operation unter der Dusche standen. Ich sagte Ja, nahm das Handtuch und war weg.

Thierry war immer an meiner Seite. Wenn ich in die Stadt musste und er nicht todmüde war, schob er sein Fahrrad und begleitete mich in alle Geschäfte. Freitagnachmittags um zwei saßen wir bei Cron & Lanz, ich mit meiner Linzertorte und er mit einer Sachertorte, die er innerhalb kürzester Zeit verschlang. Ich fing an die Zeiten zu lieben, in denen ich keine Schwesterntracht trug, und legte nun wie die anderen Frauen Lippenstift auf. Ich gab jetzt auch Geld für modische Kleidung aus, für Tücher und Seidenstrümpfe. Ich fühlte mich zwar weiterhin plump wie eine alte Jungfer, doch ich bemerkte auch, dass die Blicke der Männer auf mir ruhten, und verspürte dabei die gleiche Trunkenheit wie vom Apfelwein. Eines Tages grüßte Hartmann mich zerstreut, wie er es mit einer Patientin gemacht hätte, und bemerkte erst dann, dass ich es war, sein Schützling. Er machte kehrt und musterte mich voller Verwunderung: »Fräulein Alrutz! Wie ich sehe, tut Ihnen die Göttinger Luft gut!« Als ich es Frida erzählte, sagte sie: »Die Göttinger Luft? Nöööö, von wegen, die Pariser Luft!« War ich glücklich? Ja, ich war verlegen und glücklich.

»Du und Thierry, seid ihr zusammen?«

»Ja, das heißt nein, ich weiß nicht, es ist komisch, ich sehe uns gar nicht als Paar, vielmehr ist er eher eine Gewohnheit, die beste meiner Gewohnheiten.« Frida sah mich verdutzt an. »Wichtig ist, dass du dich nicht verliebst«, sagte sie. »Solange es nur Spaß ist, ist es gut, wir leben hier im Krankenhaus wie die Hunde, wenigstens ein bisschen Abwechslung. Aber Thierry ist Jude, das weißt du ja, oder? Ich hab's dir von Anfang an gesagt. Es ist, als ob du dich an das Blatt von einem Baum klammerst. Und in Deutschland ist Herbst, Anna, im Herbst fallen die Blätter. Sei vorsichtig, bring dich nicht in Gefahr, kein falscher Schritt.«

Seit Thierry an meiner Seite war, lebte ich wie in Trance. Ich, die ich mein halbes Leben damit zugebracht hatte zu lernen, wie hassenswert und schlecht die Juden sind, traf mich nun mit einem von ihnen. Ich, die ich eine Elite-Krankenschwester war, ehrgeizig und dem Führer treu ergeben, hatte ein Verhältnis mit einem jungen Mann, der kein Arier war. Die braune Schwester liebte einen französischen Juden. Ich war fiebrig, fortwährend angespannt und dennoch beinahe schläfrig, mit roten Wangen und vor Erschöpfung zitternden Beinen. Während meiner langen Nachtdienste leistete Thierry mir Gesellschaft. Er erzählte mir von seinem Zuhause, seinen beiden Schwestern, die Zwillinge waren, von der Seine und den vielen kleinen Gewohnheiten, die sein Erwachsenwerden begleitet hatten. Wir spazierten durch die Gassen von Paris, die er jede Nacht in seinem gewählten und altmodischen Deutsch für uns lebendig werden ließ. Er half mir in den Krankensälen, wendete Matratzen, schob Betten, untersuchte die Patientinnen mit der Sorgfalt eines geborenen Arztes. Wir arbeiteten stundenlang schweigend und sahen uns nur ab und zu in die Augen. Einmal schliefen wir während eines Dienstes in der Küche sitzend ein, die Arme auf dem Tisch. Greta kam vorbei und anstatt uns zu wecken, legte sie uns eine Decke über die Schultern. Mittlerweile wussten alle, dass ein französischer Doktorand mir in den Nachtdiensten half, man verstand zwar nicht so richtig, warum, aber es war immer hilfreich, einen Mann da zu haben, und so ließ man ihn gewähren. Morgens um sieben besuchte er die Vorlesungen von Hartmann und anschließend lernte er noch. Er schlief nicht mehr als ein paar Stunden am Tag und wurde unübersehbar immer dünner, fast als würde er sich aufbrauchen.

Ich hieß Anna Alrutz, Dienstnummer 271207. Ich war eine braune Schwester und hatte eine unvernünftige Beziehung mit einem Blatt. Im Herbst.

SIEBZEHN

Seit ich tot bin, beobachte ich die Lebenden sehr genau. Die Kinder sind klar umrissene, deutliche Gestalten, die sich in fast grausamer Schärfe vom Hintergrund abheben. Wenn sie dann heranwachsen, älter werden, verschwimmen die Gestalten nach und nach, die Farben verändern sich und werden blasser, als ob jeden Tag ein Tafelschwamm über die Konturen wischen und sie immer undeutlicher machen würde. Kurz vor dem Tod sind die Alten beinahe ausgewischt. So auch Elise, als ich sie das letzte Mal in ihrer Wohnküche in Brooklyn gesehen habe, ihre Konturen waren blass: Ich wusste, dass sie ihren Körper bald verlassen würde.

Ich sehe mich heimlich in Thierrys Wohnung schleichen: Ich habe einen Schlüssel, verschwinde hinter der Tür und sogleich umfängt mich der staubige Geruch des herumliegenden Papiers. Es ist mir gleich. Es stört mich nicht mehr, ich bin nur für ihn hier und werde mich heute Nacht, wie inzwischen jede Nacht, an ihm sättigen, ohne jede Vorsicht oder Hemmung. Als ich mich ansehe, stelle ich fest, dass die Konturen meiner Gestalt schon verblasst sind – es fehlt nicht mehr viel. Auch die von Thierry haben diese durchsichtige Farblosigkeit, als sein Körper sich auf meinem bewegt.

»Ein Jahr noch«, sagte er in jener Nacht zu mir, »nein, nicht einmal mehr ein Jahr, Anfang Januar 1936 ist mein Doktorat zu Ende und wir können weg von hier.« Ich war durcheinander, doch er schloss mich in seine Pläne ein, in seine Zukunft, und ich ließ es einfach geschehen.

»Meine Eltern haben ein Sommerhaus in der Nähe von Paris, in Vaucresson. Als wir Kinder waren, haben wir die Ferien dort verbracht. Ich hab immer davon geträumt, irgendwann dort zu leben … Es ist ein magischer Ort.« Ich dachte an Salzgitter, mit magischen Orten kannte ich mich gut aus, und lächelte. Wir verbrachten die Nacht mit Fantasien: Ich war noch nicht sicher, ob ich wirklich aus Deutschland weggehen wollte, aber vielleicht würde ich es für Thierry und mit Thierry ja tun. Wenn ich die Augen schloss, sah ich ein rotes Backsteinhaus mit einem Garten und Thierry, der in einer Laube Kaffee trank. Wir waren weit weg von der Klinik, von Hartmann und von Brink, von den Nachtdiensten und den Sterilisationen.

Die Ereignisse machten alle unsere Pläne zunichte. März, April, Mai, drei schnelle Monate. Drei Monate, in denen die Kehrtwende, die mein Leben inzwischen genommen hatte, ganz unvermittelt ins Licht trat.

Der März 1935 begann mit der Sterilisation von zwei Frauen, Gerda und Gisela Böhmen, Mutter und Tochter. Sie waren Bäuerinnen aus Moringen, einem Dorf nördlich von Göttingen. Beide taubstumm. Zwei kräftige Frauen, mit gewaltigen Armen und einer Gesichtsfarbe, der man die Arbeit im Freien ansah. Man hatte uns informiert, dass die Tochter sich in einem Kartoffelhaufen im Keller versteckt hatte. Als man sie holen wollte, hatte die Mutter sich in den Weg gestellt und einen Krankenpfleger durch einen Schlag ins Gesicht verletzt. Deshalb hatte man auch sie in den Krankenwagen verladen. Die Akte lag auf Brinks Tisch, doch Hartmann hatte ausdrücklich angeordnet, sie vor dem Eingriff noch zu untersuchen. »Da stimmt irgendetwas nicht«, sagte er zu mir: »Die Tochter, diese Gisela, hat sich erbrochen, nicht, dass sie schon schwanger ist.« Die beiden Frauen waren mit dem Krankenwagen gebracht worden und halb benommen. Die Kollegen von der Psychiatrie hatten ihnen ein Beruhigungsmittel verabreicht. Als die Wirkung nachließ, fing Gisela in so grauenhaften Tönen zu winseln und zu heulen an, dass selbst Hartmann die Geduld verlor und sie gereizt anwies, sich zu beruhigen. Wir untersuchten sie und stellten fest, dass sie schwanger war. Am nächsten Tag müssten sie operiert werden, sagte Brink. »Zuerst operieren wir die Mutter und dann, am Nachmittag, befassen wir uns mit der Tochter.« Ich teilte ihm mit, dass Hartmann sie untersucht habe und dass sie ungefähr in der elften Woche schwanger sei. »Ja, das steht hier, aber das spielt keine Rolle. Es bedeutet nur, dass wir den Fötus abtreiben und ihn mitsamt Gebärmutter entfernen. *Abortus arteficialis* mit Sterilisation«, verkündete er mit einem Anflug von Ironie in der Stimme. Ich verspürte eine leichte Übelkeit. Brinks Entscheidung verwirrte mich. Ich hatte nicht nur keine Möglichkeit, den Eingriff zu verhindern, sondern durfte auch seine Notwendigkeit nicht anzweifeln. Frauen mit körperlichen Behinderungen müssen unfruchtbar gemacht werden, so sagte ich mir, wenn sie dann so gewissenlos waren, vor der Sterilisation auch noch schwanger zu werden, tja, dann tat es mir leid für sie, der Fötus musste abgetrieben werden. Ich ging zu Hartmann, um ihn über Brinks Plan in Kenntnis zu setzen. Daraufhin suchte er den älteren Kollegen in dessen Büro auf und kam mit finsterer Miene wieder heraus. Als ich mich näherte, bedeutete er mir, dass ich ihn in Ruhe lassen solle, schlug die Tür zu seinem Arbeitszimmer hinter sich zu und schloss sich ein.

»Abtreibung und Sterilisation durch Entfernung der Gebärmutter«, sagte ich an diesem Abend zu Thierry, als wir im Behandlungszimmer das Operationsbesteck vorbereiteten. Er gab keine Antwort, betrachtete nur sorgenvoll die kleinen Flaschen mit dem Chinin. Brink war sein Doktorvater, es war eine sehr schwierige Situation. Er durfte es sich ein paar Monate vor der Prüfung nicht mit ihm verscherzen. Dennoch unternahm er einen letzten Versuch. Er klopfte an die Tür des Büros und bat um ein

Gespräch, doch Brink weigerte sich. Seine Tochter wurde an diesem Tag achtzehn, es gab zu Hause einen Empfang und er musste sich beeilen. »Wenn Sie wollen, können Sie morgen bei der Operation dabei sein, Picard. Schauen wir mal, was wir aus dem Bauch dieser Schlampe ziehen werden.« Er zog den Mantel über und ging nach Hause.

Gisela und Gerda Böhmen bekamen eine hohe Dosis Beruhigungsmittel und wurden mit Hilfe der Wachen in den kleinen Raum im Keller neben Moritz' Wohnung gebracht. Angesichts ihrer Körperfülle und der urwüchsigen Wut, die sie umtrieb, war die Wirkung allerdings von kurzer Dauer. Es dürfte gegen drei Uhr nachts gewesen sein, als die Klinik von ihrem unerträglichen Geheul erzitterte.

Habt ihr jemals das Weinen von jemandem gehört, der nicht weinen kann und nicht in der Lage ist, die Geräusche zu hören, die er selbst verursacht? Habt ihr jemals die Pein miterlebt, die jemand durchlebt, der brüllen will und es nicht kann, so wie wir in jener Nacht?

Moritz kam uns holen. Thierry und ich liefen hinunter. Im ganzen Raum waren Erbrochenes, Blut und Exkremente verteilt, die Frauen holten erneut Schwung und schlugen die Köpfe gegen die Wand, kreischend, heulend, schwankend. Sie stießen Geräusche hervor wie tierische Wehklagen. Wir mussten Brink rufen. Wir bereiteten den Operationssaal vor. Er kam, verärgert und ziemlich angetrunken. Auf dem Gang zog er den langen Mantel aus und warf sich achtlos den Kittel über. Im Operationssaal stürzte er sich auf die arme Gisela. Es war nicht die Hand eines Chirurgen, sondern die eines Fleischers. Der Fötus wurde der Frau mitsamt der Gebärmutter aus dem Leib gerissen und in den Müll geworfen. Ich dachte an meinen Vater, an die Anmut, mit der er die Patienten untersuchte. Ich dachte an seine Haltung: Er ist ein guter Arzt, also ist er auch freundlich. Zusammen mit Thierry verarztete ich die Frau, schweigend und bestürzt. Als wir sie zurück in den Krankensaal brachten, wurde es gerade Tag. Thierry ging zum Hinterausgang der Klinik hinaus. Er zündete sich mit zitternden Händen eine Zigarette an, doch nach wenigen Zügen konnte er den Brechreiz nicht mehr unterdrücken.

Ich verbrachte den Tag zusammengekauert und verstört im Bett. Gerda wurde um elf Uhr sterilisiert, Gisela hatte hohes Fieber. Frida kam mit einem Tablett in mein Zimmer: Brot und Milch, was ich am liebsten mochte. Aber ich konnte nichts anrühren, meine Eingeweide sträubten sich dagegen.

»Das ist nicht in Ordnung … was Brink da gemacht hat, ist nicht in Ordnung«, sagte sie.

»Deshalb ist es besser, vorzubeugen durch eine Sterilisation …«, antwortete ich kaum hörbar.

»Sterilisieren … Aber ist das wirklich nötig?«, fragte Frida. »Ich weiß nicht, Anna, ich habe die Ausbildung zur Krankenschwester nicht gemacht, um so was zu machen … ein Kind einfach so wegwerfen … wie ein überzähliges Kätzchen.«

»Hast du gehört, wie die zwei getobt und geheult haben? Nicht auszuhalten …«, sagte ich und starrte ins Leere.

»Du würdest auch toben und heulen, wenn man dir dein Kind wegmachen wollte …«

»Warum verstehen sie's denn nicht, Frida? Im Grunde machen wir's doch für sie … zu ihrem Wohl …«

»Das übliche Geschwätz, als ob wir wüssten, was gut für sie ist!«

»Nein …«, fuhr ich wie zu mir selbst fort, »es geht um das Wohl der Nation …«

»Ach, so ein Schwachsinn!«, rief Frida und ging hinaus. Ich wollte weinen, doch es gelang mir nicht.

Dann traf es Thierry, Mitte März.

Eine junge Krankenschwester, Minna Schäfer, stolperte und fiel unter dem Gelächter der Wöchnerinnen hin. Thierry ging zu ihr, um ihr aufzuhelfen. Minna explodierte und schleuderte ihm ihre ganze unterdrückte Wut entgegen. »Fass mich nicht an, du Drecksjude!« Genau das Wort benutzte sie, Drecksjude, und sie sprach es mit einer Gehässigkeit aus, die einen harten Gegensatz zu seinem anmutigen Aussehen bildete. Thierry verharrte fassungslos in der Mitte des Raumes, gerade er, der die Medikamente mit beinahe brüderlicher Zuneigung verabreichte, ein Drecksjude. Minnas Schrei löste einen Tumult aus. Auch die Wöchnerinnen begehrten jetzt auf. Ich nahm Thierry am Arm und schob ihn nach draußen. Ich schleifte ihn in das Kabuff von Moritz und wies ihn an, mit dem guten Mann dort zu warten. Dann ging ich zu den Frauen zurück und fand Hartmann vor, der sie mit seiner Autorität wieder zur Ruhe brachte. Das hier sei eine Universitätsklinik und kein Hühnerstall; er bat die Wöchnerinnen, ihre Gefühle zu zügeln, die nach der Geburt bekanntlich ein wenig aus den Fugen geraten konnten, und den anderen Patientinnen Ruhe zu gönnen. Er sah mich an und sagte vor allen anderen: »Fräulein Alrutz, Sie kommen mit mir.«

Im Behandlungszimmer brannten mir die Tränen in der Kehle wie Säure. Mein Mentor sagte, er sei enttäuscht. Dass er schon von diesem französischen Doktoranden von Brink gehört habe, der wie ein Hündchen um mich herumscharwenzle. Solange die Sache sich auf die Nachtdienste begrenzte, nun gut, »aber im hellen Licht des Tages, mein Gott, ich habe Sie nicht für so einfältig und naiv gehalten, Fräulein Alrutz! Thierry Picard ist ein hervorragender Doktorand«, sagte er, »doch ich habe gehört, er ist Jude. Ich werde bei Brink ein gutes Wort für ihn einlegen, aber tun Sie auch etwas. Sagen Sie ihm, dass er nach Hause gehen soll, nach Paris, bevor es zu spät ist. Hier will ich ihn auf jeden Fall nicht mehr sehen. Ich will keinen Ärger, verstanden? Machen Sie Ihrer Tracht Ehre, Sie sind eine braune Schwester, vergessen Sie das nicht.«

An den Rest erinnere ich mich nur vage. Fast einen Monat lang sah ich Thierry nicht wieder. Pierre überbrachte mir Botschaften von ihm, ein Buch, das ich nie las, etwas Süßes, eine Rose. Ich schrieb ihm Briefe, die nicht von mir sein konnten, so rührselig waren sie und so vollkommen anders, als ich zu sein glaubte. Vielleicht war ich im Begriff, den Verstand zu verlieren.

In der Zwischenzeit führte Hartmann jeden Tag Sterilisationen durch, mit mir an seiner Seite. Ich bereitete die Frauen vor, wusch sie, hielt sie fest, sedierte sie und brachte sie zurück in den Krankensaal. Ich half bei den Tests, einer Sammlung von Fragen, die wir nicht einmal richtig lasen und die einen angeborenen Schwachsinn nachweisen sollten, den Hauptgrund für eine Sterilisation. Durch unsere Hände gingen Dirnen, Arbeiterinnen, Polinnen, Russinnen, Jüdinnen, Zigeunerinnen und Moldauerinnen. Und natürlich auch Deutsche, die nicht arisch genug waren. Frauen, die nicht wertvoll genug waren. Ich führte Hartmanns Anweisungen aus wie ein Automat. Nach dem Dienst schloss ich mich in meinem Zimmer ein und weinte. Am nächsten Morgen begann alles von Neuem. An einem Samstag kam Frida zu mir. Sie sagte, ich solle das Medikamentenköfferchen nehmen und mitkommen. Thierry gehe es schlecht, sehr schlecht. Ich stürzte zu ihm und erkannte ihn kaum wieder, abgezehrt, verwirrt, ein Schatten des Mannes, den ich kannte. Ich sah Quetschungen, eine tiefe Schramme im Gesicht und ein ausgerenktes Handgelenk. Die Wachen hatten ihn dabei erwischt, wie er sich heimlich in die Klinik schleichen wollte, und hatten ihn verprügelt. Er hatte sich zusammenschlagen lassen und war ein paar Stunden später auf der Wiese hinter der Klinik wieder zu sich gekommen.

Eine Warnung.

Thierry Picard war kein offensichtlich jüdischer Name. Zudem war er kein deutscher Staatsbürger, sondern Franzose. Würde die Verwaltung jedoch erfahren, dass Thierry Jude war, würde sie Wege finden, um ihn von der Doktorprüfung auszuschließen. Der Vorfall in der Klinik hatte eine Menge Staub aufgewirbelt. Brink und Hartmann hätten sich beraten, sagte Pierre. Sie wollten ein wenig Gras über die Sache wachsen lassen und Thierry dann für einen späteren Prüfungstermin wieder aufnehmen. Doch das war genau die falsche Entscheidung, denn die Zeit spielte gegen ihn. Im September 1935 wurden die Nürnberger Gesetze erlassen, der Anfang vom Ende der deutschen Juden – und der Juden ganz Europas.

Als ich in die Klinik zurückkam, sagte Greta zu mir, dass eine gewisse Frau Asmussen nach mir gefragt und gesagt habe, dass sie an einem der folgenden Tage erneut kommen werde. »Und was wollte die … Hat sie was ausrichten lassen?« Nein, antwortete Greta, sie sei sehr zurückhaltend gewesen. Eine echte Dame, eine schöne Frau mit einem roten Hut, der einen neidisch machen konnte.

Die Dame kam wieder. Es war Montag, Greta kam mich holen, als ich gerade mit Hartmann ein paar Dinge besprach. »Diese Frau Asmussen ist wieder hier, was soll ich ihr sagen?« Hartmann stand auf und Greta teilte ihm verlegen mit, dass Frau Asmussen nicht mit ihm, sondern mit Fräulein Alrutz reden wolle. »Ah, umso besser«, sagte Hartmann, »bitte schön, gehen Sie nur, wir sind eigentlich sowieso fertig.« Ich sah eine junge Frau mit einem roten Hut, dessen Farbe für eine spießbürgerliche Stadt wie Göttingen viel zu auffällig war, und musste lachen. Sie drehte sich um, trat einen Schritt näher und sagte: »Annett?« Annett, mein Name aus Kindertagen, mein Name, als wir im Greifpark spielten, im Kurort. Es war Helene, meine Freundin aus der Kindheit, mein Glück, die Frau, die ich geheiratet hätte, wäre ich ein Mann gewesen. Ich kannte ihre Hände, jeden Zentimeter von ihr, in- und auswendig. Nach einem kurzen Moment fielen wir uns in die Arme. Helene sagte: »Ich bin endlich schwanger. Mein Mann ist nach Göttingen versetzt worden und ich habe gehört, dass du hier arbeitest. Denk nur, was für ein glücklicher Zufall, die Hände meiner Annett werden mein Kind auf die Welt holen!« »Wie lange noch, Heli, zwei, drei Monate?«, fragte ich sie und legte ihr die Hand auf den Bauch. »Ja, Mitte Juni soll es zur Welt kommen. Wir haben es uns so sehr gewünscht, weißt du ... Ich bin schon ein bisschen spät dran (du und spät dran, Heli?), ich hatte die Hoffnung schon aufgegeben. Ich hab deinen Chefarzt kennengelernt, er hat mich untersucht ... Er ist wirklich tüchtig.« Ich hakte mich bei ihr unter und wir gingen hinaus. Wir trafen auf Hartmann, der ihr überaus höflich die Hand küsste. Helene wurde rot. Meine Freundin verstand nicht, oder wollte nicht verstehen, was Hartmann zu ihr sagte, als er sich verabschiedete: »Hoffen wir, dass alles gut geht und ihr Kind gesund zur Welt kommt, Frau Asmussen.«

Hoffen wir, dass es gesund zur Welt kommt, ist ein Wunsch. Keine Warnung. Und auch keine Prophezeiung. Doch als am Ostermontag die Fruchtblase vorzeitig platzte, wurde Helene in die Notaufnahme eingeliefert, verzweifelt, gefangen in Schmerzen und im Geschrei der Krankenschwesternschar um sie herum. Hartmann war fatalerweise noch im Urlaub im Schwarzwald, sein Stellvertreter war der alte Brink. Ich lief in den Operationssaal und assistierte beim gesamten Eingriff. Ich trocknete ihr den Schweiß, das Blut, die Tränen, den Urin. Brink bereitete einen Kaiserschnitt vor, denn Helenes Blutdruck konnte einfach nicht gesenkt werden. Das kleine Mädchen wurde rechtzeitig herausgeholt und weggebracht. Helene gab man ein dermaßen starkes Beruhigungsmittel, dass sie beinahe fünfzehn Stunden lang schlief. Brink rief mich in sein Zimmer, sein Blick verriet nichts Gutes. Er schickte die Sekretärin hinaus und schloss die

Tür. Das Gehirn des Mädchens sei nicht ausreichend mit Sauerstoff versorgt gewesen, und sie atme schlecht, sagte er. Eine Missbildung der Lunge sei zu befürchten. Er fragte mich, wie eng meine Freundschaft zu Helene sei. Und ich antwortete, dass sie meine einzige, wahre und liebste Freundin gewesen sei. »Dann tun Sie es für sie«, erwiderte er. »Gehen Sie zu ihr und sagen Sie ihr, dass wir lieber die Mutter gerettet haben und dass es das Kind nicht geschafft hat.« »Wie?«, gab ich zurück. »Sie haben mir doch gerade gesagt, dass es atmet.« »Ja, aber schlecht. Und wenn es größer wird, wird die Sache nicht besser, Fräulein Alrutz, es tut mir leid für Ihre Bekannte.« Ich fragte ihn warum, was mit dem Mädchen passieren würde, warum man nicht warten könne. »Warten worauf?«, antwortete er wütend, während er im Zimmer auf und ab ging. »Verstehen Sie denn nicht, dass Ihre Freundin ein missgebildetes Kind zur Welt gebracht hat, von Geburt an krank, das weder seine Eltern glücklich machen wird noch sein Vaterland? Wissen Sie denn nicht, dass wir hier fürs Vaterland arbeiten? Gehen Sie, Fräulein Alrutz, tun Sie Ihre Pflicht, zeigen Sie, wie eine braune Schwester ihrem Vaterland dient!«

Die braune Schwester, die ich war, ging also am nächsten Tag zu Frau Asmussen und teilte ihr kalt mit, dass das Kind direkt nach der Geburt gestorben sei. Helene brach in Tränen aus, und für die braune Schwester, die ich war, war das ein jämmerliches Bild. Annett wollte sie trösten, sie in den Arm nehmen und zu dem kleinen Weiher im Greifpark bringen wie in der Kindheit, aber die braune Schwester drehte sich um und ging hinaus.

Wer war ich? Die ich es nicht einmal geschafft hatte, die Erstgeborene meiner einzigen wahren Freundin zu retten? Die ich gelogen, die ich die Dosis Luminal verschwiegen hatte, die Greta der Kleinen gespritzt hatte, die zu krank war, um arisch zu sein. Wer waren Brink und ich? Befand auch er sich im Trancezustand, handelte auch er wie ich, gleichgültig wie in einem Traum, der irgendwann enden würde, ohne mehr als eine vage Erinnerung zu hinterlassen?

Wenn Helene und ich uns trafen, stand die Zeit still, um uns zuzusehen. »Wenn ich ein Mann wäre, würd' ich dich heiraten«, hatte ich einmal zu ihr gesagt.

»Wenn du mich heiratest«, hatte sie erwidert, »dann musst du immer bei mir bleiben, verstanden?«

Helene wurde eine Woche später entlassen, gebrochen und eingefallen, und ich hatte nicht den Mut, mich von ihr zu verabschieden. Vom Fenster meines Zimmers aus sah ich sie in Begleitung von Hertha und Minna herauswanken und im Auto des Ehemanns verschwinden. Doch Helenes Geschichte endete nicht an jenem Morgen. Bald wurde klar, dass sie an einer schweren Depression litt. Die Ärzte sagten, diese sei vererbt, und so wurde sie irgendwann zu uns gebracht. Greta und Hartmann sollten sie sterilisieren. Wegen des hohen Blutdrucks war eine Operation jedoch nicht ratsam und deshalb beschloss Brink, Radium zu verwenden, wie ich erfuhr. Sterilisationen mittels radioaktiver Substanzen waren noch nicht erlaubt, aber Brink war einer, den Vorschriften nicht interessierten. Außerdem hatte er Kontakt zu einigen Berliner Ärzten, die mit diesem Verfahren experimentierten und es für modern und vorteilhaft hielten: Die Sterilisation sei damit wirklich unumkehrbar. So versetzte man Helene für zweiundvierzig Stunden in eine Teilnarkose bei vollem Bewusstsein und währenddessen verwandelten sechzig Milligramm Radium über einen in die Vagina eingeführten Schlauch ihre Gebärmutter in eine Wüste, ausgebrannt und für immer erloschen. Nach dem Eingriff blieb meine Freundin zur Beobachtung in der Klinik. Zu allem Unglück traten Komplikationen auf. Sie bekam sehr hohes Fieber und ihre Eileiter entzündeten sich. Ich brachte es nicht über mich, sie zu besuchen und schickte Greta an meiner statt, obwohl Helene im Fieberwahn nach mir fragte.

»Na klar, ich würd' dich niemals alleine lassen, Helene.«

Eines Tages sagte mir Frida zwischen zwei Diensten, dass Helene gestorben sei, wobei sie meinen Blick mied. Eine schwere Eileiter- und Eierstockentzündung, vielleicht eine Folge der Sterilisation. Es war schon zwei Tage her und sie hatte es nur durch Zufall erfahren. Greta und Hartmann hatten alles unter den Teppich gekehrt: Ihr Tod war ein … Kollateralschaden. Die Komplikationen waren schuld gewesen. Nach Dienstende ging ich schweigend in mein Zimmer, rollte mich im Bett zusammen und glaubte zu sterben. Vor Wut.

Adler, die auf ihre Jungen einhacken, Wölfe, die verletzte Tiere aus dem Rudel verstoßen. Verbrecher. Die Forderungen des Führers, die Reden der Meinhardt, die Schule, die ich besucht hatte, alles vollkommener Irrsinn. Eine Todesmaschinerie, die Taugenichtse wie mich anzog und dazu brachte, auszusortieren, was die sorglose Natur nun einmal hervorgebracht hatte. Wir sind weder Adler noch Wölfe, sagte ich mir wieder und wieder, ich hätte es der Meinhardt sagen sollen, die uns jeden Morgen unterrichtete. Oder sehen Sie vielleicht Federn unter meinen Armen? Haben Sie jemals den Mond angeheult, Herr Doktor? Also weshalb sollen wir dann Regeln befolgen, die für andere geschrieben sind? Warum kann jemand wie Thierry seine Promotion nicht abschließen? Warum habt ihr Helene in den Wahnsinn getrieben und sie dann sterilisiert? Helene war nicht verrückt, und selbst wenn, sie war nur schrecklich verzweifelt. Ich sehe sie wieder vor mir, dort im Greifpark, als Kind, mit ihren Puppen, die in dem Gebüsch, das ihr Zuhause war, hübsch aufgereiht in ihren Grasbettchen lagen. »Kommen Sie nur herein, meine Dame, aber bitte leise«, sagte sie zu mir, »die

Kinder schlafen.« Und bat mich in ihren Salon inmitten des Gebüschs. Alles dahin. Alles zerstört, weil Brink seine Unterschrift auf das Formular gesetzt und entschieden hatte, dass Helene nicht in der Lage war, Kinder für den Führer zu gebären, robuste Kinder ohne Makel.

In diesem Land gibt es keinen Platz jenseits der Makellosigkeit.

Ich werde vom Wind in einen pechschwarzen Strudel getrieben. Ich sehe nichts mehr und verdiene auch nichts zu sehen. Ich drehe mich um mich selbst, höre die Schreie von Gerda und Gisela, das herzzerreißende Weinen meiner lieben Freundin in der Klinik. Ich bin beschmutzt durch ihr Blut, ihren Lebenssaft, habe ihre Zukunft mit meinen Händen abgetrennt. Helene, ich bitte um Vergebung, Vergebung, Vergebung für alles, was ich dir und den anderen angetan habe. Meine Seele sei verdammt in alle Ewigkeit.

»Sie haben ein Trauma erlitten«, sagte Hartmann. »Der Verlust einer engen Freundin aus der Kindheit ist schließlich nicht anderes als ein Trauma …« Er hatte von Gerda erfahren, dass es mir nicht gut ging und ich nicht zu den Diensten kam, deshalb war er in den dritten Stock heraufgekommen. »Schauen Sie, nehmen Sie sich doch ein paar Tage frei … Ein bisschen Abstand tut gut … Fahren Sie nach Hause, zu Ihrem Vater, denken Sie einfach an etwas anderes. Und am Montag möchte ich Sie mit dem gewohnten Diensteifer wieder bei der Arbeit sehen!« Hartmann hatte mir großzügige vier Tage zugestanden, um den Tod meiner besten Freundin zu vergessen und am folgenden Montag wieder lächelnd an seine Seite zurückzukehren.

Frida hilft mir, ein paar Sachen zu packen. Ich sehe, wie sie ihre flinken und knotigen Hände bewegt. Innerhalb weniger Minuten hat sie alles zusammengepackt, was man für ein paar Tage braucht. Sie weiß, dass ich nicht zu meinem Vater gehe, sondern zu Thierry. Sie hakt sich bei mir unter, führt mich durch die Stadt und schleppt mich die Treppen hinauf. Ich sehe Thierry, der mir entgegenläuft und mich in die Arme nimmt, ich bin angekommen. Ich will nie mehr zurück in die Klinik.

Da liege ich, wie ein Leichnam lang hingestreckt auf dem Bett, während er sich damit abmüht, mir etwas zu essen zu machen, und Frida am Fenster darauf wartet, dass auch Pierre eintrifft. Thierry erzählt, dass Hartmann ihm den Namen eines Betreuers in Frankreich mitgeteilt habe, eines befreundeten Gynäkologen. Über Pierre hat er ihm eine Nachricht zukommen lassen, mit dem Namen und der Adresse des Kollegen. Und der Bitte, Deutschland möglichst schnell zu verlassen. Das war sie, die letzte Möglichkeit, die wir jedoch ein weiteres Mal nicht ergriffen. Einfach weggehen, in ein anderes Land! Wir wussten, dass wir gegen die Ungeheuerlichkeiten, die sich abspielten, nicht ankommen konnten. Thierry kommt mit einer Pfanne in der Hand aus der Küche und sagt feierlich: »Je suis un citoyen français ... rien ne m'arrivera, absolument rien! Au diable Hitler, je finirai mon doctorat ici, en janvier, et si Brink me salue le bras levé, je lui réponderai: ›Aaaaallleeeeeez Hitler!‹«

Kurz darauf traf auch Pierre ein und berichtete, dass Hartmann für die kommende Woche eine Sterilisation pro Tag geplant habe. Auf dem Bett hingestreckt hörte ich sie reden, angeregt diskutieren, murren und fluchen. Ein Gefühl der Sicherheit, mit ihren Stimmen im Hintergrund. Ich nickte ein, und als ich die Augen wieder aufschlug, hörte ich Pierre zu Thierry sagen: »Et si on les laissait s'échapper?«

Und wenn wir sie entkommen lassen?

ACHTZEHN

Ich bin ein Hauch, der reglos in der Mitte des Zimmers hängt. In diesem Moment hört die Welt auf, sich zu drehen.

Von draußen beobachtet mich der Wind, wachsam und still. Auch er wartet auf den schicksalhaften Augenblick unseres Lebens, den Moment, in dem wir unser eigenes Todesurteil sprechen. Ich sehe, wie ich mit weit aufgerissenen Augen auf dem Bett liege. Wie ein Felsbrocken, der in einen Teich geschleudert wird, fällt Pierres Frage in die Stille, ein dumpfer Aufprall, dann nach und nach verschwimmende Kreise auf der Wasseroberfläche.

Und wenn wir sie entkommen lassen? Das hatte Pierre, der Sorglose, gesagt. Frida konnte kein Französisch und sah ihn fragend an. Dann drehte sie sich zu mir um und sah, dass ich wach war. Sie setzte sich aufs Bett und streichelte mir über den Kopf. »Was hat Pierre gesagt?«, fragten ihre Augen. Ich setzte mich auf, schüttelte ohne etwas zu sagen das Kopfkissen auf und blickte zu Thierry. Er starrte Pierre an und dachte nach. Die Frage seines Freundes schwebte erschreckend und zugleich verführerisch im Raum. »Was ist los ...«, sagte Frida. »Was hast du gesagt, Pierre?«

»Warst du nicht derjenige, der seine Ruhe haben wollte?«, sagte ich eine Woche später zu Pierre, als wir schnellen Schrittes über die Flure der Klinik eilten und er mich zu überzeugen versuchte. »Genau, ich mach es, damit ich meine Ruhe hab ... aber vor meinem Gewissen ...«

»Es wird nichts bringen. Sie werden sie wieder herholen und sie doch sterilisieren. Denen entkommt man nicht«, sagte ich leise.

»Nicht unbedingt. Wenn wir sie für eine Weile verschwinden lassen, werden sie aufgeben, wirst schon sehen. Außerdem … Er wird ja wohl nicht für immer an der Macht sein!« Mut erwächst manchmal aus einer grundlegenden Arglosigkeit. Aus dem Unvermögen, sich das Böse und seine Auswirkungen vorstellen zu können. Oder daraus, dass man den Gegner unterschätzt. Anders kann ich mir nicht erklären, weshalb Pierre sich so sehr für diese Idee begeisterte, dass es ihm gelang, erst Frida, dann Thierry und schließlich auch mich zu überreden. Ständig war er mir auf den Fersen, erläuterte mir Pläne, Fluchtwege, Täuschungsmanöver. »Wir haben Kontakt zu einem Hof in den Bergen, im Harz. Da verstecken sich Arbeiter, die vor der SA geflohen sind, und da brauchen sie immer helfende Hände. Wir bringen die Frauen zu ihnen und sie behalten sie für eine Weile dort. Wenn sich die Wogen geglättet haben, schicken sie sie wieder nach Hause. Wir kümmern uns nur um den Transport.« Ich war skeptisch und immer noch sehr sachlich: »Und wie sollen wir sie entkommen lassen, Pierre? Am Eingang sind Wachen, schon vergessen?«

»Wir lassen sie in den Wagen mit der Schmutzwäsche kriechen, bevor wir damit die anderen Kliniken abklappern. Wer soll sie unter all diesen Laken denn finden?«

Die erste Frau, die wir vor der Sterilisation bewahren konnten, hieß Margot Beck. Sie war zweiunddreißig Jahre alt, stammte aus Northeim und lebte allein. Sie besaß eine kleine Bäckerei, aber es hieß, sie würde nicht nur Brot verkaufen. Man brachte sie mit der Diagnose einer zwanghaften sexuellen Störung in die Klinik. »Sie geht ohne große Hemmungen mit den Männern aus dem Dorf mit«, sagte Frida. »Hast du ihre Akte gesehen? Alle Anzeigen sind von Frauen unterschrieben … alle aus ihrem Dorf … Sieht nach einer Art Rache aus.« Ich blätterte die Unterlagen durch, während wir im Nebenraum des Sprechzimmers auf Hartmann warteten. Die Dorfbewohnerinnen beschwerten sich, dass das Fräulein sich unsittlich benehme und das Hinterzimmer ihrer Bäckerei ein Bordell sei. Wir lasen alles mit beinahe krankhaftem Interesse, dann schloss Frida: »Also, die ist nicht krank … zumindest körperlich … und ob sie einen Dachschaden hat, werden wir ja gleich sehen.« Sie lehnte sich auf dem Stuhl zurück und spähte ins Sprechzimmer, wo Greta der Frau gerade den Blutdruck maß. Dann traf ein gutgelaunter Hartmann ein. Es sei Frühling, sagte er, ein paar Blumen in den Krankensälen würden nicht schaden, wir sollten dem Hausmeister entsprechende Anweisungen geben. Er nahm Margots Unterlagen und blätterte sie achtlos durch, doch auf der dritten Seite veränderte sich seine Miene. »Zwanghafte sexuelle Störung …«, dachte er laut und sah uns fragend an.

»Ich bin fertig, Herr Doktor, hier sind die Werte«, sagte Greta. Normaler Blutdruck, Herz, Reflexe, Urin, alles in Ordnung. Als wir zusammen mit Hartmann ins Zimmer traten, um sie gynäkologisch zu untersuchen, feilte Margot sich die Fingernägel. Sie schien überhaupt nicht verängstigt und sah uns mit einem spöttischen Grinsen an. Bei ihrer Einlieferung hatte sie zu Greta gesagt, dass einer ihrer Männer sie rausholen werde. Es sei alles ein Missverständnis, hatte sie erläutert, sie kenne einflussreiche Leute, ihr würde nichts passieren. Das sagte sie auch zu Hartmann, als er begann, ihr die absurden Fragen zu stellen, die das Protokoll verlangte. Wo geht die Sonne auf? »Im Osten«, antwortete sie, »da drüben.« Und sie zeigte mit einer lasziven Geste zum Kirchweg. Warum gehen die Kinder in die Schule? »Damit sie lesen und schreiben lernen«, sagte sie lachend. »Nicht so wie ich, die ich gerade mal so meinen Namen schreiben kann!« Und weshalb darf man auch sein eigenes Haus nicht anzünden? »Herrjeh, weil ich sonst selber verbrenne … Was sind das denn für komische Fragen, Herr Doktor?« Margot war kerngesund, sie hatte keinerlei körperliche und erst recht keine geistige Störung. Ihr einziges Problem war ihre unerhörte Schönheit und das Alleinsein. Nackte Füße, meisterhaft lackierte Nägel, olivfarbener Teint und glänzende Locken. Ihre haselnussbraunen Augen waren so groß, dass sie die Geheimnisse aller Männer aufnehmen konnten. Sogar Hartmann sah sie irgendwie anders an: Ich sah, dass seine Stirn vor Schweiß glänzte, seine Nasenlöcher sich weiteten. Er verlor Terrain. Selbst ein Kind hätte gemerkt, dass diese Frau gesund war, intelligent und überhaupt nicht labil. Aber es waren zu viele Anzeigen, man konnte sie nicht einfach so wieder in ihr Dorf zurückschicken, ohne sie sterilisiert zu haben. Hartmann winkte mich hinaus. »Nein, also ich lasse mich doch nicht bezaubern!«, sagte er. »Das Fräulein ist kerngesund, oder?«

»Ja, Herr Doktor, das Gutachten der Kollegen aus der Psychiatrie erscheint mir nicht sehr fundiert. Was haben Sie vor?«

»Was für ein Schlamassel … unter den Anzeigen ist auch eine von Frau von Gaucken, der Gattin des Bürgermeisters von Northeim. Sie ohne Sterilisation zurückzuschicken würde zu einer Flut von Scherereien führen … herrjeh …« Er lief nervös auf dem Flur hin und her. Dann nahm er die Brille ab, blickte mich einen Augenblick zu lange an und sagte: »Ich weiß nicht, ich muss darüber nachdenken. Bringen Sie sie nach unten, in den üblichen Raum. Ach … und schließen Sie sie ein. Das Fräulein scheint mir recht aufgeweckt zu sein, sie könnte fliehen. Ich muss darüber nachdenken, guter Rat kommt über Nacht …«

Ja, Herr Doktor, guter Rat kommt über Nacht.

»Als wir allein im Sprechzimmer waren, hab ich ihr gesagt, dass wir sie heute Nacht abhauen lassen«, sagte Frida leise, nachdem sie Margot in das Isolationszimmer eingesperrt hatte. Mir gefror das Blut in den Adern. Ich wollte zu ihr sagen: Frida, pass auf, weißt du, was du da tust? Du landest im Gefängnis, wenn sie dich erwischen.

Doch ich behielt alles für mich. »Was ist mir dir, hilfst du uns?«, fragte sie mich abends in der Kantine.

»Ich hab … ich … ich schaff's nicht.«

»Egal«, gab sie ganz nüchtern zurück und ging weg, um Pierre zu suchen.

An jenem Abend ging Frida mit einem Fläschchen in der Hand zu Margot: Wir gaben den zu sterilisierenden Frauen häufig Beruhigungsmittel. Das war ein normaler Vorgang. Frida drehte den Schlüssel vier Mal im Schloss, zweimal nach rechts, zweimal nach links. Voilà, die Tür war offen. Das Beruhigungsmittel war dieses Mal nämlich nicht für die Frau.

Jetzt, da ich ein Hauch auf ihrer Schulter bin, schaue ich Frida dabei zu, wie sie ein paar Tropfen davon in ein Weinglas träufelt. Sie rührt rasch um, nimmt die Flasche und klopft an Moritz' Tür. Sie drapiert sich eine Locke auf die Wange, räuspert sich und sagt: »Ein Gläschen Wein vor dem Schlafengehen, Moritz?« Dann geht sie hinein und wiegt sich dabei in den Hüften. Moritz freut sich, seine Lieblingskrankenschwester zu sehen. Er bietet ihr einen Sessel an und zusammen trinken sie, bis der arme Mann auf dem Sofa des kleinen Wohnzimmers einschläft. Flink und geschmeidig wie eine Katze deckt Frida ihn zu und verlässt die Wohnung. Sie schaut sich um – keiner da, es ist spät –, kaum hörbar klopft sie an die Tür des Zimmers nebenan, dann entfernt sie sich im Dunkeln. Margot öffnet die Tür und folgt Frida in die Dunkelheit. Sie folgt der weißen Tracht, die wie dafür gemacht zu sein scheint, in der Dunkelheit gesehen zu werden. Auch ich folge Frida, betrachte ihre schmalen und knochigen Hüften, die muskulösen Waden, die Füße, die eine stille Spur hinterlassen. Die beiden Frauen gehen die Treppe hinauf und erreichen den Hinterausgang. Mit einem Satz ist Margot auf dem Wäschewagen: Sie taucht in die schmutzigen Laken ein, versinkt ohne Widerwillen im dreckigen Stoff.

Es ist Mai, die Nacht draußen ist grenzenlos und duftend, und Margot ist frei.

Weil ich wusste, was Frida und Pierre vorhatten, konnte ich nicht schlafen. Ich schaute hinunter in den Hof und sah die beiden Soldaten an ihrem üblichen Platz stehen und den Haupteingang am Kirchweg bewachen. Ich ging auf den Flur hinaus und spähte von dort durch ein Fenster auf die Rückseite der Klinik. Pierre hatte das Licht am Wagen angeschaltet und fuhr gerade los. Der Hund bellte. Die feine Spürnase hatte etwas gewittert, lange bevor der Wagen den Eingang erreicht hatte. Ich rannte die Treppe hinunter und verlor im Eifer des Gefechts beinahe einen Schuh. Der Hund bellte den Wagen an und war nicht davon abzubringen. Ich stürmte in die Küche, riss den Kühlschrank auf, griff nach dem erstbesten Stück Hartwurst, das mir in die Hände fiel, und stürzte zum Tor. Pierre erschrak. Er wusste nicht, ob ich kam, um zu helfen oder um ihn zu verraten. Die Soldaten grüßten mich mit dem üblichen »Heil Hitler«. Ich setzte das Lächeln auf, das ich für besondere Gelegenheiten in Reserve hatte, und sagte zu ihnen: »Euer Hund hat doch Hunger … du Ärmster … Schau mal hier, was ich dir mitgebracht hab … einen Leckerbissen … komm, hier, schau mal … ein schönes Stück Wurst!« Ich warf das Wurststück auf den Boden. Die Wachen dachten sicherlich, dass die braune Schwester verrückt geworden war. So ein schönes Stück Hartwurst für einen Hund … Was für eine Verschwendung. Ich erklärte, dass ich bei so einem Gebell nicht schlafen könne. Der Hund vergaß den Wäschewagen und stürzte sich gierig auf die Wurst. Pierre fuhr höflich grüßend an den Wachen vorbei, und ich erkannte den Blick desjenigen, der sich sicher fühlt. »Keine Ahnung, warum er heute Nacht so ein Theater macht«, sagte einer der Wachmänner, während er den Hund streichelte. »Wahrscheinlich hat er das Blut gewittert«, sagte ich, »heute waren die Laken aus dem Kreißsaal mit dabei.«

Männer pflegen eine heilige Abscheu gegenüber diesen Dingen. Der Gedanke an die blutigen Laken ließ sie von jeder Kontrolle Abstand nehmen. Frauensachen, dachten sie. All das Blut, pfui Teufel. So kam es, dass Margot dank des Blutes anderer Frauen, dank der Hartwurst, die ich dem Hund hingeworfen hatte, und des Weins, den Frida Moritz eingeflößt hatte, frei war. Mit solchen Täuschungsmanövern füllten sich von nun an unsere Nächte.

Thierry wartete an der Reichsstraße in einem Lieferwagen, der auf der Höhe von Roringen in einer kleinen Seitenstraße geparkt war. Als Pierre dort ankam, hatte er das Fahrzeug noch gar nicht zum Stehen gebracht, da sprang Margot schon heraus. »Endlich frische Luft! Wusst ich's doch, dass Männer mich retten würden!« Sie umarmte Thierry dankbar. Er schob sie schnell von sich weg und bat sie, rasch in den Lieferwagen zu steigen und in einen Jutesack zu kriechen. Thierry verschwand Richtung Osten, Richtung Berge. »Seid vorsichtig«, sagte Pierre und stieg zurück in den Wäschewagen: Es war fast Mitternacht und er musste noch alle anderen Kliniken abklappern.

Ich wartete in meinem Zimmer auf Frida, ich wusste, dass sie kommen würde. Die Tür ließ ich angelehnt. Das Licht der Schreibtischlampe sickerte durch den Spalt, fiel auf die dunklen Balken im Flur und schien sie zu rufen. »Also bist du doch auf unserer Seite«, sagte Frida und lehnte sich an den Türrahmen.

»Pssst!«, zischte ich und stand auf, um die Tür hinter ihr zu schließen.

»Hast du gesehen? So schwierig ist es nicht.«

»Schwierig wird's morgen, Frida, wenn Hartmann es erfährt …«

»Ach, was redest du? Hast du nicht gesehen, wie der sie angeschaut hat? Der wird sich weiß Gott freuen … ein Problem weniger … Überhaupt, weißt du was? Er ist bestimmt nicht der einzige Mann, der sich freuen wird. In Northeim machen sie sicher ein Feuerwerk, wenn sie wiederkommt. Von wegen Backwaren!« Die ganze Angst von zuvor löste sich nun in Lachen auf. Bevor Frida zurück nach unten ging, um ihren Dienst wieder aufzunehmen, erklärte sie: »Also morgen beginnt mein Dienst um drei Uhr nachmittags. Den Vormittag werde ich in der Stadt sein. Wenn sie nach mir fragen, Hartmann und die anderen, sag ihnen, dass ich Besorgungen machen muss. Bis zum Nachmittag haben sie sich ja vielleicht beruhigt. Wenn sie dich zum Rapport bestellen, müssen wir sagen, dass Moritz und ich den Raum regelmäßig kontrolliert haben und alles in Ordnung war. Wir können uns auch nicht erklären, wie sie rausgekommen ist. Einverstanden? Vielleicht solltest du mir sogar vor Hartmann eine Szene machen, so lenken wir den Verdacht von dir ab …«

»Gut«, sagte ich.

»Lass mich nicht hängen … Wir müssen zusammenhalten, alle vier.«

In jener Nacht konnte ich mein Herz in der Stille der Klinik schlagen hören und fühlte mich lebendig. Das Blut floss durch meine Adern, ich strotzte vor Kraft, verspürte eine neuartige Erregung. Ich dachte an meinen Vater, an den Moment, in dem ich ihm sagen würde: Papa, du hattest recht. Ich spürte die Vorfreude auf das Glück und den Trost einer erneuten Umarmung nach so vielen Jahren. Ich war das verlorene Kind, das nach Hause zurückkehrt und sich an den Tisch der Familie setzt: Seht her, alle Wut der Vergangenheit ist verflogen. Was für eine Freude, sagen zu können: Ich habe mich geirrt, Vater. Ich würde ihm im Kurort einen Überraschungsbesuch bereiten, mit einem Kündigungsschreiben und einem Koffer in der Hand. Aus dem kümmerlichen Gepäck, mit dem ich das Krankenhaus in Hannover verlassen hatte, war ein großer Koffer voller Kleider und Seidenstrümpfe geworden! Ich hatte mich so sehr verändert, und es gab so viel zu erzählen. Wir würden einen Waldspaziergang machen, nur wir beide, vielleicht beim Bismarckturm. Und ich würde ihm alles erzählen, was ich in den Jahren der trotzigen Überzeugung mitgemacht, gedacht und hingenommen hatte. Die braune Uniform gehörte mir, ich hatte sie für zwölf Reichsmark gekauft: Gut, ich würde sie Frau Priesnitz geben, damit sie viele Putzlappen daraus machen konnte. »Sie ist aus hochwertigem Leinen«, würde ich zu ihr sagen, »das eignet sich hervorragend zum Fensterputzen. Papa, das hier ist Thierry. Wir gehen nach Frankreich, über die Hochzeit denken wir später nach, wenn wir alles andere geregelt haben.« »Aber nein«, würde Thierry widersprechen, »erst heiraten wir und dann regeln wir den Rest.« Und Frau Priesnitz würde rufen: »Wie die Zeiten sich doch geändert haben … Früher war es die Frau, die den Mann überzeugen musste, sie zu heiraten, heute ist es umgekehrt!« Und wir würden lachen, in unserem Haus im Kurort, wie wir es vor langer, langer Zeit getan haben.

Wo enden unsere Hoffnungen, unsere Tagträume? Es war alles so wahrhaftig, so klar. Noch ein paar Monate, sagten wir uns, dann der Abschluss von Thierrys Promotion und dann nichts wie weg! Nächstes Jahr im März würde ich ihm nach Paris folgen, denn dort begann mein neues Leben.

Sieh an, auf der Schwelle des Todes wollte ich ein neues Leben beginnen.

Hartmann war nicht sonderlich überrascht von Margot Becks Flucht und sein Ärger war ziemlich verhalten. Er verfasste einen sehr ausführlichen Bericht für das Erbgesundheitsgericht, der mit folgendem Satz schloss: Wir haben alle denkbaren Vorsichtsmaßnahmen ergriffen, doch der Frau ist es gelungen zu entfliehen, vielleicht in einem Moment der Unachtsamkeit. Zudem, ergänzte er, sei das hier eine Klinik und kein Zuchthaus. Man dürfe daher keine durchgehende Überwachung erwarten, die Krankenschwestern hätten genug anderes zu tun. Am Nachmittag nach der Flucht rief er Frida und mich in sein Büro und hielt uns eine Standpauke, die allerdings eher wirkte wie der Vortrag aus dem Drehbuch eines Films mit ihm als Protagonisten. Das dürfe nicht noch einmal vorkommen, sagte er, es genüge, ein wenig achtzugeben. »Ich wundere mich, Schwester Frida«, fuhr er an diese gewandt fort, »dass dieser Vorfall ausgerechnet während Ihres Dienstes passiert ist. Ich dachte, Sie seien die aufgeweckteste von allen hier.« Frida senkte den Kopf ein kleines bisschen zu weit und gab sich – die geringste ihrer Tugenden – fügsam und voller betrübter Reue: Wie Lil Dagover in einer ihrer besten Rollen. Es war dermaßen absurd, dass ich beinahe lachen musste. Er entließ Frida mit einem väterlichen Klaps auf die Schulter und einem »Also bitte, seien Sie so gut«, das er beiläufig auf den Flur warf, um wenigstens irgendetwas zu sagen. Dann wandte er sich an mich und sagte, dass das gerade noch gefehlt habe. »Die Gattin des Bürgermeisters, die Anzeigen, das Erbgesundheitsgericht, ach, was sollen wir nur machen …« Als er mich verabschiedete, bemerkte ich, dass das Bild von Hitler, das ich ihm zur Vereidigung geschenkt hatte, verschwunden war.

Auf diese Weise hatten wir also in jener Nacht angefangen. Dass die erste Flucht so einfach gewesen war, machte uns euphorisch und ermutigte uns dazu, weitere zu versuchen.

Moritz hatte von Hartmann ebenfalls eine Strafpredigt erhalten und sich vorgenommen, besser aufzupassen. Doch auch für die zweite Flucht gelang es uns, den Hausmeister abzulenken. Ich zerschlug ein Rohr und überflutete die Duschen im dritten Stock. Er musste zu Hilfe kommen und Frida konnte drei Frauen entkommen lassen: die beiden Schwestern Edda und Irma Fricke sowie die dreizehnjährige Tochter einer der beiden, Hannelore. In dem Aufruhr bemerkte niemand etwas, schließlich stand der Flur im dritten Stock unter Wasser. Die Krankenschwestern waren wegen des Durcheinanders aufgewacht und ich gab ihnen die Anweisung, den Boden trockenzuwischen. Ich hörte, wie Pierre zu den beiden Wachen sagte, dass sie lieber im dritten Stock helfen sollten, da es unten sowieso nichts zu bewachen gebe, und als er mit den drei Frauen in der Wäsche vorbeifuhr, bellte sich der arme Hund die Seele aus dem Leib, doch niemand beachtete ihn.

Christiane Horn und Luise Winkelstein lernten sich in einer Juninacht in dem Raum im Untergeschoss kennen. Beide litten unter Fallsucht und Brink hatte beschlossen, sie mittels Radiumzufuhr in die Gebärmutter unfruchtbar zu machen. Seine verfluchten Experimente! In jener Nacht hatte Wilhelmine Dienst: Das arme Mädchen wurde unwissentlich zu unserer Komplizin. Im Morgengrauen schleppten wir, Frida und ich, die beiden auf zwei Tragen und unter dem ehrfürchtigen Blick Wilhelmines zum Krankenwagen. Ich hatte ihr gesagt, dass sie in einer speziellen Abteilung notoperiert werden müssten. Die Anweisung sei direkt und unter strenger Geheimhaltung vom Ministerium gekommen, ohne dass Hartmann davon Kenntnis habe. Das war natürlich alles Unsinn, aber Wilhelmine glaubte uns und half uns mit ihren starken Armen dabei, die Tragen in das Fahrzeug zu hieven. Ich hatte sie angewiesen, über die gesamte Angelegenheit Stillschweigen zu bewahren. Andernfalls würde ich sie in meiner Eigenschaft als braune Schwester unverzüglich anzeigen. Brink hielt ihr am nächsten Tag eine fürchterliche Standpauke. Und doch schwieg sie – mit Tränen in den Augen, doch sie schwieg. Anschließend kam sie sofort zu mir und sagte: »Alles in Ordnung, Schwester Anna, ich hab das Ministerium nicht verraten! Lang lebe der Führer!« »Lang lebe er«, antwortete ich. Dann drehte ich mich um und flüsterte Frida zu: »Lang lebe er, dieser Führer, aber bitte schön ohne uns.«

Wilhelmine war die perfekte Helfershelferin, da sie jeden Unsinn glaubte, den wir ihr erzählten. Frida offenbarte ihr, dass ich sie im Auge haben und auf die Probe stellen würde, weil ich aus ihr ebenfalls eine braune Schwester machen wolle. »Deshalb wird sie dir auch gefährliche Aufgaben stellen … oder komische … einfach um deinen Gehorsam und deine Opferbereitschaft zu prüfen!«, erzählte ihr Frida in der Kantine. »Aber du darfst es niemandem sagen, ich hab's nur zufällig gehört … Kann ich dir was gestehen? Ich bin so neidisch auf dich, Wilhelmine … Wie gern wäre ich du!« Wilhelmines runde Wangen färbten sich leuchtend rot und Tränen traten ihr in die Augen: Ja, auch sie würde eine braune Schwester werden, was für eine Ehre. Alle Naivität der Welt kam in ihr zusammen. Und wir machten uns das mit schlechtem Gewissen zunutze, um uns gegen die Zwangssterilisationen aufzulehnen.

Um uns herum war Göttingen inzwischen eine noch größere Brutstätte glühender Nationalsozialisten geworden als zuvor. Schon bei den Wahlen 1932 hatte die NSDAP die absolute Mehrheit erreicht, während sie im Rest des Landes durchschnittlich deutlicher schlechter abgeschnitten hatte. Auf der Hauptverkehrsstraße, der Weender Straße, flatterten die knallroten Fahnen mit dem Hakenkreuz, während die SA unter einem Chor der Zustimmung und viel Beifall der Bevölkerung fast jeden Tag Aufmärsche und Versammlungen organisierte. Meine braune Uniform diente inzwischen nur noch zur Tarnung: Die SA-Männer grüßten mich, und ich antwortete, um nicht in Schwierigkeiten zu geraten. Ich kannte den Wolf gut und wusste sehr genau, wie ich ihn überlisten konnte.

Der Sommer stand vor der Tür. Ende Juni feierten wir in Thierrys Wohnung Pierres Geburtstag. Wir aßen Spargel mit Butter und dazu Kräuteromelette aus ganz frischen Eiern. Es war ein wenig angebrannt und der Geruch erfüllte die ganze Straße. Auf unseren Schultern lasteten die Strafpredigten von Brink und der systematische Betrug an Wilhelmine und Moritz. Doch wir hoben die bis zum Rand mit Weißwein gefüllten Gläser und lachten über Brink, Wilhelmine und Moritz. Wir träumten davon, wegzugehen, alle vier, woanders hin.

Wir sterilisierten fünfzig und schafften es, eine entkommen zu lassen. Schweren Herzens begleiteten wir sie in den Operationssaal, nähten sie anschließend wieder zu und versuchten, sie zu trösten. Nicht eine einzige Frau ließ sich aus freien Stücken, zum Wohle des Vaterlandes, unfruchtbar machen. Wie aus einem heiligen Instinkt heraus schützten sie ihren Bauch bis zum letzten Moment: Taubstumme, Blinde, Krüppel, Lahme. Alle kämpften. Und wir litten, wenn wir sahen, wie die Männer grausam und kalt in das Fleisch von Frauen schnitten. Für die Ärzte waren es mittlerweile Routineeingriffe. 1934 wurden 142 Frauen sterilisiert und 1935 waren es 180. Ich habe mich oft gefragt, ob Hartmann jemals Gewissensbisse plagten, aber seine Miene war stets undurchdringlich und seine Worte meistens mehrdeutig. Er konnte genauso gut der glühende Nationalsozialist sein wie auch an vorderster Front der Widerständler stehen. Nachdem wir eineinhalb Jahre sterilisiert hatten, gab es Zuwendungen aus dem Ministerium: Hartmann erhielt die Gelder, um das Auditorium maximum zu vergrößern, sein Etat wurde ordentlich erhöht und ihm wurde eine persönliche Sekretärin bewilligt, die sich theoretisch nur um das Verzeichnis der Sterilisationen kümmern sollte, die von Hartmann aber praktisch für alle Forschungs- und Lehrtätigkeiten eingesetzt wurde. Das Echo aus der akademischen Welt ließ nicht auf sich warten: ein Vierteljude, der all diese Mittel bekam, was für eine Schande! Es hieß, dass ein streng vertraulicher Brief aus dem Ministerium ihm wärmstens empfahl, sich nicht allzu viel in der Öffentlichkeit sehen zu lassen, keine Vorträge zu halten, weder in Göttingen noch anderswo. Er solle weiter lehren und forschen, aber ohne großes Aufsehen zu erregen – Wirbel um seine Person gab es schon mehr als genug.

Die Angst. Die Angst von Hartmann, der alle Anordnungen des Ministeriums peinlich genau umsetzte und von Tag zu Tag mehr zu altern schien. Die Angst von Moritz, der sich seine seltsame Schläfrigkeit am Tag wie in der Nacht – eine Folge des Morphins, das Frida ihm in die Getränke tat – einfach nicht zu erklären wusste und fürchtete, entlassen zu werden oder, noch schlimmer, bei der Reparatur eines Rohrs vor aller Augen einzuschlafen. Die Angst von Thierry, nicht zur Promotionsprüfung zugelassen zu werden, die Angst, in einer Stadt wie Göttingen als Jude entlarvt zu werden, wo man im *Göttinger Tageblatt* jeden Tag von Übergriffen lesen konnte: Männer, Frauen, Kinder, es machte keinen Unterschied. Die Angst in Pierres Augen, die Schweißtropfen auf seiner Stirn, wenn er mit einer Frau im Wagen, versteckt unter einem Haufen blutverschmierter Laken, die Tore der Klinik passierte. Die Angst des Hundes, der nicht verstand, das arme Tier, warum man seinem Gebell keine Beachtung schenkte, warum man ihn ignorierte, wenn der Wagen vorbeifuhr und er die Angst des Menschen witterte, der darin war. Die Angst, der Frida und ich begegneten, jede auf ihre Art und Weise, genauso wie jeder Körper eine Krankheit auf seine eigene, einzigartige Weise verarbeitet und bekämpft. Wenn sie auf den richtigen Moment wartete, um einer der Frauen zur Flucht zu verhelfen, biss Frida sich auf die Lippen und kaute auf den Fingernägeln herum, sie setzte den Nagelhäuten zu, bis sie bluteten. Ich wiederum fühlte mich wie ein wütendes Kind, das mitten in der Nacht allein aufwacht und sich fragt, warum alle es alleingelassen haben, warum es in einem Krankenhaus herumirrt auf der Suche nach Patienten, die es Wölfen und Adlern entreißen muss. Ich hätte jede Nacht einen Herzinfarkt bekommen können, doch Frida rettete mich durch ihren Leichtsinn bis zum Morgengrauen.

Wer hat festgelegt, dass man am Tag arbeiten soll und in der Nacht schlafen?

Ich wiederholte immer wieder Papas Worte, um die Schreckgespenster, die die Angst in jedem Winkel der Klinik hervorbrachte, zu besiegen. Während sie am Tag Frauen selektierten, um sie zu sterilisieren, wählten wir sie in der Nacht aus, um sie leben und entkommen zu lassen. Wir wollten die kräftigsten, jene, die im Falle einer Entdeckung davonlaufen würden wie die Hasen übers Feld. Es war eine saubere Arbeit, wie Hartmann am Tag meiner Ankunft gesagt hatte. Die Uniform, die ich trug, war am Tag das Versprechen der absoluten Treue zum Führer – was ich in der Nacht tat, war der komplette und systematische Bruch dieses Schwurs.

Es war Hochverrat.

Und auf Hochverrat steht die Todesstrafe.

NEUNZEHN

Im Herbst 1935 alterte Hartmann auf einen Schlag um zehn Jahre.

In jenem Jahr verbrachte unser Chefarzt zusammen mit seiner Frau und den vier Kindern die Sommerferien in Bayern, in der Nähe des Hintersees. Er liebte ausgedehnte Spaziergänge und versuchte, seine vier Jungs an eine ausdauernde körperliche Betätigung zu gewöhnen. Eines Nachmittags machte er mit ihnen in einem Gasthaus, weit entfernt von ihrer eigentlichen Unterkunft, Rast und versprach den Kindern ein schönes Stück Strudel mit Sahne. Es gab eine Aussichtsterrasse, und nach der anstrengenden Wanderung tat eine Stärkung not. Während die Kinder glücklich ihren Strudel aßen, fingen die Kellner plötzlich an, aufgeregt hin und her zu laufen. Die Frauen holten die Puderdosen aus den Handtaschen, die Männer tauschten sich ungläubig von Tisch zu Tisch aus. Dann kam der Oberkellner heraus, klatschte in die Hände und verkündete euphorisch, dass der Führer, der gerade auf Durchreise war, in Begleitung einer Gruppe hoher Beamter im Café des Gasthauses eine Rast machen wolle. Allgemeiner Aufruhr, Erregung, Vorfreude … der Führer kommt! Tatsächlich ließ sich Hitler nur für einen kurzen Gruß auf der Terrasse sehen. Aber nachdem er leise mit einigen Beamten gesprochen hatte, kam der Gastwirt wieder heraus und fragte, ob es Kinder gebe, die sich zusammen mit dem Führer fotografieren lassen würden.

Man riss Hartmanns Kinder von ihrem Strudel weg und brachte sie auf eine private Terrasse etwas abseits; Hartmann folgte ihnen eifrig. Und ahnte, dass das möglicherweise die Chance seines Lebens war. Mit einem hübschen Foto könnte er endlich das Gerede über seine nichtarische Abstammung zum Schweigen bringen: Schaut her, meine Kinder posieren zusammen mit Hitler! Was für eine Posse, dachte er, aber was für eine nützliche Posse. Die Kinder, in der Bergsonne noch blonder als ohnehin schon, waren ebenfalls aufgeregt, aber sie benahmen sich so gut, dass sie von Hitler einen Klaps auf die Wange bekamen. Das Foto an sich war gelungen. Doch Hartmanns Erwartungen wurden enttäuscht. Denn das Foto wurde mit einer verfänglichen Bildunterschrift veröffentlicht: Hitler und die vollarische Familie. Als Hartmann das Bild der Göttinger Tageszeitung zuschickte, brach ein Sturm der Entrüstung los. Vollarisch? Ausgerechnet er mit seiner eindeutig jüdischen Abstammung? Was für eine Schande, hieß es, was für eine Schmach für den Führer, der von Hartmann, dieser Schlange, hintergangen worden war! Und was für eine Schande für die Stadt! Hartmanns Kinder wurden zum Gespött der Klassenkameraden, und so beschloss die Mutter, sie aus der Schule zu nehmen. Sie würden Privatunterricht bekommen, bis sich die Lage wieder beruhigt hatte.

Als Pierre mir diese Geschichte in allen Einzelheiten erzählte, wusste er nicht, ob er lachen oder weinen sollte. Vielleicht tat er auch beides, er zog nervös an seiner Zigarette und stieß den Rauch in einem Schwung weit hinaus, als wollte er die ganze Stadt damit verpesten. In jenem Herbst lief Hartmann bedrückt und immer gebeugter durch die Flure.

Thierry ging es kaum besser als ihm. Durchgesetzt hatte sich der Rassenwahn schon seit April 1933, jedoch auf heimtückische Art und Weise, als ob die ganze Universität in ein Wachkoma gefallen wäre, sodass sie zwar die Ereignisse wahrnehmen, aber nicht darauf reagieren konnte. Mehrere jüdische Dozenten waren in den Vorruhestand geschickt oder einfach vorzeitig entlassen worden. Auf den Fluren der Universität wurde darüber gesprochen. Ungläubigkeit mischte sich mit akademischem Zusammenhalt, aber auch mit einer Art Resignation angesichts von etwas, das man schon seit längerem befürchtete und das man letztendlich für unvermeidlich hielt. Die gesamte Universität schien ihr Lebenselixier zu verlieren: Große Namen wie der Physiker Max Born und die Mathematiker Felix Bernstein, Richard Courant, Emmy Noether, hochgeschätzte Lehrer, hatten Göttingen und Deutschland nach erfolglosen Protesten verlassen. Die wenigen, die noch bis 1935 geblieben waren, hatten es wahrlich nicht leicht. Ihre Vorlesungen wurden systematisch von Studentengruppen gestört, die die Hörsäle verwüsteten. Thierry ging nun ebenso gebeugt wie Hartmann. Wenn er in der Stadt unterwegs war, schlich er an den Mauern entlang und erschrak beim kleinsten Geräusch. Die Angst, überfallen zu werden, drückte ihn zu Boden und verfinsterte seinen Blick. Meine Gegenwart beruhigte ihn natürlich. Wenn ich ihn begleitete, trug ich absichtlich die Uniform. Eine braune Schwester kann nur in Begleitung eines Ariers sein, deshalb waren wir als Paar zumindest dem Anschein nach unverdächtig. Thierry mochte dieses Spiel nicht, aber er biss die Zähne zusammen, schluckte die bittere Pille und ging weiter. Er müsse die Promotion zu Ende bringen, sagte er, dem Führer zum Trotz.

Ein Sonntag im Oktober stellte uns auf eine harte Probe. Als wir die Groner Straße entlangspazierten, hörten wir Gejohle, hastige Schritte, Stiefelabsätze auf dem Pflaster und dann einen Schrei. Wir drehten uns um und sahen ein Mädchen, das auf dem Boden kauerte. Hinter ihr brüllte ein junger Mann in Uniform mit einem Knüppel in der Hand: »Judenmädchen! Judenmädchen!«

Thierry wollte zu dem Mädchen hinlaufen, und ich musste all meine Kraft aufwenden, um ihn zurückzuhalten. »Wo willst du hin! Bist du verrückt? Willst du, dass sie dich umbringen?« »Ich bin Arzt!«, sagte er leise, und ich hielt ihm den Mund zu und drängte ihn in einen Hauseingang. »Bleib hier«, sagte ich zitternd, »rühr dich nicht vom Fleck, ich gehe hin, mir wird nichts passieren.« Ich überquerte die Straße und näherte mich dem Mädchen. In der Zwischenzeit waren ein paar Passanten herbeigelaufen, aber sie trauten sich nicht, zu helfen. Weitere junge Männer in Uniform stießen dazu – ein Rudel wütender und entfesselter Wölfe –, und die Leute mischten sich lieber nicht ein. Aus einem Hauseingang kam ein abgemagerter und kahlköpfiger Mann gelaufen und schrie: »Lasst meine Tochter in Ruhe, ich bitte euch, lasst sie in Ruhe!« Die Männer stürzten sich auf ihn und prügelten auf seinen Rücken ein. Die Polizei begnügte sich damit, sie wegzuschicken: keine Anzeige, nicht einmal eine Verwarnung.

»Das ist die Tochter von Schwarz, dem Trödler.«

»Armes Mädchen, was kann sie schon dafür … Der Vater, der hat's verdient!«, sagte eine ältere Frau.

»Genau, Schwarz, dieser Halsabschneider … Warum schert der sich nicht zum Teufel, der und seine ganze Sippe …«

Nach ein paar Minuten löste sich der niederträchtige Chor auf. Ich half dem Mann auf, nahm das Mädchen auf den Arm und trug es zur Schwelle der Wohnung, wo eine Frau mit kurzgeschnittenen Haaren und leerem Blick wartete. Wir gingen hinein, und auch Thierry stahl sich in die winzige Wohnung. Ich verarztete das Mädchen mit ein paar kalten Lappen. Ihr Rücken war wundersamerweise in Ordnung, sie war aber mit Blutergüssen und Schrammen übersät. Thierry gab sich als Arzt zu erkennen und kümmerte sich um den Vater. Dieser habe zwar ein paar Platzwunden, aber zum Glück seien keine Knochen gebrochen. Es war schon dunkel, als wir mit hängenden

Köpfen gingen und die Familie Schwarz ihrem Schicksal überließen. In der Nacht hatten wir Dienst und mussten einer Frau zur Flucht verhelfen.

Sie hieß Eva Pietz und war ins Konzentrationslager Moringen, wenige Kilometer von Göttingen entfernt, gebracht worden, weil sie ein Hitzkopf war. Als KPD-Aktivistin hatte sie zusammen mit ihrem Mann Protestmärsche gegen Hitler und Störaktionen gegen die SA organisiert und einfach keine Ruhe gegeben. Sie war brutal zusammengeschlagen worden, um sie einzuschüchtern, doch nach ein paar Wochen hatte sie von Neuem angefangen. Ihr waren nur noch eine Handvoll Zähne geblieben, aber im Kopf brodelte es weiter. Natürlich war der offizielle Grund für die Sterilisation nicht ihre politische Überzeugung, sondern eine vermeintliche Depression. Frida wies sie ein und ich, die zusammen mit ihr Dienst versah, versteckte sie unter einem Haufen Laken, als sie auf den Wagen gesprungen war. Es schien alles glattzugehen, doch als Pierre an den Wachen vorbeifuhr, riss der Hund sich los und sprang auf die Ladefläche. Er bellte und wühlte in den Laken. Die Wachmänner zerrten ihn verwundert herunter. Einer sagte: »Das gefällt mir nicht, vielleicht sollten wir mal nachsehen.« Frida begriff den Ernst der Lage. Sie stieß einen Schrei aus und fiel wie ein Sack Kartoffeln zu Boden. »Was habt ihr mit ihr gemacht?«, schrie ich die Wachen an. Erschrocken gaben sie zurück: »Nichts ... wir haben überhaupt nichts gemacht! Wir haben sie nicht mal berührt!« Sogar der Hund hatte Angst bekommen. Alle Aufmerksamkeit galt Frida, und ich tat so, als müsste ich sie wiederbeleben, und gab mich weiter sehr beunruhigt, um die Wachmänner abzulenken. »Fahren Sie, fahren Sie«, sagte einer der Soldaten zu Pierre, »alles in Ordnung.« Pierre fuhr ganz langsam durchs Tor.

Gerettet, alle vier.

»Heute Nacht habe ich fast einen Herzinfarkt bekommen«, sagte ich am nächsten Morgen auf dem Flur zu

Frida. »Ja, wir müssen aufpassen. Dieser blöde Hund … Wenn der reden könnte, würd' er ganz schön was erzählen! Diesen Monat Pause. Wir warten bis Dezember.«

Am 1. Dezember 1935 wurde Thierry die Wohnung gekündigt. Um keine Schwierigkeiten mit der Obrigkeit zu bekommen, hatte der Hausbesitzer den Mietvertrag mit sofortiger Wirkung aufgelöst. Fluchend packte Thierry seine Siebensachen zusammen und zog mit Pierres Hilfe zu einem Freund. Am 4. Dezember sagte Brink zu ihm: »Gut, Picard, Sie haben gute Arbeit geleistet. Sie sind ein junger, aber vielversprechender Arzt. Es ist nur … Hier haben Sie keine Zukunft. Für den Prüfungstermin im Januar wurden Sie nicht berücksichtigt und ich glaube nicht, dass das ein Versehen ist. Nehmen Sie Ihre Sachen und gehen Sie zurück nach Frankreich. Hören Sie auf mich, Picard. Viel Glück.« Er schüttelte ihm sogar die Hand. Verzweifelt kam Thierry zu mir: »Es ist aus.« Ich nahm ihn in den Arm, küsste ihn auf die eingefallenen Wangen und wollte ihn nicht mehr loslassen. »Nicht wichtig, Thierry, wir gehen fort und fangen neu an.«

»Eine noch«, sagte Pierre, »wir retten noch eine und dann hauen wir ab, versprochen.«

Die achte Auserwählte hieß Marianne Pajak und war eine aus Polen stammende Arbeiterin mit einer schweren Hüftdysplasie auf der rechten Seite. Sie humpelte beträchtlich, aber weil sie aufgeweckt war, versuchten wir es trotzdem. Derselbe Ablauf wie immer, mit dem einzigen Unterschied, dass Frida sehr langsam gehen musste, um die Frau nicht abzuhängen. Keuchend und mit rasendem Puls folgte Marianne Frida durch den Gang. Dann trat Frida hinaus und sagte die übliche Begrüßungsparole zu Pierre. Das war das Signal: Die Frau musste mit einem Satz auf den Lieferwagen springen und sich zwischen den Laken verstecken. Tja, springen. Mit dieser verkrüppelten

Hüfte? Wir hatten uns verschätzt. Marianne klammerte sich an den Laken fest und versuchte sich hochzuziehen, aber da tauchten schon die Wachen auf. »He! Halt, wo wollen Sie denn hin!« Frida blieb wie gelähmt neben der Fahrerkabine von Pierre stehen. Die Wachmänner packten die Frau und zerrten sie nach drinnen. Marianne kreischte auf Polnisch. Frida wies die Wachen an, sie wieder zurückzubringen und zeigte ihnen den Weg zum Kellerraum. Marianne wand sich verzweifelt und schrie immer weiter. In der Angst des Scheiterns vermischten sich Deutsch und Polnisch zu einem ununterscheidbaren Durcheinander. Sie schlossen sie ein. Der ältere Soldat ging schnell wieder nach oben, um mit Pierre zu sprechen, der andere blieb bei Frida, um sicherzustellen, dass die Tür abgeschlossen blieb. Frida war rot angelaufen und verlegen und sagte: »Wir müssen sie unfruchtbar machen, deshalb ist sie so außer sich ... Sie leidet an Verfolgungswahn ... Sie ist wirklich labil ...«

»Das hoffe ich für Sie, Fräulein ...«, sagte der jüngere Wachmann mit einem etwas seltsamen Akzent.

Der folgende Tag war der 5. Dezember, ein Tag vor Nikolaus. Frida kam am Nachmittag zu mir und sagte: »Aus und vorbei, sie sind uns auf die Schliche gekommen. Ich hab gerade mit einem der Wachmänner gesprochen. Der jüngere von den beiden versteht Polnisch und hat es gestern Abend wohl mitgekriegt.«

»Was mitgekriegt?«

»Na ja, Marianne, die blöde Gans, hat es nicht geschafft, auf den Wagen zu klettern und hat uns auf Polnisch angeschrien! Sie muss alles verpetzt haben, denn der jüngere Wachmann ist heute Morgen zu mir gekommen und hat gesagt, dass er seinem Vorgesetzten Meldung machen wird ... gleich morgen!« Ich sprang auf, nahm meine Tasche und warf alles, was ich im Schrank fand, einfach hinein. Außerdem den Ausweis und eine Tüte mit ein paar Scheiben Brot. »Pierre wartet um neun am Nonnenstieg auf uns, aber wenn wir zusammen rausgehen, fällt es auf. Ich werd in einer Stunde, direkt nach dem Dienst, losgehen. Ich versteck mich dort irgendwo und warte auf ihn. Du wartest hier, bis die Wachen wechseln, das ist besser.«

»Und Thierry?«, fragte ich voller Sorge.

»Er kommt auch zum Nonnenstieg, irgendwie.« Mit diesen Worten verließ sie mich, ohne sich im Flur noch einmal umzudrehen. Es war das letzte Mal, dass ich sie sah. Sie ging unverzüglich in ihr Zimmer, um zu packen. Das war ihre Rettung. Man erreichte den Nonnenstieg über den Nikolausberger Weg, der hinter der Klinik in Richtung Osten anstieg und weiter oben dann auf die Reichsstraße mündete, die in den Harz führte. Zu Fuß waren es fünfzehn Minuten.

Der Wind trägt mich in Wilhelmines Zimmer, die einen Korb für die Wachmänner zusammenpackt. Es ist die Nacht, in der die Kinder in Erwartung des Weihnachtsfestes Süßigkeiten bekommen. Naschereien, Schokoladentäfelchen, ein Stück Lebkuchen, einen Riegel Marzipan.

Nikolaus, die Nacht, in der ich starb.

Greta klopft an Wilhelmines Tür und sagt, es sei Zeit nach unten zu gehen. Die beiden Soldaten bedanken sich beinahe gerührt und verteilen Kusshände an die beiden Krankenschwestern. Dann öffnen sie die erste Flasche und verschlingen wie naschhafte Kinder alle Süßigkeiten auf einen Rutsch. Es ist kalt, eine feuchte und schwer zu ertragende Kälte. Graupel fällt aus den bleiernen Wolken, aber bald ist Weihnachten und auch die Klinik wird voller Lichterglanz sein. Trotz Mantel steif vor Kälte kehren Wilhelmine und Greta zum Abendessen in die Klinik zurück. Etwas zieht die Aufmerksamkeit des Hundes auf sich, er hält witternd die Nase in die Luft und schlägt in Richtung Rückseite des Gebäudes an. Dann läuft er los. Die Wachmänner wundern sich und folgen ihm schwerfällig, mit dem schwankenden Schritt der Angetrunkenen.

Sie nehmen das Gewehr hoch, herrjeh, ist das Eis glatt … Wo ist der Hund … Warum bellt er?

Ein Gewehrschuss im Dunkeln, versehentlich abgefeuert, trifft den Kopf meines Liebsten. Das Blut tränkt die Locken, der Körper fällt in den Kellerabgang. Der Kopf rutscht an der Wand hinunter und hinterlässt eine rote Spur. Thierry wollte durch den Keller hereinkommen, um mich abzuholen.

Thierry, mein Liebster. Ich erkannte deinen Mantel im Schnee und lief verzweifelt hinunter, um nachzusehen. Moritz sah mich entsetzt an, die angetrunkenen Wachmänner torkelten herum und begriffen nicht, was los war. Er war tot. Das war der junge Arzt, der so oft die Nachtdienste zusammen mit der braunen Schwester machte. Was für ein Schlamassel, was für ein Schlamassel, sagten sie, der Ältere von beiden hielt sich den Kopf, als würde der gleich bersten. Der andere schaufelte sich Hände voll Schnee ins Gesicht, um wieder klar zu werden. Ich näherte mich mit Beinen aus eiskaltem Marmor. Ich sah nur die Blutspur, Thierrys Locken und dann nichts mehr. In meinem Zimmer kam ich wieder zu mir. Unten ein Durcheinander von Krankenschwestern, Ärzten und Polizisten. Ich schloss die Tür ab, doppelt, und öffnete das Medikamentenschränkchen. Ich nahm die Spritze, ich hatte es tausende Male bei den Patienten gemacht, jetzt machte ich es an meinem eigenen Körper. Ich setzte mich auf die Bank, als wollte ich Abendbrot essen. Es war mein Henkersmahl.

Frida und Pierre konnten in jener Nacht fliehen. Ich hatte keine Kraft dafür. Schneematsch und Graupel. Ich hatte Luminal im Zimmer, die Decke über mir zerrann langsam.

Ein durchsichtiger Schleier aus tausend Eisnadeln legte sich langsam über die Beine, machte sie steif und umfing dann den restlichen Körper mit eisigem Hauch, bis er beim Kopf anlangte und mir sanft die Augen schloss. Ich fiel ins Nichts, über mir eine weiße Decke, die sich auflöste, ein unberührtes Bett, das Bild des Greifen, das sich über mir drehte. Ich versuchte, noch einmal für einen Moment die Augen zu öffnen. Nicht der Tod tut weh, sondern der Körper, der leben möchte, weiterleben. Er wehrt sich, lässt sich nicht gehen, fügt sich nicht, versucht noch einmal, die Welt festzuhalten. Das Einzige, was ich spüre und was mir auf ewig im Gedächtnis bleiben wird, sind Thierrys warme Hände, die mir über die Wangen streichen.

Noch elf Tage und ich wäre achtundzwanzig Jahre alt geworden. Noch eine Woche und wir wären sicher gewesen, in Vaucresson. Noch ein paar Stunden und wir hätten uns oben am Nonnenstieg getroffen, um gemeinsam diesem Wahnsinn zu entfliehen. Es fehlte so wenig zu meiner Rettung. Doch diese Pläne wurden nicht meine Zukunft. Ich ließ die Welt ohne weitere Träume oder Hoffnungen hinter mir.

Auf meinen Irrungen hierhin und dorthin gestattete der Wind mir immerhin zu sehen, was aus Frida und Pierre wurde. Einige Zeit später empfing Thierrys Familie die beiden in Paris und saugte die letzten Einzelheiten aus dem Leben ihres einzigen Sohnes auf. Die beiden zeigten ihnen ein Bild, das uns zusammen mit den Ärzten und anderen Krankenschwestern in der Klinik zeigte. »Hier«, sagte Pierre, »das war die Frau, die Thierry heiraten wollte.« Frida brach im Wohnzimmer der Picards in Tränen aus, einfach so. »Dürfen wir das Foto behalten?«, fragte die Mutter, auch sie in Tränen aufgelöst.

»Ja«, antwortete Pierre. Es war das letzte Foto, und das wusste er, aber er konnte nicht anders.

Pierre und Frida haben nie geheiratet, lebten aber für den Rest ihres Lebens zusammen. Frida starb an einem klaren Augustmorgen im Jahr 1977 und Pierre ein paar Jahre später. Sie hatten keine Kinder, aber ihre Wohnung in der Rue de Neustrie in Le Havre ist noch immer erfüllt von ihrer Liebe.

Wo bin ich hingekommen, als mein Herz aufgehört hat zu schlagen? Dezember. Dezember 1935. Ich machte die Augen zu und am nächsten Morgen öffnete ich sie wieder. Ich war immer noch dort und sah alles von oben.

Ich sah meine Mutter auf dem kleinen Platz hinter der Klinik aus dem Auto steigen. Sie waren gekommen, um meinen Leichnam abzuholen. Hartmann hatte angeordnet, dass es in der Dunkelheit geschehen sollte, um nicht zu viel Neugierde zu erwecken. Eine Krankenschwester hat sich das Leben genommen, hatte er erklärt, vielleicht aus Erschöpfung. Zur Polizei hatte er nur gesagt: »Sie war die beste«, und sich dann in seinem Arbeitszimmer eingeschlossen. Mein Vater, gealtert und erloschen, stützte meine arme, schmal gewordene Mutter bei ihrem zweiten Todesfall. Willi war im Auto geblieben, doch ich sah den erschütterten Blick des nurmehr einzigen Kindes. Nach meinem Tod schrieb Hartmann einen Brief ans Ministerium: er wolle von der Sterilisationsverpflichtung freigestellt werden. Leider hat er ihn nicht abgeschickt, im Gegenteil, er nahm das Schreiben, warf es in den Papierkorb und führte mit gesenktem Haupt weiter Befehle aus.

Wenige Jahre später hörte ich die Bomben auf Göttingen, auf Braunschweig, auf ganz Deutschland fallen. Wieder ein Krieg, noch widerwärtiger als der vorherige. Explosionen, Städte in Flammen, Geschrei und verzweifelte Flüchtlinge. Ich sah meine Mutter und meinen Vater zu einem Luftschutzkeller rennen und wenige Meter vor der Tür zu Asche verbrennen. Und eines Tages öffnete ich die Augen in einer Welt, die derjenigen ähnelte, die ich kannte, die aber doch sehr weit weg war. Ich befand mich in einer Klinik und teilte die Tage und Nächte mit den Kindeskindern meiner Generation und fragte mich, was der Grund für meine unendliche Einsamkeit war.

Der Wind treibt mich von der Klinik weg und lässt mich in eine nasse, kalte und raue Nacht fallen. Als Hauch schwebe ich über den hingemetzelten Körpern der jungen Soldaten. Russland, Winter 1944, in der Gegend von Čerkasy. Wie viele werden es wohl sein, tausend, zweitausend, zehntausend ... Die Rote Armee hat sie niedergemäht und der Winter tut nun ein Übriges. Ich schwebe über ein Feld, das mit Körpern übersät ist. Sie waren jung und wie viele andere hatten sie den Worten des Wolfes geglaubt. Und wie ich waren sie umgekommen. Verletzte siechen unter unvorstellbaren Qualen dahin und erfrieren. Ich weiß sehr wohl, dass mein Bruder Willi hier unter ihnen ist. Aber er ist nicht tot. Und als kleines Mädchen habe ich mich um seine Gesundheit gesorgt ... Willi war aus einem besonderen Holz geschnitzt. Das Schicksal hatte ihn gerettet. Oder vielleicht der Speck, den er sich in der Kindheit mit all den Puddings angefuttert hatte. Vielleicht hatte mein Bruder dem Tod auch ins Auge gesehen, ihm einen seiner Witze erzählt, und er hatte ihn verschont. Schau, da liegt er vor mir, die rechte Wange in den eiskalten Matsch getaucht, die linke mit dem dunklen Muttermal der dünnen Sichel des Neumonds zugewendet. Was würde ich dafür geben, ihn hochzuziehen, um ihn zu wärmen und wieder lächeln zu sehen. Er brabbelt etwas, mein Bruder, ruft leise nach seinen Kameraden, dann stimmt er einen schwachen Singsang an. Es ist das russische Wiegenlied, das uns die Mama immer vorgesungen hat. Er konnte es auswendig und liebte es. Die Konturen seines Körpers sind scharf umrissen. Ja, ich weiß es, du wirst dich retten, Willi. Dank des russischen Wiegenlieds, das unsere Mutter jeden Abend für uns gesungen hat. Drei dick in Lumpen eingepackte Bäuerinnen wühlen auf der

Suche nach Geld, Waffen, Essen im Leichenfeld herum. Und sie bemerken, dass dieser Soldat noch am Leben ist. Sie erkennen auch das Wiegenlied und glauben, dass er Russe und nur versehentlich dort gelandet ist. Ich weiß nicht, warum sie ihn auf ihren Karren laden, ich weiß es nicht. Aber sie sind jetzt allein, und ein junger Mann, der kann in diesen Zeiten weiß Gott nützlich sein. Außerdem, der arme Junge ... Er hat ein freundliches Gesicht, sieht gar nicht aus wie ein deutscher Soldat. Ich sehe, wie der Karren in der Dämmerung verschwindet, und weiß, dass mein Bruder gerettet ist.

Das Mitleid hebt unser Dasein aus den Angeln.

Aus purem Mitleid hoben Frida und ich unser Leben aus den Angeln. Wir hörten die Frauen auf unsere bösartigen Fragen antworten oder sahen sie über die Klinikflure humpeln, und unsere Herzen wurden tränenschwer. Insbesondere erinnere ich mich an ein Lächeln: Das zahnlose Lächeln einer Frau, die an Schwachsinn litt. An einem Spätsommerabend schloss ich sie in den Kellerraum ein und fragte, bevor ich sie allein ließ: »Alles in Ordnung?« Sie lachte fröhlich und rief: »Wie schön hier!« Genau das waren ihre Worte: Wie schön hier. Wir würden sie am folgenden Tag sterilisieren und wie ein nutzloses Tier wieder zurück nach Hause schicken und sie sagte: Wie schön hier.

Das Mitleid stößt Pläne um. Meinen Plan, dem Führer bis zum Schluss zu dienen, ebenso wie Fridas Pläne, die es als halbe Analphabetin geschafft hatte, ihrer bäuerlichen Herkunft durch pure Willenskraft zu entwachsen. Auch sie setzte aus Mitleid alles aufs Spiel.

Wir streuten jede Nacht Sand ins Getriebe, um es auszubremsen. Aber nichts von dem, was wir unternommen haben, konnte es aufhalten. Es waren nur winzige Sandkörner in einem äußerst widerstandsfähigen Mechanismus. Sie wurden geschluckt und zerrieben, und wir mit ihnen. Ich erinnere mich an die Worte meines Vaters: »Wenn du Obersatz und Untersatz für gültig erklärst, musst du dich der Schlussfolgerung stellen. Es ist sonst zu spät«, sagte er. Wenn du als Obersatz annimmst, dass alle Nichtarier aus dem Volkskörper auszumerzen sind, und auch dem Untersatz folgst, nämlich dass der Mensch vor dir kein Arier ist, kannst du dich nicht weigern, die logische Folgerung daraus ebenfalls zu akzeptieren: dass der Mensch, den du vor dir hast, ausgemerzt werden muss. Er ist Unkraut. Ich habe alle Prämissen akzeptiert, die Ober- und die Untersätze. Und als ich erkannte, dass die Schlussfolgerungen daraus ungeheuerlich waren, ach, da war es zu spät.

Denke daran, wenn der Leitwolf wütend von der Bühne herab geifert, denke daran, dass es Menschen gibt, die ihm folgen, und welche, die auch in finsterster Nacht noch klar sehen. Stelle die Prämissen in Frage, lange bevor es um die Schlussfolgerungen geht. Frage dich immer, wohin die Auswirkungen einer Idee führen können. Denn Weisheit wirkt nicht in den Schlussfolgerungen, sondern in der Fähigkeit, über die Prämissen zu wachen.

Willi verbrachte viele Jahre in russischer Gefangenschaft, und als er freikam, hatte er keine Lust mehr zu essen. Der Krieg hatte ihm den Appetit genommen und die Lust zu lächeln ausgelöscht. Unser Haus in Braunschweig war zerstört, er war der einzige Überlebende meiner Familie. Was hatte es also für einen Sinn, dort zu bleiben, es war besser, wegzugehen und alles zu vergessen, sogar das Pflaster, über das er lief. Er zog in irgendeine Stadt am Niederrhein nahe der niederländischen Grenze. Er mietete Geschäftsräume im Erdgeschoss und machte ein Kino daraus. Er wählte die Filme sehr sorgfältig aus und manchmal stellte er sich vor das Publikum und erklärte sie. Es wurde zum wichtigsten Kino der Gegend. Er mietete einen größeren Raum, es kamen die neue Beleuchtung und die Unterhaltungsfilme der sechziger Jahre. Willi war ein wohlhabender und allseits beliebter Mann. Allmählich begann er wieder zu essen und zu leben. Als er das Kino verkaufte, war er achtzig Jahre alt und in ihm wuchs immer nachdrücklicher der Wunsch heran, nach Hause zurückzukehren. Nicht nach Braunschweig, sondern nach Salzgitter.

1942 wurde dieser gottverlassene Ort von Hermann Göring persönlich zur Stadt erhoben: Salzgitter. Die 1937 gegründeten Stahlwerke trugen seinen Namen. Für sie brauchte man jede Menge Arbeitskräfte und neuen Wohnraum. Nicht zuletzt wurde auch ein Arbeitslager gebaut, in dem tausende von Zwangsarbeitern interniert waren, die nach und nach aus den eroberten Gebieten herangeschafft wurden. In der Nähe des Ortes, den ich für ein Paradies gehalten hatte, entstanden drei Lager.

Willi ist inzwischen achtundneunzig Jahre alt und lebt immer noch am Niederrhein. Aber eine Sache steht noch aus: Er hat seine Lebensgefährtin Beate damit betraut, etwas über das Schicksal einer Person herauszufinden, die ihm sehr am Herzen liegt, Jakob Goldfinger. Er glaubt nicht daran, dass er noch lebt, aber wer weiß, dieses Schlitzohr hat es vielleicht geschafft. Beate hat also eine Suche ins Internet gestellt und wartet nun Tag für Tag darauf, dass sich jemand meldet. »Hast du schon nach der Post gesehen, Beate?«, fragt Willi, der im Rollstuhl sitzt. »Ja, vor dem Essen«, antwortet sie geduldig, nimmt die Brille ab und hört auf zu lesen. »Möchtest du, dass ich nochmal schaue?« Willi sagt nichts, doch Beate steht auf und schaltet den Rechner an. Siehe da, es ist eine E-Mail gekommen. Eine Frau schreibt, dass sie den Namen schon einmal gelesen hat, er stehe auf dem Gedenkstein eines besonderen Friedhofs, eine Kriegsgedenkstätte oder so etwas. Sie müsse in den jüdischen Teil gehen, Reihe 34 L. Nein, Kuba lebt nicht mehr, aber zumindest hat er auf dieser Welt eine Spur hinterlassen. »Bist du sicher, dass du hingehen willst, Willi?«, fragt Beate abends vor dem Einschlafen. »Aber ja!«, antwortet mein Bruder. »Ich schulde ihm einen Besuch, auch wenn es das Letzte ist, was ich tue.«

»Dann sei uns Gott gnädig.«

Beate chauffiert ihn geschickt im gelben Mercedes. Sie rauschen über die Autobahn, die Deutschland durchquert. Der Krieg liegt schon viele Jahre zurück, aber die Erinnerungen tun immer noch weh. Willi, mein lieber Bruder, deine Konturen sind schon so blass, in Kürze werde ich auch dich verlieren. Sag mir, weißt du, dass deine Zeit bald gekommen ist? Es ist ein klarer Tag Mitte Februar, die Landschaft schläft noch in der winterlichen Starre, aber das sanfte Licht auf den Feldern verspricht schon den Frühling.

In der Gedenkstätte Friedhof Jammertal suchen Willi und seine Gefährtin Kubas Grab, und ich weiß, dass mein Bruder diesen Schmerz nicht verkraften wird. Ich bin dabei ihn abzuholen, meinen lieben und mir unverständlichen Bruder. Ich werde ihn an die Hand nehmen und nach Hause bringen.

»Bist du sicher?«, fragt Beate ein letztes Mal.

»Ach, Bea ... Ich bin bis hierhin gekommen und du fragst immer noch, ob ich sicher bin? Komm, bring mich bitte zu Kuba.«

Geduldig schiebt sie den Rollstuhl. Sie hat einen Zettel in der Hand, auf dem das elende Schicksal von Kuba steht: Lungen-TBC. »Das Geburtsdatum ist falsch«, stößt Willi hervor. »Kuba war Jahrgang 13, nicht 18. Ein Jahr jünger als ich.« Wie er wohl als Erwachsener war. Dieses Schlitzohr. Kuba war wie viele seiner Landsleute ins KZ von Drütte gesperrt worden, ein Stadtteil von Salzgitter. Zwangsarbeit für die Stahlhütte der Hermann-Göring-Werke, er stellte Geschosshülsen und Granaten her. Er wird abends keine Kraft mehr gehabt haben, um wie früher Geige zu spielen. Willi nähert sich dem Gedenkstein, und ich bleibe an seiner Seite. Kuba Goldfinger, gestorben 15. Januar 1945. Noch vier Monate und er hätte es vielleicht geschafft. »Was bedeuten diese Worte … hebräische Buchstaben … Was heißt das, Beate?«, fragt Willi zitternd, während ich seine Hand halte. »Mal sehen … also hier im Prospekt steht: ›Und ihre Seele sei eingebunden in das Bündel des Lebens‹.«

Bis hierhin war Willi tapfer. Er hat die Tränen unterdrückt, aber diese Worte überwältigen ihn. Willi hat schon immer sensibel auf Wörter reagiert. Er benutzte sie, modellierte sie, spielte mit ihnen und brachte sie dann wieder in Ordnung. Daher kann ich sagen, dass mein Bruder von ein paar Wörtern aus dem Leben gerissen wurde, nicht von seinem gebrochenen Herzen.

Seine Seele sei eingebunden in das Bündel des Lebens.

Mein Bruder schließt die Augen in der Welt, doch er öffnet sie nicht in meiner.

EPILOG

Es regnet Bindfäden in dem Wald, in dem ich mich befinde.

Der Wind hat mir gestattet, die Klinik zu verlassen. Aber bevor ich das tat, habe ich einen letzten Blick auf den dritten Stock geworfen und das Fenster meines Zimmers gesucht. Und plötzlich habe ich sie gesehen. Jede hinter der Scheibe eines anderen Fensters. Jede nachdenklich und traurig. Da rechts Wilhelmine, weiter unten Greta, Minna und auch Hertha. Alle da, in der Klinik, jede von ihnen in einem eigenen Universum eingeschlossen. Sie sitzen persönliche Strafen und sehr private Fehler ab. Sie berühren einander nicht, sehen sich nicht, wie auch ich sie bis zu diesem Moment nicht gesehen habe. Meine Freundinnen, Gefährtinnen im Irrtum, ich lasse euch hier. Ich muss jetzt fort.

Der Wald, in dem ich mich befinde, ähnelt stark dem meiner Kindheit, nur ist die Luft trüber und von einem Gefühl des Wartens erfüllt. Ich sehe keinen Brunnen. Ich werde kein weißes Band mit meinen Wünschen an einen Strauch knoten. Alles erscheint jetzt sehr weit weg. Heinrich, Thierry, Hedwin. Mein Vater, meine Mutter. Liebgewonnene Erinnerungen, die an Glanz verlieren. Was bleibt, ist der Schmerz zusammen mit der Überzeugung, wenig getan zu haben, zu wenig, um Gnade zu verdienen.

Es ist mir nicht gestattet, zu erfahren, wie lange ich hierbleiben muss. Es ist eine weitere Stufe auf der Treppe, eine weitere Etappe eines mir unbekannten Wegs. Weitere Stufen erwarten mich und ganz andere Prüfungen. In vollkommener Einsamkeit. Meine ganze Schuld hängt hier zwischen den Nadeln der Fichten, die meinen Weg säumen, liegt unter dem Farn, im duftenden Moos versteckt.

Die Nacht bricht herein, und ich verliere langsam die Wahrnehmung der Farben. Bald schon wird der Waldkauz in die Luft aufsteigen und meine Nächte werden wieder lang werden. Horch, aus der Tiefe des Waldes vernehme ich erneut jene sinnlosen Fragen, die wir den Patientinnen gestellt haben.

Es ist richtig so.

Wo geht die Sonne auf?

Warum wird es Tag und Nacht?

NACHBEMERKUNG

Anna Alrutz ist eine frei erfundene Figur. Frauen wie sie hat es gegeben.

Der Name findet sich in einem Telefonbuch Göttingens aus dem Jahr 1937, doch diese Person hat keinerlei Bezug zur Protagonistin meines Romans. Die Frauenklinik, in der die Handlung spielt, gibt es nicht mehr bzw. beherbergt das Klinkergebäude heute das Seminar für Romanische Philologie, an dem ich arbeite. Auch Thierry Picard ist eine erfundene Figur, die jedoch inspiriert ist von den vielen ausländischen Studierenden, die ein paar Jahre später, von 1940 bis 1945, genau auf diesem Gelände, auf dem sich verschiedene Kliniken befanden und das inzwischen zum Unicampus geworden ist, Zwangsarbeit leisten mussten.

Die Figur des Professor Hartmann (in Wirklichkeit Doktor M.), Chefarzt der Klinik und in der Nazizeit ein renommierter Gynäkologe, wiederum ist näher an der Realität. Er war der Ausgangspunkt meiner Arbeit: der einzige nicht-arische Professor, der aus unerfindlichen Gründen im Dienst blieb, während alle seine jüdischen Kollegen im Laufe der Dreißigerjahre entlassen worden waren. Der Erlass vom 14. Juli 1933, der die Zwangssterilisation von Erb- und Geisteskranken anordnete, wurde in Göttingen ausgerechnet in der Frauenklinik des Doktor M. systematisch umgesetzt. Ein Foto aus der Zeit zeigt einen sachlich wirkenden Mann, der ein Lächeln andeutet. Auf seinem Grabstein auf dem Göttinger Stadtfriedhof mahnt eine Inschrift: »Nascentes morimur, finis ab origine pendet« (Während wir geboren werden, sterben wir, und über dem Anfang schwebt schon das Ende).

Leider ganz real sind die 787 Frauen, die in den Räumlichkeiten der Klinik auf schreckliche Weise und vollkommen willkürlich sterilisiert wurden.

Ihnen und den wenigen Krankenschwestern, die sich ihrer erbarmten, ist diese Geschichte gewidmet.

Ilva Fabiani

Ilva Fabiani, geboren 1970 in Ascoli Piceno, studierte Philosophie und Italienische Literaturwissenschaft. 1998 erhielt sie ein DFG-Promotionsstipendium und arbeitete an den Universitäten Marburg und Gießen. 1999 zog sie nach Göttingen. Ihr erster Roman, *Meine langen Nächte*, ist das Ergebnis einer dreijährigen Recherche. Das Buch wurde in Italien mit verschiedenen Literaturpreisen ausgezeichnet, u.a. mit dem Preis *Ilmioesordio* (2013), mit dem Preis der Literaturkritik *Premio Scuola Holden* für das originellste Werk, dem von Leser:innen vergebenen Preis *ilmiolibro* sowie mit dem Literaturpreis der Stadt Cuneo für den besten Debütroman 2014. Fabiani arbeitet als Italienisch-Dozentin an der Universität Göttingen.

Birgit Ulmer, geboren 1975 in Bietigheim-Bissingen, studierte Italianistik und Germanistik an den Universitäten von Stuttgart und Florenz. Anschließend arbeitete sie in der Stuttgarter Italianistik und promovierte über die Landschaftsdarstellung in der italienischen Literatur. Seit fünfzehn Jahren lebt sie mit ihrer Familie im Nordwesten Deutschlands und ist als freiberufliche Übersetzerin und Lektorin tätig.

Titel der italienischen Originalausgabe:
»Le lunghe notti di Anna Alrutz«, erschienen bei Feltrinelli Editore, Mailand 2014

Die Autorin hat ihren Text für die deutsche Ausgabe überarbeitet.
Die Übersetzung wurde von der VG Wort im Rahmen eines Stipendiums aus dem Bundesprogramm NEUSTART KULTUR gefördert.

Die Beauftragte der Bundesregierung für Kultur und Medien

NEU START KULTUR

VG WORT

Motto zitiert nach: *Der babylonische Talmud.* Nach der ersten zensurfreien Ausgabe unter Berücksichtigung der neueren Ausgaben und handschriftlichen Materials ins Deutsche übersetzt von Lazarus Goldschmidt. Bd. I. © Jüdischer Verlag im Suhrkamp Verlag, Frankfurt am Main 1996, Lizenzausgabe für die Wissenschaftliche Buchgesellschaft 2002, S. 927 (Traktat Šabbath XXIII,v; Fol. 153a).

Erste Auflage Juli 2023

Umschlaggestaltung: Paloma Tarrío Alves / Steidl Design
Buchgestaltung: Gwenda Winkler-Vetter / Steidl Design
Gesetzt aus der *Nexus Serif Pro* und *Impact*
Gesamtherstellung und Druck: Steidl Göttingen

Steidl
Düstere Str. 4 / 37073 Göttingen
Tel. +49 551 49 60 60
mail@steidl.de
steidl.de

Printed in Germany by Steidl
ISBN 978-3-96999-198-5

Auch als eBook erhältlich